Andrea S. Kuhnke

Zoe und Zarin

und der magische Wappenring

Über die Autorin:

Andrea S. Kuhnke schreibt seit 1987 als freie Mitarbeiterin für regionale Tageszeitungen. 2012 erschienen sechs Kurzgeschichten für Grundschulkinder im Finken-Verlag. Sie belegte mehrere Seminare im DrehbuchCamp in Freiburg und Wiesbaden und in der Filmschule Hamburg Berlin.

Über die Co-Autorin:

Gabriele Kuhnke machte sich bereits einen Namen mit ihren Kinderbüchern *Die Acht vom großen Fluss* und *Bei uns in Sommerland.* 1992 wurde sie Stadtschreiberin von Glückstadt. Im gleichen Jahr erhielt sie den Sonderpreis der Ostfriesischen Landschaft für das Theaterstück für Kinder *Tilman und sein Schweinchen.* Die Theaterstücke *Zwei Gäste zuviel* und *Ein Dorf steht auf dem Kopf* erschienen in nieder- und hochdeutscher Sprache im Ostfriesischen Theaterverlag.

Andrea S. Kuhnke

Zoe und Zarin

und der magische Wappenring

Engelsdorfer Verlag
Leipzig
2018

Bibliografische Information durch
die Deutsche Nationalbibliothek:
Die Deutsche Nationalbibliothek verzeichnet diese
Publikation in der Deutschen Nationalbibliografie;
detaillierte biografische Daten sind im Internet über
www.ddb.de und http://dnb.ddb.de abrufbar.

ISBN 978-3-96145-264-4

Co-Autorin: Gabriele Kuhnke
www.kuhnke-buch.de

Lektorat: Birgit Rentz
www.fehlerjaegerin.de

Umschlaggestaltung: Christoph Clasen
Umschlagbild: Christoph Clasen
www.christophclasen.de

Hergestellt in Leipzig, Germany (EU)
www.engelsdorfer-verlag.de

13,90 EUR (D)   14,30 EUR (A)

Prolog

Anno 1283

Heinrich von Falkenauge atmete erleichtert auf, als sich der Wald endlich lichtete und die Feldwiese in der Dämmerung vor ihm lag. Hoch oben auf dem Weinberg leuchteten die Zinnen der Burg Falkenauge blutrot im letzten Licht der untergehenden Sonne. Die Mauern der Burg schmiegten sich an den Felsen, der zur Flussseite fast senkrecht abfiel. Vom Bergfried wehte die grüne Fahne mit dem eingestickten Wappen der von Falkenauge: ein Wanderfalke mit ausgebreiteten Flügeln, der aus seinen Augen Blitze schleuderte. Das gleiche Wappen hatte ein Goldschmied kunstvoll in einen Edelstein eingraviert. Der grüne Jaspis schmückte Heinrichs Wappenring, den er immer an seinem linken Ringfinger trug.

Als sein Pferd den mühsamen Anstieg zur Burg begann, wandte er sich im Sattel um. Im Gänsemarsch folgten ihm seine vier Knappen auf ihren Pferden. Zwischen ihnen ritt die Hebamme, die sie im Dorf aus dem Bett geholt hatten.

Im Vorhof der Burg sprang Heinrich vom Pferd und half der Hebamme beim Absteigen. Der Stallmeister und zwei Knechte eilten herbei und kümmerten sich um die Pferde. Sie führten sie in den Stall, um sie abzusatteln und trocken zu reiben.

Mit langen Schritten eilte Heinrich durch den Innenhof am Brunnen vorbei zum Wohngebäude, dem Palas. Die Hebamme hatte Mühe, ihm zu folgen. Am Schlafgemach seiner Gemahlin angekommen, klopfte Heinrich laut gegen die Tür, die daraufhin sofort von einer Magd geöffnet wurde.

»Gut, dass Ihr zurück seid, Herr. Eure Gemahlin hat starke Wehen.« Sie ließ nur die Hebamme herein und schlug Heinrich die Tür vor der Nase zu.

Nervös ging Heinrich in den Rittersaal, wo die Knappen, die ihn in das Dorf begleitet hatten, an einem langen Holztisch saßen. Die Mägde schleppten Krüge mit Wein und eine große Platte mit gebratenen Rebhühnern herbei.

»Sagt mir sofort Bescheid, wenn meine Gemahlin entbunden hat!«, befahl Heinrich und drückte einer Magd seinen Reisemantel in den Arm, setzte sich ans Kopfende des langen Holztisches und prostete den Knappen zu.

»Herr«, sprach ihn eine der Mägde an, »unten in der Küche wartet eine Frau auf Euch. Sie sagt, sie müsse Euch dringend sprechen.«

»So wichtig kann das nicht sein.« Heinrich griff genüsslich nach einem der Rebhühner und biss hinein. »Wie heißt die Frau?«, fragte er kauend.

»Sie sagte, Ihr würdet Euch schon an sie erinnern.«

Nachdenklich runzelte Heinrich die Stirn. »Bringt sie her!«, befahl er.

Kurze Zeit später trat die Frau ein. Sie trug ein knöchellanges Kleid aus Leinen. Um die Schultern hatte sie einen weiten, wollenen Umhang geschlungen und ihre tief herabgezogene Kapuze verbarg ihre Haare und ihr Gesicht. Mit gesenktem Kopf ging sie auf Heinrich zu, blieb vor ihm stehen und schlug die Kapuze mit einem Ruck zurück.

Heinrich ließ den Schenkel des Rebhuhns sinken, von dem er gerade abbeißen wollte, und starrte die Frau an, als wäre sie ein Gespenst. »Duretta«, hauchte er überrascht.

»Ja, ich bin es«, sprach die Frau und trat noch dichter an Heinrich heran. »Erinnert Ihr Euch, Herr, als Ihr vor vielen Monden von Wegelagerern überfallen wurdet und ich Euch gesund gepflegt habe?«

Heinrich erinnerte sich nur zu gut. Auf dem Heimweg von einem Besuch bei seinem Vetter waren seine zwei Knappen und er von Wegelagerern überfallen und ausgeraubt worden. Die Räuber hatten seine Knappen getötet und ihm ein Messer in die Brust gestoßen. Im Glauben, dass er tot wäre, hatten sie ihn liegen gelassen.

Duretta, die Kräuterfrau, hatte ihn gefunden, ihn daraufhin mühsam zu ihrer Hütte geschleppt und gesund gepflegt. Sie war hübsch und jung, und für eine Nacht hatte Heinrich vergessen, dass er mit Astrid von Langenberg verheiratet war. Nur zu gern hatte er sich von Duretta verführen lassen, bereute dies aber sofort.

Als ihm bewusst geworden war, was er getan hatte, war er aus der Hütte geflohen, um so schnell wie möglich bei seiner Gemahlin zu sein. Noch lange hatte ihm Durettas spöttisches Lachen in den Ohren geklungen, obwohl er die ärmliche Behausung längst hinter sich gelassen hatte.

Nach einem dreitägigen Fußmarsch war er völlig erschöpft zur Burg Falkenauge zurückgekehrt.

Der Torwächter hatte geglaubt, seinen Augen nicht trauen zu können, als er seinen Burgherrn über die Zugbrücke taumeln sah. »Herr!«, hatte er voller Freude über das unerwartete Wiedersehen gerufen, und in Windeseile hatte es sich in der Burg herumgesprochen, dass der tot geglaubte Burgherr zurück war.

Als die frohe Kunde auch bei Heinrichs Gemahlin Astrid angekommen war, war diese sofort in den Rittersaal gestürmt, wo die Mägde den Holztisch, an dessen Kopfende Heinrich saß, reichhaltig gedeckt hatten. Ihr Herr sollte rasch wieder zu Kräften kommen. »Heinrich, Ihr lebt! Was für ein Wunder!« Überglücklich hatte sich Astrid in seine Arme geworfen.

Fortan hatte Heinrich nicht mehr an Duretta gedacht.

Jetzt kam die Erinnerung schmerzlich zurück. »Was wollt Ihr?«, fragte er misstrauisch.

»Zeigt mir Euren Wappenring! Ich werde ihn mit einem magischen Zauberspruch belegen, sodass er Euch und Eure Nachkommen beschützen wird.«

Heinrich lachte belustigt. »Ich glaube nicht an solchen Zauberspuk, Weib, und mein Ring soll bereits Zauberkräfte besitzen, zumindest wird es so erzählt.«

»Ihr sollt es nicht bereuen.« Duretta lächelte kalt.

Um sie schnell wieder loszuwerden, hielt er ihr die linke Hand mit dem Wappenring hin. »Hier ist mein Ring. Beeilt Euch, ich habe nicht ewig Zeit!«

Duretta nahm ihr Amulett – ein roter Rubin, auf dem der Teufel abgebildet war und das an einer goldenen Kette um ihren Hals hing – ab und hielt es über den Ring. Als sie einige beschwörende, unverständliche Worte murmelte, quoll rötlicher Nebel aus dem Amulett.

Heinrich überkam ein ungutes Gefühl. Gerade wollte er seine Hand wieder zurückziehen, als sich der Nebel lichtete und plötzlich die Augen des Falken rötlich aufglühten. Verwundert starrte Heinrich auf seinen Wappenring.

Das Licht in den Augen des Falken erlosch jedoch sofort, als Duretta ihr Amulett zurückzog. »Bringt mir mein Bündel!«, rief sie laut.

Eine Magd kam herein und reichte ihr das Gewünschte, und nachdem Duretta das Tuch zurückgeschlagen hatte, blickte Heinrich in das Gesicht eines schlafenden Säuglings.

»Das ist unsere Tochter Morphia«, erklärte Duretta dem erstaunten Burgherrn. »Nach Eurem Tod wird sie Burgherrin von Burg Falkenauge sein.«

Heinrich sprang so ungestüm auf, dass er dabei den Weinkrug umwarf. »Niemals, Weib!«

Duretta erbleichte. »Ich habe Euch vor neun Monden das Leben gerettet, Herr. Dafür verlange ich nur eine Kleinigkeit von Euch. Streift unserer Tochter einmal kurz Euren Wappenring über den Ringfinger der linken Hand und zieht ihn danach gleich wieder ab!«

»Den Teufel werde ich tun!«, schrie Heinrich erbost. »Der Wappenring steht nur mir und meiner Familie zu. Verlasst auf der Stelle meine Burg! Ich will Euch und Euren Bastard nie wiedersehen!«

Durettas Gesichtszüge verzerrten sich vor Wut und Hass. Sie drückte ihr Kind an sich und rief: »Verflucht sollt Ihr sein, Heinrich von Falkenauge!« Schließlich wandte sie sich um und verließ erhobenen Hauptes den Rittersaal.

Heinrich lachte schallend. »Burgherr bin ich, daran ändern auch Eure Zauberkräfte nichts!«, rief er Duretta nach.

Betroffen hatten die Knappen das Geschehen verfolgt.

»Kommt jemals ein Wort zu dem Vorfall über Eure Lippen, werdet Ihr nie wieder das Tageslicht erblicken«, fuhr Heinrich sie grimmig an.

»Unsere Augen sind blind und unsere Ohren taub, Herr«, bekundeten die Knappen wie aus einem Mund und griffen wieder nach den Weinkrügen.

Im selben Moment stürzte eine Magd herein. »Herr!«, rief sie aufgeregt, »Eure Gemahlin will Euch sehen – Euer Sohn ist geboren!«

In freudiger Erwartung eilte Heinrich die Treppe hinauf, lief durch die Ahnengalerie und stürmte, ohne anzuklopfen, in das Gemach seiner Gemahlin.

Astrid lag in einem breiten Himmelbett. In ihren Armen hielt sie seinen Sohn. Behutsam strich Heinrich über dessen kleines Köpfchen. Einer plötzlichen Eingebung folgend, nahm er seinen

Wappenring ab und streifte ihn kurz über den winzigen Ringfinger des Säuglings. »Du, Bernhard von Falkenauge, mein Sohn, wirst nach mir Burgherr werden. Denn nur wer den Ring besitzt, hat das Recht, auf Burg Falkenauge zu herrschen.«

»Heinrich, seht nur, der Ringfinger unseres Sohnes ...« Vor Staunen vergaß Astrid weiterzusprechen.

Ein heller Lichtschein hatte sich um den Finger des Säuglings gelegt, und als er wieder verblasste, steckte ein winziger Ring, der das genaue Abbild von Heinrichs großem Wappenring war, an Bernhards Finger.

Ungläubig blickten Heinrich und Astrid auf den winzigen Ring. Heinrich lief ein kalter Schauer über den Rücken, denn ihm wurde klar, dass Duretta tatsächlich Zauberkräfte besaß und mit der Magie vertraut war. Auf einmal verspürte er Angst, dass sie seiner Familie ein Leid zufügen könnte.

Sein besorgter Blick fiel auf den runden Beistelltisch neben dem Himmelbett. Auf ihm stand eine hölzerne, etwa eine Elle lange Schatulle mit Eisenbeschlägen. In den gewölbten Deckel war kunstvoll das Wappen der von Falkenauge geschnitzt. Heinrich wusste nicht, was sich darin befand, denn einer Überlieferung nach durfte die Schatulle nur im äußersten Notfall geöffnet werden. Heinrich überlegte, ob dies ein Notfall war.

Noch bevor er handeln konnte, riss Astrid ihn aus seinen Gedanken, indem sie lächelnd fragte: »Wollt Ihr unseren Sohn nicht auch einmal halten?«

Jetzt ebenfalls lächelnd, nahm Heinrich den Säugling behutsam auf den Arm und vergaß die Schatulle.

Eingesperrt

Anno 1318

Die Strahlen der aufgehenden Sonne ließen die grüne Fahne, die auf dem Bergfried der Burg Falkenauge wehte, hell aufleuchten. Das Tuch der Flagge war mit dem Wappen der Burgherren von Falkenauge bestickt, ein Wanderfalke mit ausgebreiteten Flügeln, der aus seinen Augen Blitze schleuderte.

Die Sonnenstrahlen wanderten über das rote Ziegeldach des Palas und versuchten die Butzenscheiben der Kemenaten zu durchdringen.

Zoe von Falkenauge schlug die Augen auf und betrachtete blinzelnd die tanzenden Kringel des Sonnenlichts auf dem Bettvorhang. Mit einem kräftigen Ruck zog sie den Vorhang beiseite und sprang aus dem Bett. Barfüßig hüpfte sie über die Holzdielen zum Fenster und stieg auf die Seitenbank in der Fensternische. Die grünen, gewölbten Butzenscheiben verhinderten die Sicht nach draußen. Zoe riss den Fensterflügel weit auf.

Tief unten im Tal glänzte das silberne Band des Flusses, der sich wie ein Wurm zwischen den Bergen dahinschlängelte. Ihre scharfen Augen entdeckten ein Boot mit einem roten Segel, das flussabwärts auf den Anlegesteg des Dorfes zuhielt. In der klaren Morgenluft hörte sie die Hähne im Tal laut krähen. Das Dorf erwachte und hölzerne Fensterläden wurden zurückgeschlagen. Die Bauern kamen aus ihren Häusern. Sie gingen zur Arbeit auf die Felder oder in die Weinberge.

Als sich das Boot dem Ufer näherte, begann sein rotes Segel zu flattern. Sacht legte es am Steg an und die Schiffsleute luden Holzfässer aus.

Zoe freute sich. Bald war es wieder so weit. Dann wurden im Weinberg die reifen, grünen Trauben gepflückt und im Burghof in einen großen Bottich geschüttet. Es machte Spaß, mit nackten Füßen darin herumzustampfen und den Saft aus den Trauben zu quetschen, bis nur noch die Kerne und die Häute der Trauben übrig waren. Der so gewonnene Fruchtsaft wurde in Holzfässer gegossen und begann darin zu gären. Wie durch Zauberei wurde nach einiger Zeit aus dem Traubensaft Wein.

Auf dem Marktplatz des Dorfes erschienen die ersten Händler mit ihren Ochsengespannen und präsentierten ihre Waren. Gänse, Enten und Schweine wurden von ihren Besitzern mit lautem Gejohle zum Verkauf auf den Markt getrieben. Zoe stellte sich vor, wie es sein würde, zwischen den einzelnen Ständen herumzulaufen und mit den anderen Kindern Fangen zu spielen. Genauso aufregend musste es sein, zwischen den hohen Gräsern und Blumen der Feldwiese Verstecken zu spielen. In den elf Jahren, die sie jetzt zählte, hatte sie die Burg noch nie verlassen dürfen, und alles, was sie über das Leben im Dorf wusste, hatten ihr die Mägde und ihre Amme Magdalen berichtet.

Manchmal, wenn wieder einmal die Neugier in ihr erwachte, schlich sie zum Burgtor und versuchte hinauszuhuschen. Doch jedes Mal versperrte ihr der Wächter mit seiner Lanze den Weg. Alles Bitten nützte nichts. Der Wächter hielt sich streng an den Befehl der Burgherrin, Zoe nicht hinauszulassen. Auch wenn sie nicht angekettet im Verlies lag, sondern sich in der Burg frei bewegen konnte und genug zu essen bekam, fühlte sie sich wie eine Gefangene.

Der Kaplan, der regelmäßig in der Burgkapelle die Messe las und sehr gebildet war, unterrichtete Zoe in Lesen, Schreiben, Rechnen und Latein. Zudem unterwiesen die Mägde sie in Nähen, Weben und Sticken. Auf diese Weise lernte Zoe alles, was eine adelige Dame wissen musste.

Dennoch fühlte sie sich einsam und wünschte sich nichts sehnlicher, als die Burg zu verlassen, um die Welt jenseits der dicken Mauern kennenzulernen.

Während sie aus dem Fenster sah, fiel ihr Blick auf das Haus ihrer Amme Magdalen. Es stand etwas abseits am Rande des Dorfes und war eher eine Hütte als ein Haus. Gefolgt von ihrer ältesten Tochter Anna trat Magdalen aus der Tür. Beide hielten Ledereimer in den Händen und gingen in Richtung Marktplatz, um Wasser aus dem Brunnen zu schöpfen.

Mit ihrer Amme verband Zoe ihre erste Erinnerung. Als sie noch ein kleines Mädchen gewesen war, hatte sie sich eines Tages bei einem Sturz auf dem Burghof das Knie aufgeschlagen. Niemand anderes als Magdalen war es gewesen, die herbeigeeilt war, sie in den Arm genommen und die

Wunde mit Spitzwegerich bedeckt hatte, von dem eine heilende Wirkung ausging.

An ihre Eltern hatte Zoe nicht die leiseste Erinnerung. Zu ihrem Kummer wusste sie nicht einmal, wie sie ausgesehen hatten.

Schließlich war da noch ihre Tante Morphia, die gestrenge Burgherrin, die als kalt und unnahbar galt. Nicht ein einziges Mal hatte sie Zoe gestreichelt oder nette Worte zu ihr gesagt. Ebenso wie die Bediensteten fürchtete sich auch Zoe vor ihr, und viel lieber würde sie in der ärmlichen Hütte der Amme zusammen mit deren fünf Kindern wohnen als hier in der Burg mit ihrer schrecklichen Tante.

»Zoe, wo bleibt mein Morgenbrei?«

Zoe zuckte zusammen und wandte sich vom Fenster ab. »Ich hole ihn sofort, Tante Morphia.« Rasch zog sie ihr knöchellanges, weißes Unterkleid aus Leinen über den Kopf. Darüber streifte sie das langärmlige, weinrote Überkleid aus Samt, das am Halsausschnitt mit feinen Stickereien verziert war.

Die Magd kam herein und betrachtete sie kritisch. »Ihr solltet mehr auf Euer Äußeres achten, Zoe«, schimpfte sie. »Wo ist Euer Gürtel?«

Zoe drehte sich einmal im Kreis und sah den Ledergürtel in der Fensternische liegen. Mitsamt dem Täschchen, das an ihm befestigt war, schlang sie ihn um ihre Taille und raffte auf diese Weise ihr weites, lose fallendes Kleid zusammen.

»Setzt Euch auf den Schemel, damit ich Euch kämmen kann.«

Nachdem Zoe Platz genommen hatte, zog die Magd einen eng gezähnten Kamm aus dem Beutel an ihrem eigenen Gürtel, umfasste Zoes widerspenstige Haare im Nacken und zog den Kamm rücksichtslos hindurch.

»Au!« Zoe fiel es schwer stillzuhalten.

»Sitzt ruhig!«, schimpfte die Magd. »Je mehr Ihr herumzappelt, desto länger dauert es.« Sie steckte den Kamm in den Beutel zurück und knüpfte Zoe ein rotes Stirnband um den Kopf, damit ihr schulterlanges Haar nach hinten gehalten wurde und es ihr nicht fortwährend ins Gesicht fiel.

Froh, das lästige Kämmen überstanden zu haben, sprang Zoe vom Schemel auf.

»Wartet!«, rief die Magd. »Eure Schuhe!«

Zoe streifte die handgenähten ledernen Schuhe über die nackten Füße, öffnete die Tür und rannte durch die Ahnengalerie zur Treppe.

Die Küche befand sich im Erdgeschoss neben dem Rittersaal. Über dem offenen Feuer hing an Eisenketten ein großer Kessel unter dem Kamin.

Nachdem Zoe den Raum betreten hatte, füllte eine der Küchenmägde Getreidebrei in einen Holznapf und reichte ihn ihr. Zoe bedankte sich, nahm einen Holzlöffel vom Bord und brachte den Napf zur Kemenate der Burgherrin. Auf ihr Klopfen hin öffnete eine Magd. Zoe wollte ihr den Napf in die Hand drücken und schnell wieder davoneilen, doch die strenge Stimme ihrer Tante hielt sie zurück.

»Stellt die Schale auf den Tisch, Zoe!«

Widerwillig betrat Zoe das Gemach. Irgendwie war es ihr hier nicht geheuer. Neben einem großen Himmelbett standen zwei hölzerne Truhen. An der hinteren Wand hingen Gemälde, die ihre Tante selbst gemalt hatte. Die Fratzen der Teufel und Hexen, die auf ihnen abgebildet waren, wirkten unheimlich und flößten Zoe Angst ein.

Vom Gemach führte eine Tür in einen angrenzenden Raum, in dem Morphia ihre Kunstwerke herstellte. Diesen konnte sie auch von der Ahnengalerie aus betreten. Zoe war froh, dass ihr eigenes Gemach am anderen Ende der Galerie lag.

Morphia stand neben einem leeren Bilderrahmen in der Fensternische. Dass ihr Körper lang und dürr war, konnte auch ihr weit fallendes Kleid nicht verbergen. Ihre schwarzen Haare hatte sie fast gänzlich unter einem Kopftuch versteckt. Ihr hageres Gesicht mit der Hakennase, den kleinen, dunklen Augen, dem spitzen Kinn und den herabhängenden Mundwinkeln verlieh ihr ein mürrisches Aussehen. Zoe hatte immer das Gefühl, vor ihr auf der Hut sein zu müssen.

Nur zögernd näherte sie sich ihrer Tante und stellte den mit Brei gefüllten Napf auf den Tisch. Dabei fiel ihr Blick auf eine mit Eisenbeschlägen versehene Schatulle aus Holz, die nahe der Tischkante stand und die sie noch nie zuvor im Gemach ihrer Tante gesehen hatte. Neugierig betrachtete sie das Holzkästchen, in dessen gewölbten Deckel auf kunstvolle Weise das Wappen der von Falkenauge geschnitzt war. Zoe nahm es in die Hand und strich behutsam über die Schnitzerei, die einen Wanderfalken mit ausgebreiteten Flügeln darstellte, aus dessen Augen Blitze zischten. Aufgeregt stellte sie fest, dass es das gleiche Bild war, das auch ihr Wappenring zeigte. »Gehörte das Kästchen meiner

Mutter?«, fragte sie verwundert. »War es ihre Schmuckschatulle?«

Mit drei schnellen Schritten eilte Morphia an den Tisch und riss Zoe das Kästchen aus der Hand. »Nein, sie gehört mir!«, keifte sie und befahl der Magd, die Schatulle auf die Truhe zu stellen. Dann setzte sie sich auf einen Stuhl, griff blitzartig nach Zoes Handgelenk, hielt es fest und starrte begierig auf den goldenen Wappenring an ihrem linken Ringfinger. »Ein sehr schöner Stein, der grüne Jaspis«, sagte sie neidvoll. »Für meinen Finger ist der Ring leider noch zu eng.«

»Er gehört ja auch mir«, antwortete Zoe patzig und zog ihre Hand zurück. Verärgert über ihre Tante betrachtete sie das Amulett, das an einer goldenen Kette um deren Hals hing. Sie hatte ihre Tante noch nie ohne den Anhänger gesehen. Auf einem dicken roten Rubin war der Teufel abgebildet – mit Hörnern, Flügeln und Pferdefuß.

Morphia, die Zoes Blick bemerkte, ließ abrupt deren Handgelenk los und umspannte den Rubin mit ihrer Hand. »Mein Edelstein besitzt magische Kräfte«, erklärte sie spöttisch. »Er ist wertvoller als Euer Wappenring.«

»Aber warum ist Satan darauf abgebildet?«, fragte Zoe.

»Er hilft mir gegen das Böse.«

Satan kann doch nicht gegen das Böse helfen, dachte Zoe zweifelnd. Nur einem Engel ist das möglich.

Morphia schien Zoes Gedanken zu erraten. Sie lachte hämisch und wedelte mit der Hand, als wollte sie Zoe wie eine lästige Fliege fortscheuchen. »Geht in Euer Gemach und arbeitet an Eurer Stickerei, damit endlich das Kissen fertig wird!«, befahl sie unfreundlich. »Mein nächstes Kunstwerk muss leider noch etwas auf sich warten.« Hinterhältig blickte Morphia zum leeren Bilderrahmen in der Fensternische.

Froh, entlassen zu sein, verspürte Zoe jedoch keine Lust, an einem sonnigen Tag wie diesem allein in ihrem dunklen Schlafgemach in der Fensternische zu sitzen und Blumen auf ein Stück Leinen zu sticken.

»Ihr seid viel zu ungeduldig«, hatte die Magd ihr vorgeworfen, weil sie sich immer wieder in den Finger stach und so ungeschickt war, dass sich das Garn verhedderte.

Trotzig schob Zoe die Unterlippe vor. Ihre Tante hatte ihr nichts zu befehlen. Sie war zwar Burgherrin, aber nur, weil ihre Eltern tot waren. Wenn sie, Zoe, erwachsen war, würde sie selbst Burgherrin sein. Dann müsste ihre Tante sich nach ihr richten. Zoe malte sich aus, wie sie sie von der Burg verbannen würde. Das erheiterte sie so sehr, dass sie vergnügt durch die Ahnengalerie hüpfte, die Treppenstufen hinabsprang und nach draußen rannte. Sie lief am Brunnen vorbei durch den mit Efeu berankten Torbogen zum Vorhof.

Gemobbt

Gegenwart

Hajo Grundmann, der Klassenlehrer der 6A, knallte die korrigierten Arbeitshefte auf den Tisch – die erste Mathearbeit seit den Sommerferien.

»Hinsetzen!«, brüllte er.

Auch ohne das Gebrüll konnte Zarin ihm ansehen, dass er sauer war.

Zarin Falkenau, ein schlanker Junge, der für seine elf Jahre etwas klein geraten war, trug blaue Bermudashorts und ein weißes T-Shirt mit einem Aufdruck seines Katers Carlo. Er hatte kurze, blonde, lockige Haare, eine leicht gekrümmte Nase und weiße, ebenmäßige Zähne. Seine Mutter behauptete, die gesunden Zähne habe er ihr zu verdanken, weil sie immer darauf geachtet habe, dass er sie bereits als Kleinkind gründlich putzte.

Die Mädchen und Jungen der 6A rannten zu ihren Plätzen, setzten sich und blickten Hajo erwartungsvoll an. Der Klassenlehrer hatte nichts dagegen, wenn seine Schüler ihn beim Vornamen nannten.

»Au!« Genervt drehte Zarin sich zu Luc um, der am Tisch hinter ihm saß und ihm ein Lineal schmerzhaft in den Rücken bohrte.

»Ruhe!«, donnerte Hajo. Er nahm die Hefte in die Hand und schritt die Tischreihen entlang. Vor

Connor blieb er stehen, nahm das oberste Heft vom Stapel und warf es ihm auf den Tisch. »Connor, zu deiner Mathearbeit fällt mir nichts ein. Nicht eine einzige Aufgabe hast du richtig gelöst.«

Connor verzog keine Miene. Er hasste die Schule, und er hasste Hausaufgaben. Bruchrechnung betrachtete er als verschwendete Zeit.

»Wenn du so weitermachst, wirst du das Klassenziel nicht erreichen. Reiß dich mal zusammen. Du kannst es sicherlich, wenn du nur willst.«

Hajos Kommentar ignorierend, machte Connor ein unbeteiligtes Gesicht und schwieg. Hajo konnte ihn gernhaben mit seinem Gequatsche. Um den Lehrer zu ärgern, fischte er zwei Gummibärchen aus der Hosentasche seiner zerlöcherten Jeans, stopfte sie gelangweilt in den Mund und kaute laut schmatzend darauf herum. Seine Zähne waren von Karies zerfressen. Den rechten oberen Schneidezahn hatte er eingebüßt, als sein Vater volltrunken einen Keramikbecher nach ihm geworfen hatte. Schließlich zog er sein schwarzes Basecap mit Totenkopf-Emblem aus der Tischablage hervor und setzte es herausfordernd auf seine strähnigen, vor Fett triefenden Haare.

Hajo, der sich nicht provozieren ließ, tat, als merke er nichts, und wandte sich Spock, Connors Tischnachbarn, zu. »Spock, äh, Benjamin«, verbesserte er sich rasch. Jetzt war ihm doch tatsächlich Benjamins Spitzname herausgerutscht. »Leider hat es diesmal nur zu einer Vier minus gereicht.«

»Faszinierend!«, hauchte Spock und kniff enttäuscht die Lippen zusammen. Er hatte sich echt

Mühe gegeben, aber mit Bruchrechnung stand er auf Kriegsfuß. Dabei hielt er sich im logischen Denken für unschlagbar. Was das betraf, eiferte er seinem Vorbild, Mr. Spock aus den Star-Trek-Filmen, nach. Das ging zum Kummer seiner Mutter so weit, dass er auch dessen Äußeres nachahmte. Mal abgesehen davon, dass er klein und stämmig war und von Geburt an abstehende Ohren hatte, strich er sich jeden Morgen seine strubbeligen schwarzen Haare mit Unmengen von Gel dicht an den Kopf. Seine Lieblingskleidung bestand aus einem blauen T-Shirt und einer schwarzen Hose. Spock träumte davon, mit der Enterprise in ferne Galaxien zu fliegen und auf einem Stern seinen Vater wiederzutreffen, der vor einem Jahr bei einem Autounfall ums Leben gekommen war.

»Luc, eine glatte Fünf«, verkündete Hajo.

Luc trug einen Igelhaarschnitt, was praktisch war, denn so konnte er sich das Kämmen sparen. Er war groß und spindeldürr wie ein Model, und weil seine Brille ihm mal wieder, wie so oft, auf die Nasenspitze gerutscht war, rückte er diese zurecht und nahm seufzend sein Heft entgegen. Eine Fünf bedeutete Taschengeldentzug und einmal mehr auf seine drei jüngeren Geschwister aufzupassen. Pech, dass er das älteste von vier Kindern war. Lucs Vater, der beruflich als Straßenbauer tätig war, kam nur an den Wochenenden nach Hause. Seine Mutter, die halbtags in der Kindertagesstätte arbeitete, konnte die vierjährigen Zwillinge dahin mitnehmen. Die sechsjährige Lotte zur Grundschule zu bringen war Lucs Aufgabe. Anschließend hetzte er immer zur Gesamtschule, die er seit einem Jahr besuchte. Im Haushalt musste er tüchtig mithelfen, da blieb kaum Zeit zum Lernen.

Als Letztem reichte der Klassenlehrer Zarin sein Arbeitsheft. »Nur Zarin hat eine sehr gute Arbeit abgeliefert. Wenigstens einer von euch hat kapiert, worum es geht.«

Zarin schlug sein Heft auf. »Sehr gut«, stand unter seiner Arbeit. Er kam nicht dazu, sich darüber zu freuen, denn Connor und Spock zischten wiederholt: »Streber!«, während Luc ihm bis zum Ende der Stunde immer wieder das Lineal in den Rücken stocherte. Zarin schluckte. Er wusste nicht, warum die drei es auf ihn abgesehen hatten. Seit er mit ihnen in einer Klasse war, mobbten sie ihn. Obwohl er versuchte, ihnen aus dem Weg zu gehen und sie nicht zu beachten, lauerten sie ihm trotzdem ständig auf und freuten sich, wenn er aus Angst vor ihnen davonrannte.

Als es zum Schulschluss klingelte, packte Zarin hastig seinen Rucksack, griff nach dem blauen Sportbeutel und sprang auf, um als Erster die Klasse zu verlassen.

»Zarin, warte einen Augenblick!« Hajo hielt ihn am Arm fest. »Ich möchte dich zu deiner guten Mathearbeit beglückwünschen. Sehr gute Leistung. Du bekommst von mir ein Extrasternchen.«

»Danke«, würgte Zarin hervor.

Den kurzen Moment hatten Connor, Luc und Spock genutzt, um vor ihm die Klasse zu verlassen.

Auf dem Schulhof spähte Zarin wachsam in alle Richtungen, doch zu seiner Erleichterung ließen sich die drei nicht blicken. Hoffentlich waren sie schon nach Hause gegangen.

Das Einfamilienhaus, in dem er mit seinen Eltern wohnte, war nicht weit entfernt. Es stand in einem Neubaugebiet am Fuße des Weinbergs. Er brauchte nur die Straße bis zur Kreuzung hinunterzugehen und in die Burgstraße einzubiegen. Die Burgstraße war eine Sackgasse und endete in einem Feldweg, der sich, an Weinstöcken vorbei, den Hügel zur Burgruine hinaufzog. Das letzte Haus am Wendeplatz gehörte seinen Eltern.

Zarin war froh, dass er den Heimweg unbehelligt geschafft hatte, doch seine Freude währte nicht lange, denn plötzlich sprangen Connor, Luc und Spock mit lautem Geschrei über die niedrige Mauer, die das Grundstück eines Doppelhauses umgab und hinter der sie sich versteckt hatten.

Fluchtartig lief Zarin davon. In seiner Hast stolperte er über seine eigenen Füße und fiel der Länge nach auf den Gehweg. Schon waren die drei Jungen über ihm. Luc riss ihm seinen Sportbeutel aus der Hand, während Connor heftig gegen seinen Schulrucksack trat.

»Lasst mich in Ruhe!«, rief Zarin verzweifelt. »Ich habe euch nichts getan!«

»Hört, hört«, feixte Connor und schob sein Basecap ins Genick. »Der Streber hat nichts getan.«

»Schleimt sich an den Hajo ran«, rief Spock und fing mit einer Hand den Sportbeutel auf, den Luc ihm zuwarf.

Connor versetzte Zarin einen Tritt gegen das Schienbein.

»Aua!« Zarin rieb sich die schmerzende Stelle. Tränen traten in seine Augen.

Das Motorengeräusch eines Wagens, das zuerst ein leises Brummen gewesen war, wurde nun stetig lauter. Wenig später bog das orangefarbene Fahrzeug der Müllabfuhr in die Burgstraße ein.

Connor ließ von Zarin ab, sah sich um, grinste und befahl Spock: »Her mit dem Sportbeutel!« Geschickt fing er ihn auf, lief zu der von den Bewohnern des Hauses bereitgestellten Mülltonne, hob den Deckel hoch und hielt den Sportbeutel über die Öffnung.

Währenddessen näherte sich das Müllfahrzeug dem Doppelhaus. Entsetzt musste Zarin mit ansehen, wie Connor seinen Sportbeutel losließ, der Müllmann vom Trittbrett sprang und die Mülltonne zum Fahrzeug rollte, wo ein Greifer sie hochzog und den Inhalt in den Schlund des Wagens entleerte. Sein Sportzeug war auf Nimmerwiedersehen verschwunden.

Connor, Luc und Spock zeigten das Siegeszeichen und liefen lachend davon.

Frustriert blickte Zarin dem Müllauto nach. Hätte er doch lieber das Angebot seines Vaters angenommen, ihn von der Schule abzuholen, aber er wollte von den drei Jungen nicht wieder »Schisser« genannt werden, denn das hatten sie getan, als er sich vergangene Woche hatte abholen lassen.

Ein dunkelblauer Familienwagen bog in die Burgstraße ein. Zarins Vater Martin saß am Steuer des Vans. Er bremste sofort, als er seinen Sohn auf dem Gehweg hocken sah, riss die Wagentür auf und sprang heraus. »Was ist passiert?«, fragte er besorgt.

»Nichts«, schniefte Zarin und bemühte sich vergeblich, die Tränen zurückzuhalten. »Ich bin hingefallen.«

»Hast du dich verletzt?«

»Nein«, wehrte Zarin ab. »Aber mein Sportbeutel ist weg.«

»Dann kaufen wir eben einen neuen«, meinte sein Vater unbekümmert und strich ihm tröstend über den Kopf.

»Aber meine Sportschuhe und Sporthose waren darin, und Montag haben wir wieder Sport in der Schule.«

»Steig ein, Zarin! Wir fahren am besten gleich zum Sportgeschäft und erledigen das.«

Zarin lächelte trotz seiner Tränen. Sein Vater war in Ordnung. Er hatte einen muskulösen, durchtrainierten Körper. Zweimal in der Woche besuchte er das Fitnessstudio. Seine lockigen, blonden Haare, die Zarin von ihm geerbt hatte, lichteten sich bereits stark an den Schläfen. Die Nase wies die gleiche Krümmung auf wie die von Zarin. Während sich Zarins Mutter immer schnell aufregte, blieb sein Vater stets ruhig und gelassen.

Zarin überlegte, ob er ihm von Connor, Luc und Spock erzählen sollte, die ihm seit seinem Wechsel zur Gesamtschule das Leben zur Hölle machten. Aber dann würde sein Vater ihn sicherlich jeden Tag zur Schule bringen und wieder abholen. Dadurch hätte er noch mehr Stress. Das wollte er auf keinen Fall. Also schwieg er.

Im Sportgeschäft kaufte sein Vater ihm Markensportschuhe in bunten Neonfarben, eine schwarze Markensporthose und einen grünen Sportbeutel.

Als sie mit dem Wagen in die Auffahrt zu ihrem Einfamilienhaus einbiegen wollten, versperrte Kater Carlo den Weg. Auch das Hupen nützte nichts. Carlo bewegte nur den Kopf, verließ aber seinen Platz nicht.

»So ein sturer Kater!«, schimpfte Zarins Vater.

Schnell sprang Zarin aus dem Auto. »He, Carlo, mach Platz, sonst wirst du platt gefahren!«

Noch immer bewegte Carlo sich keinen Zentimeter. Zarin hob den dicken, schwarzen Kater hoch und trug ihn bis zur Haustür, setzte ihn auf der Fußmatte ab und kraulte ihn am Kinn, worauf Carlo wohlig zu schnurren begann.

Zarins Mutter Claudia öffnete die Haustür. »Da bist du ja endlich, Zarin!«

Die Ärmel ihres pinkfarbenen Longshirts waren hochgekrempelt und ihre eng anliegende Jeans strotzte nur so von Farbflecken. An ihren Unterarmen und in ihrem Gesicht klebten getrocknete Tonreste. Sogar in ihrem dunkelblonden Haar, das sie zu einem Pferdeschwanz gebunden hatte, befand sich rötliche Tonerde.

Zarins Mutter war Künstlerin. Wenn sie an der Töpferscheibe saß, entstanden unter ihren Händen aus einem Klumpen Ton wie durch Zauberei wundervolle Schalen, Vasen und Krüge. Bevor die Keramikteile ein zweites Mal gebrannt wurden, bemalte sie diese mit farbenfrohen Motiven. »Ich habe mir schon Sorgen gemacht«, sagte sie. »Wieso kommst du so spät? Und warum bist du nicht an dein Smartphone gegangen, als ich angerufen habe?«

Zarin zuckte mit den Schultern. »Ton auf lautlos, Mama.«

»Hallo, Claudia.« Zarins Vater gab seiner Frau zur Begrüßung einen Kuss.

Zarin folgte den beiden ins Haus und warf Rucksack und Sportbeutel neben der Garderobe auf den Boden.

»Zarin, wie oft habe ich dir schon gesagt, dass du sorgsamer mit deinen Sachen umgehen sollst«, empörte sich seine Mutter. Sie bückte sich nach dem Sportbeutel, hob ihn auf und stutzte. »Das ist doch gar nicht deiner! Der Sportbeutel hier ist grün, und deiner ist blau. Hast du ihn in der Schule vertauscht?«

Mist, er hatte nicht bedacht, dass es besser gewesen wäre, wenn er die gleiche Farbe gewählt hätte. »Habe meinen Sportbeutel irgendwo verloren«, log er.

»Wieso verloren?«, fragte seine Mutter und sah ihn prüfend an. »Das geht nicht, Zarin. Du musst besser auf deine Sachen aufpassen! Jetzt musst du Montag ohne Sportzeug in die Schule. Wem gehört dieser Sportbeutel?«

»Mir. Papa hat ihn gekauft und dazu eine neue Sporthose und coole Schuhe.«

Seine Mutter zog die neonfarbenen Schuhe und die schwarze Sporthose aus dem Beutel. »Das sind ja alles Markenartikel!« Sie suchte nach den Preisschildern, las die Beträge und schluckte. »Martin, wie konntest du nur wieder so viel Geld ausgeben?«, schimpfte sie.

Die Vorwürfe seiner Frau ignorierend, suchte Zarins Vater in der Küche nach etwas Essbarem. Sein Blick fiel auf die unbenutzte Arbeitsfläche und das leere Ceranfeld. »Sag mal, gibt es nichts zu essen, Claudia?«

»Ich hatte bisher keine Zeit, um zu kochen«, verteidigte sie sich. »Den ganzen Vormittag habe ich getöpfert und die Krüge eben erst in den Brennofen geschoben. Morgen beginnt der Mittelaltermarkt auf dem Marktplatz und die restliche Ware muss noch fertig werden. Heute wäre es gut gewesen, wenn du uns Essen aus dem Restaurant mitgebracht hättest.«

»Ich kann doch nicht einfach Essen mitgehen lassen. Wie stellst du dir das vor? Sämtliche Lebensmittel werden aufs Genaueste kalkuliert.«

Genervt erwiderte Zarins Mutter: »Schon gut, dann mach du uns was zu essen. Schließlich bist du Koch von Beruf.«

Um einen längeren Streit zwischen seinen Eltern zu verhindern, öffnete Zarin rasch die Tür des Gefrierschranks und schaute hinein. »Wir haben noch Pizza, Mama. Sogar eine vegetarische für dich ist noch da«, verkündete er.

»Na gut, dann sei so lieb und schiebe für uns alle Pizza in den Backofen. Ich muss jetzt nach den Krügen im Brennofen sehen.« Eilig lief seine Mutter in den Garten zu einem rot gestrichenen Holzhaus, in dem sie ihre Töpferwerkstatt eingerichtet hatte.

»Heute ist der Wind günstig«, überlegte Zarins Vater laut. »Ich höre meinen Gleitschirm rufen. Nach dem Essen fahre ich zur Burg Falkenauge.« Mit einem Blick auf Zarin fragte er: »Hast du Lust mitzukommen?«

»Ja, kann ich machen, Papa.«

Im Geheimgang

Anno 1318

Im Vorhof der Burg schwang Bruno, der Falkner, ein Lederkissen an einer Schnur um seinen Kopf. An dem Kissen hatte er Vogelflügel befestigt.

Zoe mochte den alten Bruno. Er trug einen so dichten Vollbart, dass von seinem Gesicht nur seine lange Nase, die buschigen Brauen und die konzentriert blickenden Augen zu sehen waren.

»Was treibt Ihr da, Bruno?«, rief Zoe und näherte sich neugierig.

»Ich fürchte, der junge Gerfalke hat das Weite gesucht.« Bruno ließ das Kissen sinken, schirmte zum Schutz vor den blendenden Sonnenstrahlen seine Augen mit der Hand ab und blickte angestrengt in die Höhe. »Er ist verschwunden. Das ist ärgerlich. Alle Mühe war umsonst.«

Zoe legte den Kopf in den Nacken und spähte ebenfalls in den Himmel. Hoch über ihnen, nur als winziger Punkt zu sehen, kreiste der Gerfalke. »Da ist er doch!« Aufgeregt deutete sie nach oben. »Er kreist über uns. Schnell, Bruno, lockt ihn mit dem Kissen!«

Bruno ergriff den Riemen und wirbelte das Lederkissen erneut um seinen Kopf. Mit seinen scharfen Augen verfolgte der junge Gerfalke das herumschwingende Kissen und schien unschlüssig, wie er sich verhalten sollte. Plötzlich ging er in den Sturzflug über, sauste wie ein Pfeil herab und schlug seine Krallen in das Kissen.

»Gut gemacht«, lobte Bruno den Falken und hielt ihm seine behandschuhte Hand hin. Der Falke hüpfte darauf und bekam zur Belohnung ein Stück rohes Fleisch.

»Er kann ja schon Beute schlagen!«, rief Zoe und klatschte laut Beifall. »Darf ich ihn auch einmal halten?«

Der Falkner nickte. »Aber zieht zuvor den Lederhandschuh über, damit er Euch nicht mit seinen Krallen verletzt.« Er sah Zoe wohlwollend zu, wie sie voller Eifer einen zweiten, viel zu großen Handschuh über ihren Arm streifte.

»Kommt!«, lockte sie den Falken.

Bruno hielt seinen Arm neben ihren, und der Falke hüpfte auf ihre Hand und sah sie erwartungsvoll an. Als er merkte, dass Zoe keinen Leckerbissen für ihn hatte, flatterte er enttäuscht auf Brunos Handschuh zurück.

Zoe blickte zu dem Holzpfahl hinüber, den Bruno fest in den Boden geschlagen hatte. Auf der Querstange, die er an dem Pfahl befestigt hatte, saß reglos ein Wanderfalke, der sie aufmerksam beobachtete.

»Falko«, lockte Zoe ihn. »Kommt!« Sie wedelte einladend mit ihrer behandschuhten Hand. Der Wanderfalke breitete seine Schwingen aus und flog zu ihr. Behutsam streichelte sie sein dunkelblaugraues Gefieder, das auch schon die Hände ihres Vaters berührt hatten.

Bruno betrachtete sie lächelnd. »Zoe, Ihr habt so scharfe Augen wie ein Falke.« Das stimmte, dachte Zoe, aber ihre Augen waren blau wie die Farbe des Himmels. Falkos Augen dagegen waren dunkelbraun wie die Erde eines umgepflügten Feldes. »Falko war der Lieblingsfalke Eures Vaters.« Ein wenig zitterte Brunos Stimme, als er daran dachte, wie er früher mit dem Burgherrn zur Jagd ausgeritten war. Um seine Rührung zu verbergen, schnäuzte er sich laut.

»Dann ist Falko schon sehr alt?«, fragte Zoe.

»Ja, er zählt mindestens elf Lenze. Einige Wochen, bevor Ihr geboren wurdet, hat Euer Vater, der Burgherr Bernhard von Falkenauge, den Falken für die Beizjagd abgerichtet.«

»Hat mein Vater das genauso gemacht, wie Ihr es tut, Bruno?«

Bruno nickte.

Wehmutsvoll entfuhr Zoe ein Seufzer. Sie stellte sich vor, wie ihr Vater den Falken gerufen hatte und wie dieser auf seiner behandschuhten Hand gelandet war.

Bruno pfiff nach seinem Jagdhund. »Ich werde mit dem jungen Gerfalken auf die Jagd reiten. Vielleicht schlägt er ein Rebhuhn.«

»Darf ich Euch begleiten?«, bat Zoe.

»Von mir aus gern. Aber Ihr müsst Eure Tante um Erlaubnis bitten.«

Zoe entließ Falko in die Luft, gab Bruno den Lederhandschuh zurück und rief aufgeregt: »Wartet auf mich!«

Eilig lief sie davon, um die Burgherrin zu suchen. Auf dem Weg zum Palas stieß sie am Torbogen mit ihr zusammen. Ihre Tante hatte sich für einen Ausritt ihren grünen Umhang übergeworfen. Von ihrem Gürtel baumelten mehrere Täschchen herab, in denen sie verschiedene Dinge verstauen konnte, und unter ihrem knöchellangen Überkleid lugten Halbstiefel aus Leder hervor. Bevor Zoe ihren Wunsch äußern konnte, wurde sie von ihrer Tante angeschnauzt: »Was treibt Ihr Euch hier rum? Ihr solltet doch Eure Stickarbeit fertigstellen.« Ohne Zoes Antwort abzuwarten, rief sie mit herrischer Stimme nach dem Stallmeister, der augenblicklich ihr Pferd herbeiführte und ihr in den Sattel half.

Zoes Tante Morphia verließ sich nicht auf den Bericht des Burgvogts, sondern kontrollierte in Begleitung ihrer Knappen höchstpersönlich, ob die Leibeigenen in den Weinbergen auch zügig arbeiteten und nicht etwa faulenzten. Als sie sah, wie der Falkner dem jungen Gerfalken eine Lederkappe aufsetzte, stutzte sie. »Wollt Ihr zur Jagd ausreiten?«

Bruno nickte. »Ich glaube, der Falke ist jetzt so weit, dass er die Beute schlägt, Herrin.«

»Bringt ein paar Rebhühner für die Küche mit!« Mit einem Blick auf Zoe fragte sie: »Wieso steht Ihr immer noch hier rum?«

Ihren ganzen Mut zusammennehmend bat Zoe ihre Tante um Erlaubnis, Bruno auf der Jagd begleiten zu dürfen. Doch ihre Bitte wurde abgelehnt.

»Das kann ich nicht zulassen«, erwiderte ihre Tante gefühllos. »Euch könnte etwas zustoßen, und ich habe Eurer Mutter und Eurem Vater versprochen, gut auf Euch aufzupassen.«

»Aber da war ich noch ein Säugling«, wandte Zoe ein. »Meine Mutter würde es bestimmt erlauben.«

»Eure Eltern sind tot. In drei Jahren seid Ihr erwachsen. Dann könnt Ihr die Burg verlassen und Eure eigenen Entscheidungen treffen.« Streng blickte ihre Tante sie an und befahl mit gebieterisch ausgestrecktem Arm: »Ihr begebt Euch sofort in Euer Gemach an den Stickrahmen!« Entschlossen riss sie ihr Pferd am Zügel herum und stieß ihm die Stiefel in die Weichen.

Mit hoch erhobenen Lanzen folgten die Knappen ihrer Herrin, und im nächsten Moment donnerten die Hufe der Pferde über die hölzerne Zugbrücke.

Vor Enttäuschung stampfte Zoe mit dem Fuß auf. Bruno warf ihr einen bedauernden Blick zu.

Aber anstatt sich ihrem Stickrahmen zu widmen, lief Zoe zum Wehrgang. Obwohl es kein Geländer zum Festhalten gab, kletterte sie leichtfüßig wie eine Katze die schmalen Steinstufen hinauf. Sie stellte sich auf die Zehenspitzen, legte ihre Unterarme auf die Brüstung und beobachtete Bruno. Der ritt in Begleitung seines Jagdhunds mit dem Gerfalken auf dem Arm den Weinberg hinab, am Dorf vorbei zu den in allen Farben blühenden Feldwiesen am Fluss. Dort angekommen, stieg er vom Pferd, nahm dem Falken die Lederkappe ab und entließ ihn in die Luft. Zoe sah, wie er in immer größere Höhen aufstieg und über Bruno seine Kreise zog. Währenddessen streifte der Jagdhund suchend durch das hohe Gras, um Rebhühner und Wachteln aufzuscheuchen.

Nun kletterte Zoe auf die schmale Brüstung des Wehrgangs. Sie dachte nicht daran, dass sie straucheln und in die Tiefe stürzen könnte. Schwindel kannte sie nicht.

Plötzlich flogen zwei Wachteln auf und sie hielt den Atem an. Was würde der Gerfalke tun? Mit seinen scharfen Augen entdeckte dieser die Beute. Im Sturzflug stieß er aus der Höhe herab. Seine Flügel presste er dicht an den Körper. Kurz bevor er den Erdboden erreichte, öffnete er die Schwingen ein wenig, folgte der Flugbahn der Wachteln und ergriff eine von ihnen mit seinen Krallen.

Gebannt hatte Zoe das Geschehen beobachtet und begann mit offenen Augen zu träumen. So sehr wünschte sie sich, wenigstens einmal mit ihrem Vater zur Jagd ausgeritten und über die blühende Feldwiese gerannt zu sein. Aber dazu war es nicht mehr gekommen. Und jetzt durfte sie nicht einmal mit Bruno die Burg verlassen.

Sie seufzte. Ach, könnte sie doch ein Falke sein, sich frei in die Lüfte erheben und den dicken Mauern der Burg entfliehen. Auf einmal wurde ihre Sehnsucht nach Freiheit übermächtig. Leichtfüßig sprang sie von der Brüstung und rannte über den Innenhof zum Burgtor. Vielleicht hatte sie Glück und der Torwächter hielt ein Nickerchen. Dann würde sie schnell über die Zugbrücke huschen, zum Dorf hinunterrennen und sich bei Magdalen verstecken.

Doch vor dem Torhaus saßen zwei Wächter auf dem Boden und waren so in ihr Würfelspiel vertieft, dass sie überlegte, ob sie versuchen sollte, einfach an ihnen vorbeizuschleichen. Entschlossen trat sie hinter dem Mauervorsprung hervor, schnellte aber augenblicklich wieder zurück, weil einer der Männer, offenbar der Verlierer, den Würfelbecher abstellte und aufstand.

»Wollt Ihr Revanche?«, fragte der andere.

Der Erste schüttelte den Kopf und griff nach seiner Lanze. »Später. Ich muss Karl auf seinem Wachposten am Ausgang des Geheimgangs ablösen.«

Zoe drückte sich eng an die Mauer, als der Wächter an ihr vorbei zum oberen Burgtor schritt. Neugierig folgte sie ihm. Von welchem Geheimgang hatte der Mann gesprochen? Davon hatte sie noch nie etwas gehört. Gab es einen geheimen Weg aus der Burg heraus? Zoe fühlte, wie ihr Herz vor Aufregung schneller schlug.

Der Wächter schritt am Kräutergarten an der Südseite der Festungsmauer entlang, durch den Torbogen in den Innenhof, vorbei am Palas zum Bergfried. Dieser viereckige hohe Turm war als letzte Zufluchtsstätte für die Bewohner gedacht, falls eines Tages die Burg belagert und eingenommen würde. Deshalb befand sich die Türöffnung zum Bergfried auch nicht zu ebener Erde, sondern war zwei Manneslängen höher angebracht. In friedlichen Zeiten lehnte eine Leiter an der Öffnung, die jedoch bei Einnahme der Burg emporgezogen werden konnte.

Zu Zoes Verwunderung stieg der Wächter die Leiter hinauf und verschwand im Turm. Vorsichtig blickte sie sich um. Außer dem Küchenjungen, der mit dem Rücken zu ihr am Brunnen stand und einen Ledereimer in die Tiefe hinabließ, war niemand zu sehen.

Diesen günstigen Augenblick nutzte Zoe, stieg flink die Leiter empor und drückte die Holztür auf. Nachdem sie eingetreten war, schloss sie die Tür hinter sich und sah sich um. Im Inneren des Turms führte eine steinerne Treppe an der Wand entlang zum nächsten Zwischenboden. Einen Handlauf zum Festhalten gab es nicht. Ob der Wächter die Treppe hinaufgestiegen war? Das wenige Licht, das durch die Schießscharten hereinfiel, beleuchtete den Raum nur spärlich.

Während sie noch überlegte, erblickte sie zu ihrem Erstaunen eine aufgeklappte Falltür nur wenige Fußlängen von sich entfernt. Schon öfter war sie heimlich im Bergfried gewesen, aber die Falltür hatte sie bisher nicht bemerkt.

Vorsichtig näherte sich Zoe der Öffnung. Steinstufen führten in das untere Stockwerk. Sie hielt den Atem an und horchte, konnte aber keine Geräusche hören. Da schien kein Wächter zu sein. Schnell huschte Zoe die Stufen hinab. Sie befand sich in einem Raum, der sich auf gleicher Höhe mit dem Innenhof befinden musste. Durch die Falltür fiel kaum Licht nach unten. Es war noch dunkler als im Bergfried. Suchend ließ sie ihren Blick schweifen. Wenn der Wächter ebenfalls hier heruntergestiegen war, wo war er dann geblieben?

Während sie sich umsah, wäre sie beinahe in die Tiefe gestürzt. Nur weil eine Unebenheit im Boden ihre Aufmerksamkeit erregte, sah sie das kreisrunde Loch gerade noch rechtzeitig.

Mit klopfendem Herzen legte sich Zoe auf den Boden und tastete mit der Hand den Rand des Lochs ab. Sie fühlte eine Steinstufe. Eine Treppe führte hinunter in den Felsen, auf dem die Burg erbaut war. Aber es war zu dunkel, um etwas sehen zu können.

Der Wächter ist sicherlich nicht ohne Licht in die Dunkelheit hinabgestiegen, überlegte Zoe. Irgendwo müssen die Fackeln gelagert sein. Sie tastete sich an den Wänden entlang und stieß auf die Wandhalterungen mit den Fackeln. Auf Zehenspitzen stehend, zog sie mühsam eine Fackel heraus. Nun fehlte nur noch Feuer. Aufgeregt blickte Zoe sich um und entdeckte in einer Ecke einen Holztisch. Dort fand sie alles, was sie suchte: die Feuersteine, ein Schlageisen, Zunder und eine Schale mit Birkenrinde.

Mit dem Stück Eisen schlug sie gegen die scharfe Kante eines der Feuersteine, wie sie es einmal bei der Magd gesehen hatte, nachdem das Herdfeuer durch die Unachtsamkeit des Küchenjungen erloschen war. Kleine Späne lösten sich vom Stein und fingen an zu glühen. Schnell hielt Zoe den Zunder, der aus verkohltem Leinengewebe bestand, an die Funken, und wenig später begann er zu glühen. Sie legte ihn in die Schale mit Birkenrinde und blies hinein. Auch das hatte sie bei der Küchenmagd gesehen. Als die Birkenrinde ebenfalls glühte, hielt

Zoe das mit Pech getränkte Ende der Fackel in die Glut, woraufhin diese Feuer fing.

Erleichtert atmete Zoe auf und trat mit der Fackel an das Loch. Jetzt sah sie die schmalen Steinstufen, die in die Tiefe führten. Einen Moment zögerte sie. Sollte sie lieber zurückgehen? Doch dann kniff sie energisch die Lippen zusammen. Sie wollte aus der Burg fliehen, also musste sie ihre Chance nutzen und wohl oder übel die Stufen hinabsteigen.

Zoe zählte zehn Stufen. Die letzte mündete in einen engen, niedrigen Gang, der stetig in die Tiefe führte. Sie folgte ihm und wunderte sich, dass er kein Ende zu nehmen schien.

Auf einmal weitete sich der Gang und Zoe leuchtete mit ihrer Fackel umher. »Nein, bitte nicht das auch noch!«, murmelte sie, als sie sah, dass sich der Gang teilte. Während sie abwog, ob sie den rechten oder den linken Gang wählen sollte, hörte sie jemanden fluchen. Das musste der abgelöste Wächter sein, der auf dem Rückweg zum Bergfried war. Schon war der Lichtschein seiner Fackel im rechten Gang zu sehen.

Um nicht mit ihm zusammenzutreffen, huschte Zoe rasch in den linken Gang. Nach drei Biegungen weitete sich dieser zu einer Höhle. In großen Trauben hingen Fledermäuse an der Decke, von denen einige aufflatterten, als der Lichtschein der Fackel auf sie fiel, sich aber schnell wieder beruhigten und an ihren Schlafplatz zurückkehrten.

Staunend blickte Zoe umher. An der Decke hingen lange Zapfen und auf dem Boden standen verschieden hohe Säulen in den unterschiedlichsten

Formen. Sie betastete einen der größeren Zapfen und stellte verwundert fest, dass dieser aus Stein war. Wasser rann an ihm herunter und tropfte auf den Boden. Im Schein der Fackel glitzerten die Zapfen wie weiße Edelsteine. So etwas Schönes hatte sie noch nie gesehen. Der Berg, auf dem die Burg Falkenauge stand, barg ein Geheimnis!

Wenn Fledermäuse hier hereingekommen waren, musste es einen weiteren Weg geben, überlegte Zoe. Sie konnte sich nicht vorstellen, dass die Tiere durch den engen, von Menschenhand gegrabenen Gang geflogen waren.

Suchend leuchtete sie mit ihrer Fackel in jeden Winkel, konnte jedoch zwischen den Felsen keine Öffnung ausmachen. Von Neugier ergriffen, wohin die Höhle führen mochte, kletterte sie, ohne auf ihr Kleid zu achten, über ein paar Felsbrocken in den hinteren Teil der Höhle.

Ein See versperrte ihr den Weg. Im Schein der Fackel spiegelte sich die Höhlendecke mit den herabhängenden Zapfen auf der Wasseroberfläche. Der See schien sehr tief zu sein. Hier kam sie nicht weiter.

Ein Blick auf die Fackel, die bereits weit heruntergebrannt war, machte Zoe klar, dass sie sich beeilen musste, wenn sie nicht plötzlich in völliger Dunkelheit stehen wollte. Über die Felsen kroch sie zurück und merkte nicht, dass sie dabei ihr Kleid zerriss.

Nachdem sie die Weggabelung erreicht hatte, bog sie in den noch unbekannten Gang ein und folgte ihm eine gefühlte Ewigkeit. Endlich schimmerte

Tageslicht herein und ihre Ohren vernahmen ein leises Rauschen. Das musste der Fluss sein.

Vor Freude sprang Zoe in die Luft. Sie hatte es geschafft! Jetzt konnte sie zum ersten Mal in ihrem Leben die Burg verlassen. Sie steckte die Fackel in eine der auch hier befindlichen Wandhalterungen und bog vorsichtig ein paar Efeuranken beiseite, hinter denen sie den Ausgang vermutete.

Doch sie hatte sich zu früh gefreut. Als sie ihren Kopf durch die Öffnung steckte, sah sie unmittelbar neben sich den Wächter sitzen. Wenn sie den Arm ausstreckte, würde sie ihn berühren können.

Enttäuscht zog Zoe sich in den Gang zurück, denn im Moment wusste sie nicht, wie sie den Wächter von seinem Posten weglocken sollte. Sie griff nach der Fackel und machte sich auf den Rückweg. Wenn Anna das nächste Mal mit ihrer Mutter Magdalen auf die Burg kam, wollte sie Anna darum bitten, ihr bei der Flucht zu helfen.

Als sie den ebenerdigen Raum des Bergfrieds erreichte, erlosch ihre Fackel. Im letzten Aufflackern sah Zoe voller Entsetzen, dass die Falltür geschlossen war. Sie rannte die Stufen hinauf und drückte mit ihrer Schulter dagegen, aber ihr fehlte die Kraft, um die Tür aufzustoßen.

Im Finstern tastete sie sich die Stufen wieder hinab und kroch unter den Tisch. Ihr blieb nichts anderes übrig, als abzuwarten, bis einer der Wächter zur Ablösung erschien.

Um sich die Zeit zu vertreiben, sang sie alle Lieder, die sie kannte, und sagte laut lateinische Sätze auf, die sie beim Kaplan gelernt hatte. Als sie zum

Kopfrechnen überging, hörte sie endlich Geräusche über sich. Die Falltür flog auf und ein Wächter stieg herab. Zum Glück ließ er die Tür offen. Zoe kauerte sich dicht an die Steinwand, während der Wächter nach einigen erfolglosen Versuchen endlich seine Fackel anzündete. Kaum war er durch das Loch verschwunden, hastete sie die Stufen hinauf und atmete erleichtert aus, nachdem sie die Falltür hinter sich gelassen hatte. Etwas frische Luft würde ihr jetzt guttun, also stieg sie die schmalen Stufen zur obersten Plattform des Bergfrieds hinauf. Hier oben wehte ein kräftiger Wind, der das Fahnentuch mit dem Wappen der von Falkenauge laut knattern ließ.

»He«, wunderte sich der Wächter, der an diesem Ort Ausschau hielt, ob Feinde im Anmarsch waren, »wie seht Ihr denn aus?«

Zoe blickte an sich herunter und bemerkte erst jetzt, dass ihr Kleid beschmutzt und zerrissen war. »Ach, ich habe im Kräutergarten Unkraut gejätet.«

Der Wächter war mit der Antwort zufrieden und kümmerte sich nicht weiter um sie.

Zoe legte ihre Arme auf die Brüstung und hielt Ausschau nach Magdalen und Anna.

Wegezoll

Gegenwart

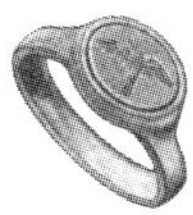

Zarin und sein Vater fuhren die Serpentinen am Weinberg zu der Ruine der Burg Falkenauge hinauf, denn wenn der Wind gut stand, hielt seinen Vater nichts zu Hause. Zarin bewunderte ihn, weil er es liebte, sich über die Felsen in die Tiefe zu stürzen und wie ein Vogel durch das Tal zu fliegen. Er selbst hätte nie den Mut aufgebracht, nur an dem dünnen Gestänge hängend in den Abgrund zu springen. Ihm wurde schon schwindelig, wenn er auf dem Wehrgang der Burgruine stand und in die Tiefe schaute.

Zarins Vater parkte den Van auf dem Plateau unterhalb der Zugbrücke und Zarin half ihm, den Gleitschirm auszubreiten, der aus zwei Lagen Nylonstoff bestand. So konnte die Luft vorn einströmen und für Auftrieb sorgen.

Zweifelnd betrachtete Zarin die dünnen Leinen, die das Gurtzeug mit der Unterseite des Gleitschirms verbanden. Von der Festigkeit dieser Fäden hing das Leben des Paragleiters ab.

Nachdem Zarins Vater eine winddichte Hose und eine ebensolche Jacke angezogen hatte, band er seine knöchelhohen, festen Schuhe zu. Dann stülpte er sich den Schutzhelm über den Kopf und griff nach den Handschuhen.

»Perfekte Thermik heute. Willst du mitfliegen, Zarin?«

Zarin zögerte.

»Du musst dich nur trauen. Deine Angst einmal überwinden. Dann wirst du es immer wieder wollen. Es ist ein unbeschreibliches Gefühl, wie ein Vogel zu fliegen.«

Zarin dachte daran, dass er sich im Schwimmbad ewig lange nicht getraut hatte, vom Dreimeterbrett zu springen. Als er es einmal gewagt hatte, weil er unbedingt das Jugendschwimmabzeichen Silber und Gold haben wollte, machte es ihm danach nichts mehr aus. Vielleicht war es beim Paragleiten auch so. Zweifelnd sah er hinüber zur Felskante und zögerte. »Ich weiß nicht, Papa.«

»Im Wagen liegt alles, was du brauchst: Jacke, Hose, ein Helm.«

Aus dem Van ertönte plötzlich die Liedzeile »Über den Wolken muss die Freiheit wohl grenzenlos sein«.

»Papa, dein Handy klingelt«, merkte Zarin an, als die Anrufmelodie an Lautstärke zunahm.

Sein Vater ging zum Auto, öffnete die Fahrertür, griff nach seinem Smartphone und blickte auf das Display. Genervt verzog er das Gesicht. »Mein Chef.«

»Musst du arbeiten?«, fragte Zarin.

»Nein. Ich habe jetzt frei«, erklärte sein Vater und drückte das Gespräch weg.

Das Smartphone spielte erneut die Melodie.

»Verdammt, der lässt nicht locker«, fluchte sein Vater und nahm das Gespräch an. »Ja, was gibt's?«

»Martin, wir brauchen dich dringend in der Küche!« Der Chef seines Vaters sprach so laut, dass Zarin jedes Wort verstand.

»Ich habe frei, schon vergessen? Du hast den Dienstplan selbst geschrieben.«

»Das weiß ich. Notfall. Dreißig Personen haben sich zum Essen angemeldet. Und meine Frau liegt mit Migräne im Bett. Da brauche ich meinen Koch.«

»Dein Koch stürzt sich gleich von der Burgruine.«

»Martin, ich verlasse mich auf dich!«

Genervt beendete Zarins Vater das Gespräch, stopfte sein Smartphone in seine Jackentasche und zog den Reißverschluss zu.

»Meinen Chef habe ich satt bis hier oben«, schimpfte er und deutete mit der Hand an seine Stirn. »Am liebsten würde ich mich lieber heute als morgen selbstständig machen.«

»Dann mach das doch, Papa. Du bist ein guter Koch.«

Sein Vater blickte zu den Ruinen der Burg hinüber. »Ich habe schon mal überlegt, ob ich eines der Gebäude der Burg wiedererrichten und darin ein Restaurant mit einer großen Terrasse eröffnen könnte. Das würde die Touristen anlocken. Aber dazu müsste ich einen Kredit bei der Bank aufnehmen. Da macht deine Mutter bestimmt nicht mit. Unser Haus ist noch nicht mal abbezahlt.«

Zarin schaute ebenfalls zur Ruine hinüber. Die Idee seines Vaters fand er super. In seiner Fantasie konnte er das Restaurant und die Terrasse förmlich vor sich sehen. Zu seinem Schrecken sah er auch

Connor, Luc und Spock, die gerade über die Zugbrücke schlenderten. Und diese drei waren leider echt.

Hilfesuchend blickte er sich nach seinem Vater um, der bereits das Gurtzeug angelegt hatte und in diesem Moment die Bein- und Brustgurte schloss. »Zarin, beeil dich. Ich will starten.«

Zarin kämpfte mit sich. Vor ihm tat sich der Abgrund auf, während hinter ihm die drei Jungen näher kamen und bestimmt nichts Gutes im Sinn hatten. Wenn er sich durchringen konnte, mit seinem Vater einen Tandemflug zu wagen, wäre er aus dem Schneider.

»Komm! Ich schnalle dich an meinem Gurt fest.«

Entgegen der Windrichtung stand sein Vater startbereit am Abgrund. Der Gleitschirm lag ausgebreitet hinter ihm. Zarin spürte, wie sich sein Magen verkrampfte, wenn er sich vorstellte, dass er gleich mit seinem Vater auf den Abgrund zulaufen sollte. Nein, er konnte nicht. Er schaffte das nicht!

»Können wir nicht nach Hause fahren?«, rief er kläglich.

Sein Vater sah ihn irritiert an. »Spinnst du? Ich packe doch jetzt nicht wieder alles ins Auto.« Er lief los. Der Schirm hinter ihm füllte sich mit Luft, formte sich zu einem Flügel und stieg in die Höhe. Zarin hielt den Atem an, als sein Vater immer schneller auf den Abgrund zulief. Kurz bevor er in die Tiefe stürzte, hob der Schirm seinen Vater in die Luft und er flog wie ein Vogel davon.

»Na, du Schisser«, hörte Zarin eine gehässige Stimme hinter sich. Ängstlich wandte er sich um.

Connor, Luc und Spock schlenderten grinsend auf ihn zu.

Connor hatte die Hände lässig in den Taschen seiner Jeans vergraben. Für ihn war Zarin eine leichte Beute, an der er seinen Frust auslassen konnte, denn er war schüchtern und ängstlich und wehrte sich nicht. Connor hasste Zarin, weil er all das hatte, was ihm selbst fehlte: die teuersten Markenklamotten, einen coolen Vater, eine Mutter, die sich um ihn kümmerte. Und obendrein war Zarin auch noch Klassenbester.

Connors Mutter war vor zwei Jahren mit ihrem Lover abgehauen. Sie hatte ihren Sohn nicht mitgenommen, sondern ihn einfach bei seinem Vater gelassen. Dieser, der immer schon gerne einen über den Durst getrunken hatte, hatte schließlich das Saufen angefangen. Wenn er nicht gerade im Koma lag, wurde er handgreiflich. Kein Wunder, dass er seinen Job als Elektriker verloren hatte und sie vom Sozialamt leben mussten.

Breitbeinig blieb Connor dicht vor Zarin stehen. Luc und Spock platzierten sich daneben. Wie er es im Star-Trek-Film gesehen hatte, hob Spock die Hand zum vulkanischen Gruß, indem er den Ring- und den Mittelfinger zu einem V auseinanderspreizte.

»Was wollt ihr?«, fragte Zarin beunruhigt und blickte sich Hilfe suchend um. Aber sein Vater konnte ihm nicht helfen. Der schwebte weit entfernt über dem Tal.

Connor hielt die Hand auf. »Wegezoll«, sagte er kurz angebunden. »Sonst kommst du hier nicht durch.«

»Ich habe kein Geld dabei«, beteuerte Zarin und kehrte als Beweis das Futter seiner Hosentaschen nach außen.

»Aber wir brauchen Geld, damit Connor sich auch endlich ein Smartphone kaufen kann«, erklärte Spock.

»Wenn du keine Kohle hast, dann will ich dein Smartphone«, forderte Connor. »Deine Eltern können dir ja ein neues kaufen, Schisser.«

»Faszinierend!«, rief Spock und fixierte Zarin mit einem frechen Grinsen. »Los, gib Connor dein Smartphone. Dann hat er endlich auch eins.«

Zarin erschrak. Nie im Leben würde er Connor sein Smartphone geben. Das fehlte noch, dass er seine Chats lesen und sich darüber lustig machen würde. Abrupt drehte er sich um und rannte den steilen Fußweg zum Städtchen hinunter. Zwar stolperte er mehrmals über seine eigenen Füße, aber zum Glück fiel er nicht hin. Connor, Luc und Spock verfolgten ihn bis zum elterlichen Grundstück, wo er sich mit knapper Not ins Haus rettete. Immer zwei Stufen auf einmal nehmend, sprintete er die Treppe zu seinem Zimmer im Dachgeschoss hinauf und warf sich nach Luft keuchend aufs Bett. »Du hast wieder versagt!«, rief er seinem Sorgenfresser zu – eine Stoffpuppe, die neben ihm lag. Beim Betrachten der Tierposter, die überall in seinem Zimmer an den Wänden klebten, beruhigte er sich langsam. Als er wieder zu Atem gekommen war, nahm er sein Sparschwein vom Regal und schüttelte es. Das Schwein blieb stumm. Sein Bauch war leer. Kein Wunder, hatte er doch sein ganzes Erspartes letzte Woche auf dem Flohmarkt für ein Klappmesser ausgegeben. Enttäuscht stellte Zarin das nutzlose Schwein an seinen Platz zurück. In dem Moment hörte er sein Smartphone klopfen. Eine Nachricht war eingegangen. Sie kam von Luc und zeigte einen fies grinsenden Smiley, der ein Messer in der Hand hielt, von dem Blut herabtropfte.

Ängstlich spähte Zarin aus dem Fenster. Vor dem Einfamilienhaus lungerten Connor, Luc und Spock immer noch auf dem Gehweg herum.

Sie verfolgten ihn auf Schritt und Tritt und hatten ihren Spaß, wenn er vor ihnen davonrannte, über seine eigenen Füße stolperte und hinfiel. Seinen Eltern hatte Zarin bisher nicht erzählt, dass er von seinen Klassenkameraden gemobbt wurde. Bestimmt würde seine Mutter dann sofort die Eltern der drei aufsuchen und sich beschweren. Und das würde alles nur noch schlimmer machen.

Kurzerhand löschte er den Smiley und steckte sein Smartphone in die Hosentasche seiner Bermudas. Mit einem Ruck zog er seine Schreibtischschublade auf und durchwühlte sie, um sogleich sein Klappmesser unter einem Stapel Filzstifte hervorzukramen, wo er es vor seiner ewig besorgten Mutter versteckt hatte. Mit Sicherheit würde sie es ihm abnehmen, wenn sie es sah. Entschlossen verstaute er es ebenfalls in seiner Hosentasche. Mit der Waffe fühlte er sich stärker und sicherer.

Die Wahrheit kommt ans Licht

Anno 1318

Ungeduldig hielt Zoe von der obersten Plattform des Bergfrieds nach ihrer Amme Magdalen und deren Tochter Anna Ausschau.

Die Amme war die Einzige, die ihr etwas über ihre Eltern erzählte. Tante Morphia hatte auf ihre drängende Frage nur kurz geantwortet, nämlich dass ihre Eltern einige Wochen nach ihrer Geburt während eines Ausritts von Wegelagerern überfallen und getötet worden seien.

Zoe sehnte sich nach ihrer Mutter, der sie so gern alles erzählen wollte, was sie bedrückte. Wie schön wäre es, von ihr getröstet und in den Arm genommen zu werden.

Von Magdalen wusste sie, dass sie die gleiche blaue Augenfarbe und ebenso lange, blonde Haare wie ihre Mutter hatte. Bestimmt würde sie einmal genauso hübsch werden, wie Clementia es gewesen war. Ihre Mutter sei milde und gütig gewesen, hieß es.

Zoe konnte nie genug davon hören. Magdalen hatte ihr auch erzählt, dass ihr Vater, der Burgherr Bernhard von Falkenauge, nach ihrer Geburt seinen Wappenring über ihren kleinen Ringfinger gehalten habe, und als er ihn wieder zurückzog, steckte wie durch Zauberei ein winziger Wappenring an ihrem Finger, der genauso aussah wie sein eigener. Flüsternd hatte Magdalen hinzugefügt, es handle sich um einen Zauberring, denn dieser wachse mit Zoes Ringfinger mit.

Zoe hielt ihre Hand in das Sonnenlicht und betrachtete den Wappenring. Der eingravierte Wanderfalke war ein Symbol für Sieg, Überlegenheit, Ehrgeiz und Freiheit. Leider hatte er ihren Vater und ihre Mutter nicht beschützen können, als sie in Not gewesen waren.

Der Schrei eines Falken ließ sie hinauf zum Himmel schauen. Es war der Wanderfalke, der hoch oben über ihr kreiste. Aufgeregt drehte Zoe an ihrem Ring und rief: »Falko, lass uns zusammen zum Dorf hinabfliegen.« Als wären sie Flügel, breitete sie ihre Arme weit aus und schrie sehnsuchtsvoll: »Frei wie ein Falke!« Dann sprang sie in die Luft.

Doch nichts geschah. Wie Steine plumpsten ihre Füße auf die Bohlen der Plattform zurück. Zoe glaubte nicht, dass der Ring ein Zauberring war. Zwar wuchs er tatsächlich mit ihrem Finger mit, aber ansonsten schien er keine magische Kraft zu besitzen. Magdalen musste sich irren.

Endlich sah sie die Amme mit einem geflochtenen Henkelkorb in der Hand den schmalen Pfad zur Burg hinaufsteigen. Übermütig sprang Zoe die Steinstufen im Bergfried hinab, kletterte flink wie ein Eichhörnchen die Leiter hinunter und rannte zum Burgtor.

Mit verschwitztem Gesicht und schwer atmend von dem steilen Aufstieg zur Burg stapfte Magdalen mit lautem Klack-klack ihrer Holzschuhe über die Bohlen der Zugbrücke.

Die Begrüßung fiel wie immer stürmisch aus, Zoe erdrückte Magdalen fast, als sie sie umarmte.

»Sch-scht, Zoe«, wehrte die Amme sie ab. »Ihr zerbrecht die Eier im Korb.«

Eilig trat Zoe einen Schritt zurück und lächelte. »Magdalen, ich freue mich, Euch zu sehen. Warum ist Anna nicht mitgekommen?«

»Sie muss auf den Säugling aufpassen. Ich wollte ihn bei der Hitze nicht mit heraufschleppen.«

»Schade.« Zoe seufzte traurig.

»Das nächste Mal bringe ich Anna wieder mit herauf auf Eure Burg«, versicherte die Amme.

»Das wäre schön. Ich möchte Anna um einen Gefallen bitten.«

»Was soll sie denn für Euch tun?«

»Ach«, meinte Zoe leichthin. »Nicht so wichtig.« Sie wollte Magdalen nicht erzählen, dass sie durch den Geheimgang in die Freiheit fliehen wollte und dass Anna ihr helfen sollte, den Wächter abzulenken. Die Amme würde sich nur unnötig Sorgen machen.

Nachdem Magdalen ihren Korb abgestellt hatte, herzte und küsste sie Zoe. Zoe wusste, dass die Amme sie liebte wie ihre eigene Tochter, war sie doch zwei Jahre lang an ihrer Brust genährt worden. Sie folgte ihr zum Verwaltungsgebäude, wo der Vogt die Eier zählte.

»Nur zehn Stück?«

»Ich kann nichts dafür, wenn die Hennen nicht mehr legen wollen«, verteidigte sich Magdalen.

»Habt Ihr die Eier selber gegessen?« Der Vogt blickte Magdalen durchdringend an.

»Nein, nein«, beteuerte sie.

»Gebt die Eier in der Küche ab, und das nächste Mal bringt Ihr die doppelte Anzahl oder ich muss Meldung bei der Burgherrin machen.«

Magdalen knickste ergeben und verließ eilig das Gebäude.

Zoe folgte ihr und fragte: »Bekommt Ihr keine Silberlinge für die Eier?«

»Nein. Mein Mann Andres, unsere Kinder und ich sind Leibeigene und erhalten keinen Lohn für unsere Arbeit. Wir haben die Felder zu bewirtschaften, dürfen aber etwas von der Ernte zum Essen nehmen. Alles andere gehört der Burgherrin.«

Darüber hatte sich Zoe noch nie Gedanken gemacht. Sie fand das ungerecht. »Wenn ich erst Burgherrin bin, dann müsst Ihr keine Leibeigenen mehr sein, Magdalen. Dann dürft Ihr das, was Ihr erntet, auch behalten.«

»Das ist lieb von Euch, Zoe, aber noch seid Ihr es nicht.« Magdalen setzte sich auf den Brunnenrand und nahm die Haube ab. Ihre Haare, die sie zu einem dicken Zopf geflochten hatte, klebten verschwitzt an ihrem Kopf. Das faltenreiche graue Überkleid wies zahlreiche Schweißflecken in den Achselhöhlen auf. »Ich muss einen Moment verweilen«, erklärte sie. Mit ihrer Haube fächelte sie sich Luft zu.

Zoe stieg auf den Brunnenrand und balancierte mit ausgebreiteten Armen darauf herum.

»Kommt sofort herunter!«, rief Magdalen, und ihre Stimme klang erschrocken. »Heilige Jungfrau Maria, Ihr könntet in den Brunnen fallen!«

»Mir wird nicht schwindelig, Magdalen.« Zoe lachte übermütig. Um die Amme nicht zu ängstigen, sprang sie vom Brunnenrand, griff nach dem Korb und brachte die Eier zur Küche.

»Habt Ihr jetzt wieder genug Luft?«, fragte sie besorgt, als sie zurückkam. Magdalens runde Wangen, zwischen denen ihre kleine Stupsnase hervorsah, waren nicht mehr so unnatürlich rot wie zuvor.

»Danke. Es geht schon wieder.«

Zoe setzte sich neben Magdalen auf den Brunnenrand und hielt ihr ihren linken Ringfinger vor die Augen. »Schaut, mein Ring ist wieder ein Stück breiter geworden, genau wie mein Finger.«

»Bei Gott. Ihr werdet so langsam erwachsen, Zoe. Ihr seid bereits so groß wie ich.«

»Tante Morphia hat sich meinen Wappenring heute in der Früh genau angesehen. Ich glaube, sie würde ihn gern haben. Aber ich werde ihn nie vom Finger abnehmen.«

Magdalen erschrak. Sie musterte Zoe besorgt. Dann blickte sie sich vorsichtig um. Als sie sich sicher war, dass niemand sie belauschen konnte, flüsterte sie eindringlich: »Ihr müsst wachsam sein, Zoe. Die Burgherrin wird Euch den Ring wegnehmen, sobald er so groß geworden ist, dass er an ihren Finger passt.«

»Sie kann sich doch vom Goldschmied einen solchen Ring machen lassen, wenn sie unbedingt einen haben will.«

Magdalen rückte dichter an Zoe heran und tuschelte hinter der vorgehaltenen Hand: »Aber der Ring wäre ohne den Zauber wertlos.«

Nachdenklich starrte Zoe auf ihren Ring. Nach einer Weile sagte sie: »Tante Morphia kann auch zaubern. Sie hat ein Amulett, das magische Kräfte besitzt.«

Magdalen erschrak. »Ja. Ihre Mutter hat sie in der schwarzen Magie unterrichtet.«

»War meine Großmutter eine Zauberin?«, fragte Zoe mit großen Augen.

»Nein. Astrid, die Mutter Eures Vaters, ist nicht Morphias Mutter. Eure Tante Morphia ist ein Bastard Eures Großvaters.«

»Sie ist gar nicht die Schwester meines Vaters?«, hakte Zoe nach. »Dann hat sie kein Recht, Burgherrin zu sein.«

»Morphia ist seine Halbschwester. Burgherr Heinrich von Falkenauge, Euer Großvater, verunglückte einige Tage, bevor Ihr geboren wurdet. Sein Pferd stolperte über eine Baumwurzel. Er fiel herab und brach sich das Genick. Böse Zungen behaupten, dass ein Fluch sein Pferd zum Stolpern brachte.«

»Und dann? Was geschah dann?«, drängte Zoe gespannt.

»Kaum war Euer Großvater beerdigt, erschien Eure Tante Morphia auf Burg Falkenauge, um ihren Platz als Burgherrin einzunehmen. Bernhard, Euer Vater, der der legitime Erbe war, verwies sie der Burg. Morphia muss Tag und Nacht darüber nachgedacht haben, wie es ihr doch noch gelingen konnte, Burgherrin zu werden.«

»Sie ist es ja geworden«, sagte Zoe traurig, »und das nur, weil meine Eltern im Wald von Wegelagerern getötet wurden.«

Magdalen nickte. »Ja, das hat Morphia allen erzählt. Ich aber weiß die Wahrheit. Zoe, nehmt Euch vor ihr in Acht. Ich habe gesehen, wie sie einige Tage nach Eurer Geburt Eure Eltern …« Erschrocken hielt sie ihre Hand vor den Mund und verstummte.

Zoes Neugier war geweckt. »Sagt, was habt Ihr gesehen?«

»Ich darf nicht darüber sprechen, Zoe.«

»Ist es etwa nicht wahr, dass meine Eltern im Wald von Wegelagerern getötet wurden? Magdalen, bitte, was ist mit meinen Eltern geschehen? Ich muss es wissen!«

»Verratet mich nicht!«, flehte die Amme. »Sonst lässt mich die Burgherrin in den Kerker werfen und meine armen Kinder haben keine Mutter mehr, die sie versorgt.«

»Beruhigt Euch. Wie könnte ich Euch verraten? Ihr seid mir der liebste Mensch auf der Welt. Erzählt, was habt Ihr damals gesehen?« Zoe kuschelte sich an den dicken Busen der Amme und blickte sie gespannt an.

Sich fortwährend ängstlich umsehend, legte Magdalen den Arm um Zoes schmale Schultern und flüsterte: »Als Clementia, Eure Mutter, mit Euch niedergekommen war, ließ der Burgherr Bernhard, Euer Vater, im Dorf nachfragen, welche Frau vor Kurzem ein Kind geboren habe und noch ein zweites Kind säugen könne. Die Wahl fiel auf mich.

Meine Tochter Anna ist nur einige Tage älter als Ihr und meine Brüste waren schwer von Milch. Man brachte mich auf die Burg. Ich legte Euch an meine Brust und stillte Euch. Eure Eltern schauten lächelnd zu.« Magdalen hielt inne. Vor ihren Augen sah sie wieder das friedliche Bild aus damaligen Zeiten.

Zoe drängte sie, weiterzuerzählen.

Die Amme seufzte schwer. »Auf einmal wurde die Tür des Schlafgemachs aufgerissen und Eure Tante Morphia stürmte herein. Ihre Augen glühten vor Hass. Sie sei die Ältere und ihr stehe es zu, Burgherrin zu sein. Sie verlangte den Wappenring von Eurem Vater.«

»Hat er ihr etwa den Ring gegeben?«, fragte Zoe erschrocken.

»Gott bewahre! Euer Vater lachte sie aus und befahl ihr, sofort zu gehen. Er habe sie schon einmal der Burg verwiesen. Sollte sie jemals wieder hier auftauchen, würde er nicht mehr so barmherzig sein, sondern sie sofort in den Kerker werfen lassen. Morphia kreischte, sie habe ein Geschenk mitgebracht, und das wolle sie ihnen jetzt überreichen. Sie nahm ein Leinentuch von einem Gegenstand, den sie unter dem Arm trug. Zwei Bilderrahmen kamen zum Vorschein. ›Was sollen die leeren Rahmen?‹, fragte Euer Vater. Statt zu antworten, warf Morphia Euren Eltern die Rahmen zu. Euer Vater und Eure Mutter fingen sie auf, um nicht von ihnen getroffen zu werden. In dem Moment griff Morphia nach ihrem Amulett und …«

»Ist das der rote Stein, der an einer Kette um ihren Hals hängt und auf dem der Teufel abgebildet ist?«, unterbrach Zoe aufgeregt.

»Ja. Diesen Stein hielt sie Euren Eltern entgegen. Sie murmelte einen Zauberspruch, den ich nicht verstehen konnte. Aus dem Amulett quoll dichter roter Nebel und hüllte Eure Eltern ein.«

Als die Amme eine Pause machte, blicke Zoe sie atemlos vor Spannung an. »Und dann?«

Kaum hörbar flüsterte Magdalen: »Und dann verzog sich der Nebel, und Eure Mutter und Euer Vater waren in den Bilderrahmen gefangen.«

»Sie konnten nicht mehr heraus?«, staunte Zoe entsetzt.

Magdalen nickte. »Genauso ist es. Sie waren von Morphia hineingezaubert worden. Das ist die Wahrheit, Zoe. Ich schwöre es auf die Bibel.«

»Dann wurden meine Eltern gar nicht von Wegelagerern getötet?«

»Nein.«

»Und wo sind die Bilder jetzt?«

»Ich weiß es nicht. Eure Tante hat mir den Tod angedroht, wenn ich jemals den Mund aufmachen würde.«

»Aber warum hat sie mich nicht verzaubert?«

»Weil sie Euren Ring haben will, den Wappenring der von Falkenauge. Er soll magische Macht besitzen. Aber damit Morphia diese Macht für sich nutzen kann, muss er an ihrem Finger stecken. Deshalb muss sie warten, bis der Ring mit Euch so groß geworden ist, dass sie ihn über ihren eigenen Finger streifen kann. Und weil es bald so weit ist, habe ich Angst um Euch, Zoe. Deshalb habe ich Euch die Wahrheit erzählt. Ihr müsst Euch schützen.«

Nachdenklich betrachtete Zoe ihren Ring. Schließlich machte sie ein entschlossenes Gesicht. »Habt keine Sorge, Magdalen. Tante Morphia wird den Ring nicht bekommen. Danke, dass Ihr mich gewarnt habt. Ich werde meine Eltern befreien. Und dann wird mein Vater seine Halbschwester in das Verlies werfen lassen. Da kann sie dann bis zum Ende ihrer Tage schmachten.«

»Aber wie wollt Ihr Eure Eltern erlösen?«

»Ich weiß es noch nicht.« Zoe überlegte. »Wo kann meine Tante die Bilder mit meinen Eltern versteckt haben?«

Magdalen zuckte mit den Schultern. »Da kann ich Euch nicht helfen.«

Zoe runzelte die Stirn. Plötzlich sprang sie vom Brunnenrand und rief aufgeregt: »Glaubt Ihr, dass sie zwischen den Ahnen in der Ahnengalerie hängen?«

»Pst, leise!« Beschwörend legte Magdalen ihren Zeigefinger auf den Mund.

Ungestüm beugte sich Zoe zu Magdalen hinab und flüsterte aufgeregt: »Ich muss sofort nachsehen. Gehabt Euch wohl, Magdalen.« Sie küsste die Amme auf die Wange und wollte bereits losstürmen, doch dann hielt sie plötzlich inne. »Wie soll ich meine Eltern zwischen all den Ahnen erkennen? Ich weiß ja nicht einmal, wie sie aussehen.« Erregt stieß sie hervor: »Aber Ihr wisst es, Magdalen. Ihr habt meine Eltern gekannt. Ihr müsst mit mir in den Palas kommen und sie mir zeigen.«

Unbehaglich wand sich Magdalen.

»Ihr habt nichts zu befürchten«, beruhigte Zoe sie. »Meine Tante ist ausgeritten.«

Seufzend erhob sich die Amme, schlüpfte in ihre Holzschuhe und setzte sich die Haube auf.

Das Geheimversteck

Gegenwart

Zarin schlich die Treppe hinunter durch das Wohnzimmer in den Garten. Das Grundstück war durch eine hohe Hecke von der Straße abgeschirmt, sodass Connor, Luc und Spock ihn nicht sehen konnten, falls sie sich noch in der Nähe aufhielten.

Auf der Terrasse spielte Kater Carlo mit einem kleinen grünen Ball mit Glitzereffekt. Vorsichtig stupste er ihn mit der Pfote an. Der Ball fing an zu rollen und Carlo sprang wie ein Kreisel um ihn herum, versuchte ihn mit den Krallen zu packen und wie eine Maus zu schütteln.

»He, Carlo, cool, du hast meinen Flummi gefunden!« Zarin freute sich, nahm dem Kater den Ball aus Hartgummi weg und steckte ihn zu seinem Klappmesser und dem Smartphone in die Hosentasche. Enttäuscht blickte Carlo zu Zarin hoch.

»Zarin!«, hörte er seine Mutter rufen, nachdem sie die Tür zu ihrer Töpferwerkstatt geöffnet hatte. »Gut, dass du zurück bist. Du kannst mir beim Einpacken der Keramikware helfen.«

Genervt zog Zarin die Augenbrauen hoch. »Muss das sein, Mama?«

»Ja, das muss sein. Morgen früh bauen wir unseren Stand auf dem Markt auf. Hol schon mal die leeren Kartons aus der Garage.«

Zarin seufzte ergeben und folgte der Aufforderung. Er hasste den Mittelaltermarkt, der jedes Jahr am ersten Wochenende im September auf dem Marktplatz der kleinen Stadt stattfand. Seine Mutter fuhr voll auf Mittelalter ab. Sie trug dann ihre mittelalterlichen Klamotten – ein knöchellanges Kleid mit Trompetenärmeln in einem scheußlichen Braunton –, und um den Kopf knüpfte sie ein gewebtes Stirnband, das ihre langen Haare nach hinten hielt. Das Kleid ließ sie alt und hässlich aussehen, fand Zarin. Jeans und T-Shirt standen ihr viel besser.

Jedes Jahr versuchte seine Mutter, seinen Vater dazu zu bewegen, ebenfalls mittelalterliche Kleidung anzulegen, doch der weigerte sich standhaft. Er half nur beim Auf- und Abbau, und in der übrigen Zeit machte er sich unsichtbar. Zarin hoffte, dass auch er sich morgen verdrücken konnte. Mit einem Arm voller Kartons verließ er die Garage und ging hinüber in die Töpferwerkstatt.

»Hier.« Seine Mutter reichte ihm einen Stapel Zeitungspapier. »Du musst jeden Krug sorgfältig einwickeln, damit er nicht zerbricht, und ihn dann vorsichtig in einen der Kartons legen.«

Als Zarin mit missmutigem Gesicht zwei Kartons gepackt hatte, erhielt seine Mutter einen Anruf von seinem Vater, der darum bat, dass sie das Auto vom Parkplatz vor der Burg Falkenauge holen und ihn und seinen Gleitschirm in den Wiesen am Fluss aufsammeln sollte.

»Das nervt jetzt, Martin. Ungünstiger kann der Moment nicht sein«, regte sich seine Mutter auf.

»Zarin und ich packen gerade die Ware für den Mittelaltermarkt.«

»Dann mach halt eine Pause!«, hörte Zarin die Stimme seines Vaters.

»Dann warte halt!«, rief seine Mutter ärgerlich und drückte das Gespräch weg. Seelenruhig wickelte sie eine Obstschale in einen Bogen Zeitungspapier.

»Mama, du kannst Papa doch nicht warten lassen, bis wir alle Kartons gepackt haben!«, sagte Zarin vorwurfsvoll.

»Warum nicht?«

»Weil er ins Restaurant muss. Sein Chef hat ihn vorhin angerufen.«

»Ist das mein Problem?«, empörte sich seine Mutter. »Dein Vater hilft mir auch nie beim Verkauf meiner Ware. Aber ich soll immer sofort springen. Er hat selbst schuld, wenn er nicht rechtzeitig zur Arbeit kommt. Warum musste er auch unbedingt heute wieder mit dem Gleitschirm fliegen? Er weiß genau, dass ich hier voll eingespannt bin.« Wütend zerknüllte sie das Zeitungspapier, mit dem sie die nächste Schale hatte einpacken wollen, und warf es auf den Boden, wischte sich die Hände an ihrer Arbeitshose ab und ging über die Terrasse ins Haus. Kurze Zeit später sah Zarin, wie sie den steilen Pfad zur Burg hinaufstieg.

Eine gute Gelegenheit für ihn abzuhauen, um in Ruhe in seinem Geheimversteck am Fluss zu spielen.

Vorsichtig lugte Zarin um die Hausecke. Die Straße lag leer und ausgestorben in der Nachmittagssonne. Anscheinend hatten Connor, Luc und

Spock die Belagerung aufgegeben. Ihnen war wohl die Wartezeit zu lang geworden.

Erfreut holte er sein Fahrrad aus dem Schuppen und radelte ins Zentrum des Städtchens. Er umrundete den Marktplatz, der von spitzgiebeligen Fachwerkhäusern umgeben war, und bog zum Fluss ab. An der Fähre herrschte Hochbetrieb. Eine lange Autoschlange hatte sich gebildet – alles Fahrzeuge, die auf die andere Flussseite übergesetzt werden sollten.

Unterhalb des steilen Felsens, auf dem die Burgruine stand, führte der Radweg am Flussufer entlang. Bei der unter Naturschutz stehenden Eiche hielt Zarin an, sprang vom Rad und versteckte es hinter dem dicken Baumstamm, der einen Umfang von sechs Metern hatte. Im Weltkundeunterricht hatte er erfahren, dass die Eiche schon über siebenhundert Jahre alt war. Sie hatte bereits hier gestanden, als die Burg noch unversehrt gewesen war.

In seiner Vorstellung malte Zarin sich aus, wie die Ritter im Mittelalter auf ihren Pferden an der Eiche vorbeigetrabt waren. Tatsächlich hörte er plötzlich Pferdegetrappel, und das war keine Einbildung. Erschrocken spähte er hinter dem Baumstamm hervor.

Eine Reiterschar trabte vorbei. Zu Zarins Erleichterung waren es keine Ritter, sondern Mädchen von der in der Nähe gelegenen Reitschule. Als sie um die nächste Biegung verschwanden, rannte er zu der schmalen Landzunge am Fluss, seinem Lieblingsplatz. Der Kiesstrand war vom Fahrradweg aus nicht zu sehen, ein mannshoher Schilfgürtel versperrte die Sicht.

Die Schilfhalme zur Seite schiebend bahnte Zarin sich einen Weg zum schmalen, naturbelassenen Kiesstrand. Noch nie hatte er hier einen Menschen getroffen, nicht einmal einen Angler, und zum Glück kannten auch Connor, Luc und Spock sein Geheimversteck nicht. Hier war er vor ihnen sicher.

Gebückt sammelte er den Strand nach flachen Kieseln ab, die er über die Wasseroberfläche flitschen lassen wollte. Sein Rekord lag bei neun Hüpfern, bevor der Kiesel im Fluss versank. Mit Daumen und Zeigefinger seiner rechten Hand ergriff Zarin einen der flachen Steine und holte weit aus. Mit kräftigem Schwung warf er ihn über das Wasser.

»Eins, zwei, drei, vier«, zählte er die Sprünge des Kiesels laut mit.

»Fünf«, erklang eine gehässige Stimme hinter ihm, die er nur zu gut kannte. Gleichzeitig spürte er einen Schlag auf den Rücken.

Erschrocken fuhr er herum.

Connor hatte einen Kiesel auf ihn geworfen. »Sechs!«, schrie Luc und traf Zarin mit einem weiteren Kiesel am Bein.

»Sieben!«, rief Spock. Sein Kiesel traf Zarin am Kopf.

»Hier also hat sich der Schisser verkrochen«, spottete Connor. »Das wird jetzt unser neuer Treffpunkt.«

»Faszinierend!«, jubelte Spock. »Ich habe noch eine Angel von meinem Vater.«

»Cool, die Fische können jetzt schon vor Angst zittern!«, rief Luc.

»Jetzt kann erst mal Zarin zittern.« Connor grinste hämisch und bückte sich nach einem weiteren Kiesel.

Zarin erstarrte. Einige Sekunden später stürzte er sich kopfüber in den schützenden Schilfgürtel und teilte mit den Armen die Schilfhalme. Nur weg hier! Blind vor Tränen stolperte er über seine eigenen Füße, fiel hin und schlug sich die Knie auf. Hastig erhob er sich, lief weiter, erreichte die Eiche, zerrte sein Rad hinter dem Stamm hervor und trat wie vom Teufel gehetzt in die Pedale. Sein Kopf schmerzte, wo ihn der Stein getroffen hatte. Mit seiner Hand ertastete er eine leichte Beule. Vergeblich versuchte er seine Tränen zu unterdrücken. Connor, Luc und Spock hatten sein Geheimversteck entdeckt. Nun gab es für ihn außer in seinem Zuhause keinen Platz mehr, an dem er vor ihnen sicher sein konnte.

Die Ahnengalerie

Anno 1318

Zoe rannte über den Burghof zum Palas. An der Tür wartete sie ungeduldig auf Magdalen, die ihr gemächlich folgte.

Zusammen stiegen sie die Treppenstufen in den ersten Stock hinauf. Hier im Gang, der zu den Schlafgemächern führte, hingen die Porträts der verstorbenen Vorfahren. Die Gesichter der Ahnen blickten streng und mit herablassender Miene auf sie herunter.

Ungeduldig griff Zoe nach Magdalens Hand und zog sie zum ersten Gemälde. »Ist das mein Vater?«

Magdalen schüttelte stumm den Kopf.

Zoe zerrte sie zum nächsten Gemälde.

Wiederum schüttelte Magdalen den Kopf. »Die Gesichter sind mir alle unbekannt.« Beim nächsten Gemälde hielt sie inne und betrachtete den Mann mit der Hakennase und den freundlich dreinblickenden Augen genau.

»Ist das mein Vater?«, fragte Zoe mit hoffnungsvollem Blick.

Magdalen schüttelte erneut den Kopf. »Nein. Das ist Euer Großvater, Heinrich von Falkenauge.«

Mit jedem Kopfschütteln, das nun folgte, sank Zoes Hoffnung, ihre Eltern zu finden. Nur noch zwei Gemälde hingen gegenüber der Tür, die zu den Gemächern ihrer Tante führte.

Plötzlich wurde diese aufgestoßen, und eine Magd trat mit einem Stapel Leinentüchern heraus. »Was habt Ihr hier zu suchen?«, fragte sie misstrauisch.

Magdalen blieb vor Schreck stumm.

»Ich wollte meiner Amme meine Ahnen zeigen«, antwortete Zoe selbstbewusst und machte ein unbefangenes Gesicht.

»Verschwindet!«, fauchte die Magd unwirsch. »Nur ich allein habe Zutritt zu den Gemächern der Burgherrin. Sie wird bestimmt nicht erfreut sein, wenn sie Euch hier antrifft.«

Verängstigt zog Magdalen Zoe am Arm. »Lasst uns gehen.«

Die Magd beachtete sie nicht weiter, ging zur Treppe und stieg die Stufen hinab. Magdalen wollte ihr folgen, doch Zoe hielt sie am Kleid fest. »Wartet! Hier hängen noch zwei Gemälde. Die müsst Ihr Euch auch ansehen.«

Magdalen warf einen kurzen Blick auf die Bilder. Gerade als sie sich wieder abwenden wollte, stutzte sie. Sie trat vor und betrachtete die Bilder genauer. »Das sind sie!«, rief sie, alle Vorsicht vergessend. »Das sind Eure Eltern, Zoe!«

Auf der Treppe erklangen die Schritte der Magd, die zurückkam.

Geistesgegenwärtig zog Zoe die Amme hinter die Biegung des Ganges. Vorsichtig lugte sie um die Ecke.

Die Magd kehrte mit frischen Laken zurück und verschwand im Gemach ihrer Tante.

»Schnell, Magdalen. Ihr könnt gehen.«

Mit dem Handrücken wischte sich Magdalen den Angstschweiß von der Stirn. Nicht auszudenken, wenn die Burgherrin erfuhr, was sie Zoe verraten hatte. Was würde aus ihren fünf Kindern werden, wenn sie im Kerker schmachten würde oder – noch schlimmer – für alle Zeiten in einem Gemälde gefangen wäre. Sie eilte die Ahnengalerie entlang, hastete die Treppe hinunter und atmete erst wieder auf, als sie den Palas verlassen, ihren Korb, den sie am Brunnen abgestellt hatte, geholt und das Tor, das in den unteren Burghof führte, passiert hatte.

In diesem Augenblick kam die Burgherrin, gefolgt von ihren Knappen, vom Ausritt zurück. Sie passierten die Zugbrücke und ritten in den Hof. Schnell verbarg sich Magdalen, die nicht wollte, dass Morphia sie sah, im Schatten der Weinfässer, die neben dem Eingang zum Weinkeller standen. Als die Reiter vorüber waren, winkte sie dem Torwächter zu, huschte über die Zugbrücke und machte sich an den Abstieg ins Dorf.

Währenddessen wartete Zoe, bis die Magd das Gemach ihrer Tante wieder verlassen hatte. Dann erst trat sie hinter der Mauerecke hervor und betrachtete gespannt die beiden Bilder.

Der junge Mann – ihr Vater – besaß einen athletischen Körper, trug ein langärmeliges Hemd, darüber einen ärmellosen grünen Überrock, der ihm bis zu den Knien reichte. Seine Beine waren von eng anliegenden roten Strümpfen bedeckt und die Füße steckten in Halbstiefeln mit Stulpen. Er hatte eine Hakennase, einen schön geschwungenen

Mund, einen sorgfältig gestutzten Kinnbart und blonde, schulterlange Locken, die über der Stirn glatt abgeschnitten waren. Die Farbe und Ausdruckskraft seiner Augen erinnerte Zoe an die des Falken, dessen Blick ebenso stechend war. Ihr Vater schien sie direkt anzusehen. Am Ringfinger der linken Hand trug er den gleichen Wappenring, wie sie einen besaß.

Das zweite Bild zeigte eine junge Frau in einem knöchellangen blauen Samtkleid, das am Halsausschnitt und an den Ärmeln reich mit Goldborten und Stickereien verziert war. Ihre langen, blonden Haare wurden von einem blauen Stirnband zurückgehalten. Die Augen waren von dem gleichen Blau wie die von Zoe und blickten milde und gütig. Die Spitze ihrer kleinen Nase zeigte keck nach oben, und um den fein geschwungenen Mund lag ein leichtes Lächeln. Unwillkürlich betastete Zoe ihre eigene Nase. Die hatte sie eindeutig von ihrer Mutter geerbt.

Mehrmals atmete sie tief ein und wieder aus, um ihre Gefühle unter Kontrolle zu bekommen. Hier hingen die Bilder ihrer verwunschenen Eltern, die sie nie kennengelernt hatte. Endlich wusste sie, wie sie aussahen. Ahnungslos war sie jeden Tag an ihnen vorbeigelaufen, wenn sie den Morgenbrei zu ihrer Tante gebracht hatte.

Jetzt konnte sie sich auch erklären, warum ihre Tante immer so lieblos und abweisend zu ihr war. Sie wollte Burgherrin bleiben und Zoe stand ihr dabei im Weg. Sie wollte nur ihren Ring. Und wenn sie den erst bekommen hatte …

Vor Schreck hielt Zoe die Luft an. In dem Fall würde ihre Tante sie nicht mehr brauchen. Sie würde im Kerker landen, womöglich würde ihre Tante sie auch töten lassen. Zoe fröstelte und es lief ihr kalt den Rücken hinunter. Sie musste ihre Eltern befreien, bevor ihre Tante von ihrem Ausritt zurückkam.

»Mutter«, sagte sie zaghaft zu der jungen Frau auf dem Bild, doch die zeigte keine Regung. Lächelnd sah sie Zoe an.

»Vater«, flüsterte Zoe dem Mann auf dem anderen Bild zu, aber auch der blieb stumm. Ihr Ring war die einzige Verbindung zu ihm. Auf einmal hatte sie das Gefühl, als ob irgendeine Macht sie näher an das Bild ihres Vaters heranziehen würde. Als sie ihm den Ring entgegenstreckte, begannen zu ihrem Erstaunen die Augen des Falken rötlich zu glühen. Auch die Augen des Falken am Ring ihres Vaters blitzten auf.

Ungläubig beobachtete Zoe, wie sich die Finger des Mannes plötzlich bewegten. Seine Hand kam aus dem Bild und sein Arm streckte sich ihr entgegen.

Zoe spürte, wie ihr Ring den Ring ihres Vaters förmlich aus dem Bild zog. Schon bewegte er seinen Kopf und hob das linke Bein an, um aus dem Rahmen zu steigen. Mit offenem Mund starrte Zoe ihren Vater an. Sie wollte ihn anfassen, aber sie konnte sich vor ungläubigem Staunen nicht bewegen.

In dem Moment ertönte hinter ihrem Rücken ein zorniger Aufschrei. »Zoe, was treibt Ihr hier? Habe ich Euch nicht befohlen, Eure Stickarbeit zu beenden?«

Erschrocken fuhr Zoe herum. Ihre Tante stürzte auf sie zu, packte sie derb am Arm und zerrte sie hinter sich her zu ihrem Gemach. Verzweifelt versuchte Zoe sich aus dem Griff zu befreien, aber ihre Tante hielt sie wie in einem Schraubstock gefangen. Traurig starrte Zoe auf ihren Wappenring, als sie sah, dass das Licht in den Augen des Falken erlosch. Sie wandte sich zu ihrem Vater um und musste mit ansehen, wie dieser zurück in den Bilderrahmen geschleudert wurde. Er konnte ihr nicht helfen.

»Lasst mich los, Tante Morphia!«, schrie Zoe wütend. »Ihr habt mich die ganzen Jahre belogen. Meine Eltern sind nicht tot. Ihr habt sie verzaubert!«

Mit hasserfüllter Stimme keifte die Burgherrin: »Ihr erinnert mich immer mehr an Euren Vater. Genauso eigensinnig und hartnäckig. Ihr wollt zu Euren Eltern? Diesen Gefallen werde ich Euch gerne tun.« Unbeherrscht stieß sie Zoe gegen den leeren Bilderrahmen, der noch immer in der Fensternische stand, und griff nach dem Amulett an ihrem Hals. »Leider muss ich mein Werk früher vollenden als geplant«, wütete Morphia. Sie richtete den roten Teufelsstein auf Zoe und murmelte einige unverständliche Worte. Roter Nebel quoll aus dem Amulett und umhüllte Zoe.

Als sich der Nebel auflöste, war Zoe, ebenso wie ihre Eltern, in einem Bilderrahmen gefangen. Ärgerlich stampfte Morphia mit dem Fuß auf. Der Wappenring war für immer verloren. Sie wickelte Zoes Abbild in ein Leinentuch und verließ ihr Gemach. Einen kurzen Moment verharrte sie vor den Bildern ihres verhassten Halbbruders und dessen Gemahlin. »Aber auch ohne den Ring werde ich Burgherrin bleiben. Und Eure Tochter bringe ich weit weg, damit sie für immer von der Burg verschwindet und ich sie nicht mehr sehen muss!«

Höhnisch lachend schritt sie mit dem Bild unter dem Arm zu den Stallungen und ließ sich vom Stallmeister ihr Pferd bringen. Sie befahl ihre Knappen zu sich und ritt in deren Begleitung aus der Burg.

Froh, die Burg unbehelligt verlassen zu haben, ging Magdalen zügigen Schrittes den Weg hinab ins Dorf. Erschrocken drehte sie sich um, als sie Pferdehufe hinter sich hörte, die sich im Galopp näherten. Sie erstarrte vor Angst, als sie die Burgherrin erkannte. Nun würde Morphia sie in den Kerker sperren. Nie wieder würde sie frische Luft atmen können. O Gott, was würde aus ihren Kindern werden?

Zu ihrer Verwunderung jagten die Burgherrin und ihre Knappen aber an ihr vorüber. Fassungslos erblickte Magdalen Zoes Bild, als für einen kurzen Moment das um den Rahmen gewickelte Leinentuch hochwehte. Sie erbleichte und bekreuzigte sich drei Mal, zog ihre Holzschuhe aus, nahm sie in die Hand und rannte wie vom Teufel gehetzt zu ihrer Hütte.

Am Marktplatz des Dorfes brachte Morphia ihr Pferd zum Stehen. »Wartet hier auf mich!«, befahl sie ihren Knappen in herrischem Ton. Mit dem Gemälde unter dem Arm schritt sie über den Marktplatz und stieß mit dem Fuß einen Käfig mit Hühnern beiseite, die zum Verkauf angeboten wurden. Sie wollte das Bild mit Zoe darin so schnell wie möglich loswerden und suchte den Händler auf, der schon einige ihrer gemalten Werke gekauft hatte.

»Heute bringe ich Euch ein ganz besonderes Kunstwerk«, rief Morphia ihm entgegen und schlug das Leinentuch zurück.

»Das Werk ist Euch sehr gut gelungen, edle Dame«, sagte der Händler bewundernd. »Wie viele Taler muss ich dafür berappen?«

»Ich schenke es Euch, wenn Ihr mir versprecht, das Gemälde nicht hier zu verkaufen, sondern weit entfernt in der Stadt.«

»Nichts lieber als das.« Der Händler freute sich. »Die einfachen Leute hier wissen die Kunst sowieso nicht zu schätzen. Ich danke Euch.« Er verneigte sich tief vor der Burgherrin und stellte das Bild hinter seinen Stand.

Morphia wandte sich ab, um den Marktplatz zu verlassen. Zwar musste sie auf den Wappenring verzichten, aber immerhin konnte Zoe ihr nun nicht mehr gefährlich werden. Auch ohne den Wappenring würde sie, Morphia, ihre Macht ungehindert weiter ausbauen, und jeden, der ihr in die Quere kam, würde sie in den Kerker werfen lassen.

Ein Gemälde taucht auf

Gegenwart

Hoffentlich regnet es am Samstag in Strömen, dachte Zarin. In dem Fall würde der Mittelaltermarkt vielleicht abgesagt werden. Aber das Wetter tat ihm den Gefallen nicht. Als er an dem Morgen aufstand und aus dem Fenster sah, strahlte die Sonne von einem wolkenlosen Himmel herunter.

So blieb ihm nichts anderes übrig, als nach dem Frühstück zu seinen Eltern ins Auto zu steigen und mit ihnen zum Marktplatz des Städtchens zu fahren. Obwohl es noch früh am Morgen war, herrschte hier bereits reges Treiben. Händler bauten ihre Stände auf und schleppten Kisten voller Waren herbei, die sie zum Verkauf anbieten wollten.

In ihrem braunen, knöchellangen Kleid und mit dem offen getragenen Haar, das durch ein Stirnband zurückgehalten wurde, sah Zarins Mutter einer mittelalterlichen Marktfrau zum Verwechseln ähnlich.

»Komm in die Gänge, Zarin, und mach nicht so ein missmutiges Gesicht«, schimpfte sie. »Hilf Papa beim Ausladen!«

Zarin rannte zum Van, den sein Vater hinter dem Verkaufsstand seiner Mutter geparkt hatte. Prompt stolperte er über seine eigenen Füße und wäre um ein Haar hingefallen.

»Setz deine Füße richtig auf!«, rief seine Mutter ihm nach. »Ich verstehe gar nicht, warum du seit einigen Monaten immer stolperst. Das ist dir doch früher nicht passiert. Erst seitdem du die Schule gewechselt hast. Gleich nächste Woche werde ich dir einen Termin beim Orthopäden holen.«

Zarin stellte sich taub. Er bemühte sich ja, seine Füße nicht zu weit nach innen zu setzen, und trotzdem passierte es ihm immer wieder.

»Deine Mutter meint es nur gut«, versuchte sein Vater ihn aufzumuntern und drückte ihm einen Karton in den Arm.

Dadurch, dass die hinteren Sitze im Wagen umgeklappt waren, war ein großer Stauraum entstanden, der beinahe vollständig mit Kartons ausgefüllt war.

Zusammen mit seinem Vater trug Zarin alle Kartons zum Stand, wo seine Mutter ihre selbst getöpferten Krüge und Schalen vorsichtig aus dem Zeitungspapier wickelte und sie liebevoll auf dem Verkaufsstand dekorierte.

»Du kannst mir nachher beim Verkauf der Waren helfen, das bringt Spaß!«, wandte sie sich an Zarin.

Seine Mutter glaubte tatsächlich, es würde ihm Freude machen, hinter dem Tisch zu stehen, Geld für verkaufte Keramikware zu kassieren und dem albernen Gehabe der extra für den Markt angeworbenen Gaukler zuzusehen.

Der Mittelaltermarkt war das Ereignis des Jahres in der kleinen Stadt. Die Leute kamen in Privatautos und Bussen von weither, um die Atmosphäre zu schnuppern. Die schmucken, spitzgiebeligen Fachwerkhäuser, die sich um den Marktplatz reihten, lieferten ebenso wie die schwarze Ruine der Burg Falkenauge die passende Kulisse.

Die Händler beeilten sich, ihre Waren aufzubauen. Ihr Angebot war jedes Jahr das gleiche: für die Kinder Holzschwerter, Steckenpferde, Murmeln und Brummkreisel und für die Erwachsenen getöpfertes Geschirr, Trinkbecher aus Leder, Messer an Riemen, gewebte Taschen, jede Menge Tücher, Oberkleider aus Samt, Mäntel mit den dazugehörigen Spangen, Stirnbänder, Hüte und nicht zuletzt Ritterrüstungen.

Gaukler schlenderten zwischen den Buden umher und jonglierten mit Bällen. Wer Lust hatte, konnte Frauen zusehen, die Stirnbänder mit komplizierten Mustern webten, oder einem Schmied, der, seinen Hammer schwingend, eine Messerklinge auf dem Amboss formte. Ritter und Burgfräulein saßen auf Holzbänken um ein Holzkohlenfeuer und hielten Stockbrot über die Glut. Selbst Bettler fehlten nicht.

Als Zarin noch in die Grundschule gegangen war, hatte es ihm Spaß gemacht, gegen andere Kinder mit einem Holzschwert zu fechten und auf dem Steckenpferd zu reiten, aber jetzt, mit elf Jahren, schockte das nicht mehr.

In aller Eile wurden die letzten Verkaufsstände errichtet, denn bis mittags, Punkt zwölf Uhr, musste alles fertig sein. Dann würde der Bürgermeister, als Burgherr verkleidet, auf das extra für ihn errichtete Podest neben dem Brunnen steigen, damit die Marktbesucher und vor allem die Reporter vom Fernsehen und der regionalen Tageszeitung ihn gut sehen konnten. In seinen roten Strumpfhosen und dem langen, grünen Gewand, das ihm fast bis an die Knie reichte und sich über seinem dicken Bauch spannte, würde er mit den gleichen Worten wie auch in den vergangenen Jahren den Mittelaltermarkt eröffnen.

Auf dieses alberne Spektakel hatte Zarin nun wirklich keinen Bock. Gerade wollte er sich heimlich davonschleichen, als seine Mutter ihn anstupste. »Schau mal dort drüben, Zarin.« Sie deutete auf den Nachbarstand, wo düstere Holzschnitte angeboten wurden, auf denen es von Teufelsfratzen nur so wimmelte. Doch zwischen all den grausigen »Höllenbildern«, wie Zarin sie nannte, stach ein Gemälde hervor. Darauf war ein Mädchen abgebildet, etwa in seinem Alter, mit langen blonden Haaren, die durch das gleiche Stirnband gebändigt wurden, wie seine Mutter eins hatte. Es trug ein weinrotes, mittelalterliches Kleid mit feinen Stickereien am Halsausschnitt.

Zu Zarins Erstaunen ging seine Mutter zu dem Händler hinüber, verhandelte kurz mit ihm, gab ihm drei Zwanzigeuroscheine und kehrte mit dem Bild zurück. Zarin fiel auf, dass das Mädchen am Ringfinger der linken Hand einen Wappenring mit einem grünen Edelstein trug, auf dem ein Falke abgebildet war, der aus seinen Augen Blitze schleuderte. Der Falke kam ihm bekannt vor, irgendwo hatte er den schon mal gesehen.

Mit nachdenklich gerunzelter Stirn blickte er zur Burgruine empor, von deren höchster Stelle die Flagge der von Falkenauge wehte. Auf dem grünen Tuch war der gleiche Falke abgebildet wie auf dem Wappenring, den das Mädchen trug.

Während Zarin noch in Gedanken versunken war, rief sein Vater: »Claudia, ich fahre jetzt los!« Verwundert deutete er auf das Gemälde. »Was willst du denn damit?«

Zarins Mutter, die das Bild hinter den Stand stellte, antwortete: »Der Händler hat mir erzählt, das Mädchen sei eine von Falkenauge, und sie soll auf der Burg gelebt haben.«

Deshalb trug das Mädchen den Wappenring der von Falkenauge, überlegte Zarin. Es war schade, dass die Burg im Mittelalter abgebrannt war und heute nur noch die Mauerreste übrig waren. Er stellte sich vor, wie das Mädchen in dem weinroten Kleid vor vielen Hundert Jahren dort oben auf dem Wehrgang gestanden und zu den Leuten im Städtchen herabgeblickt hatte.

»Noch mehr unnützer Kram«, brummte sein Vater.

»Martin, das Mädchen könnte eine Vorfahrin von dir sein.«

»So ein Unsinn, Claudia. Wie kommst du denn auf die Idee? Ich heiße Falkenau und nicht Falkenauge.«

»Du hast doch selbst erzählt, dass deine Vorfahren früher Falkenauge hießen und im Laufe der Jahrhunderte aus Falkenauge Falkenau wurde.«

»Ja. Mein Großvater hat das recherchiert. Aber ich bin nicht adelig. Das wichtige kleine Wörtchen ›von‹ fehlt vor meinem Nachnamen.«

»Vielleicht ist das ›von‹ im Laufe der Jahrhunderte ja auch verloren gegangen«, meinte Zarins Mutter unbekümmert.

»Du willst das Bild doch nicht etwa im Haus aufhängen, oder?« Die Stimme seines Vaters klang nicht gerade begeistert.

»Doch, Martin.« Zarins Mutter ereiferte sich: »Ich weiß auch schon, wo. Und zwar über dem Kamin im Wohnzimmer. Und allen Besuchern erzähle ich, dass das Mädchen eine deiner Vorfahren von der Burg Falkenauge ist.«

Interessiert hatte Zarin die Unterhaltung seiner Eltern verfolgt. Cool, wenn er mit dem Mädchen auf dem Bild tatsächlich verwandt wäre.

»Tu, was du nicht lassen kannst, Claudia. Ich muss jetzt los. Heute ist Hochbetrieb im Restaurant. Auf dem Parkplatz an der Fähre habe ich schon fünf Reisebusse gesehen.«

»Martin, nimm Zarin mit! Jetzt, wo wir alles aufgebaut haben, soll er seine Mittelaltersachen anziehen.«

Zarin seufzte. Auf diese alten Klamotten hatte er erst recht keine Lust.

»Los, hopp, hopp!«, rief sein Vater ungeduldig, und seine Mutter rief: »Nachdem du dich umgezogen hast, kommst du sofort wieder hierher! Und setz deinen Helm auf, wenn du mit dem Fahrrad fährst!«

»Ich habe null Bock auf den Mittelalterkram«, maulte Zarin, als er zu seinem Vater ins Auto stieg und den Sicherheitsgurt anlegte.

Sein Vater seufzte. »Tu deiner Mutter doch den Gefallen.«

»Du tust ihr den Gefallen ja auch nicht«, erwiderte Zarin patzig.

Darauf blieb sein Vater ihm die Antwort schuldig. »Wollen wir heute Abend grillen?« lenkte er von dem unangenehmen Thema ab.

»Superidee«, stimmte Zarin einigermaßen versöhnt zu.

»Möchtest du ein oder zwei Bratwürstchen?«

»Drei. Und zwei große Stücke Fleisch. Und für Mama …«

Vater und Sohn grinsten sich an und riefen wie aus einem Mund: »Vegetarische Burger!«

An der Abzweigung zur Burgstraße stieg Zarin aus dem Wagen aus, während sein Vater weiter zum Restaurant »Am Weinberg« fuhr, um dort in der Küche leckere Gerichte auf die Teller der vielen Touristen zu zaubern.

Vor der Haustür des Einfamilienhauses lag Kater Carlo auf der Fußmatte und gähnte ausgiebig. Als er mitbekam, dass Zarin die Haustür aufschloss, sprang er auf die Pfoten und nutzte die Gelegenheit, zwischen Zarins Beinen hindurch ins Haus zu schlüpfen. Vor der Küchentür blieb er stehen und sah Zarin erwartungsvoll an.

»Willst du schon wieder fressen, Carlo?«

Der Kater schnurrte zustimmend.

»Du bist zu fett. Irgendwann wirst du mal platzen.«

Weil Carlo ihn weiterhin so treuherzig ansah, ließ Zarin sich erweichen und ging zum Kühlschrank. Er nahm eine angebrochene Dose Katzenfutter heraus und kniete sich neben den Fressnapf des Katers auf den Boden. Diesen hatte seine Mutter getöpfert, und er selbst hatte ihn mit Mäusen bemalt und sich dabei sehr viel Mühe gegeben. Die gemalten Mäuse interessierten Carlo allerdings nicht die Bohne. Hauptsache, es kam Katzenfutter in den Napf. Kaum hatte Zarin das Futter eingefüllt, stieß Carlo mit dem Kopf seine Hand beiseite und schlang die Fleischstücke gierig hinunter, wobei ihn nicht einmal der schrille Klingelton des Smartphones störte.

Diese Sirene hatte Zarin speziell für seine Mutter aus der Liste unzähliger Töne gewählt. So wusste er sofort, dass sie ihn anrief. Bestimmt wollte sie wissen, wo er so lange blieb. Genervt fischte er sein Smartphone aus der Hosentasche, drückte den Anruf weg, stopfte es zurück in die Tasche und rannte die Treppe hinauf in sein Zimmer.

Missmutig betrachtete er die mittelalterliche braune Hose und das weiße Schlabberhemd aus Leinen, die frisch gewaschen und gebügelt über seinem Schreibtischstuhl hingen.

Zarin zog seine alten Joggingschuhe aus, stieg aus seinen Bermudas, ließ diese auf die Schuhe fallen und nahm die Hose vom Stuhl, in die er widerwillig hineinschlüpfte und die er in der Taille mit einem Strick zusammenband, damit sie nicht rutschte. Er war im letzten Jahr so stark gewachsen, dass sie viel zu kurz geworden war und ihm gerade noch bis über die Knie reichte. Seufzend zog er sein T-Shirt aus und streifte das Leinenhemd über den Kopf.

Die primitiven, mittelalterlichen Schuhe, die seine Mutter ihm ebenfalls bereitgestellt hatte, stieß er mit dem Fuß unter das Bett. Die würde er nicht anziehen, das konnte sie sich abschminken. Sein Blick fiel auf seinen neuen Sportbeutel. Um seine Mutter zu ärgern, zog er die neonfarbenen Sportschuhe heraus und schlüpfte barfüßig hinein.

Bevor er sein Zimmer verließ, spähte er aus lauter Gewohnheit aus dem Fenster. Gerade bogen drei Jungen in die Burgstraße ein. Den Anfang machte Luc auf seinem Fahrrad. Connor, der sich mal wieder Lucs Inlineskates ausgeliehen hatte, hielt sich am Gepäckträger fest und ließ sich ziehen. Den Abschluss bildete Spock auf seinem Skateboard.

»Oh, nein«, stöhnte Zarin gequält, »nicht schon wieder!«

Auf der Suche nach einem Gegenstand, mit dem er sich notfalls verteidigen konnte, sah er sich im Zimmer um. Er hob seine Shorts vom Boden auf, nahm das Klappmesser und das Smartphone aus den Taschen und warf die Hose wieder in die Ecke. Dabei fiel der grüne Flummi heraus und sprang wie toll im Zimmer umher. Zarin fing ihn ein und steckte ihn zum Klappmesser in seine Hosentasche. In die andere Tasche stopfte er das Smartphone.

Schon wollte er die Haustür öffnen, als ihm einfiel, dass Connor, Luc und Spock ihn ja dann sofort sehen würden. Deshalb verließ er das Haus durch die Terrassentür, lief über den Rasen zum Schuppen und holte sein Fahrrad heraus. Den Fahrradhelm, der an einem Haken an der Wand hing, ließ er, wo er war. Die übertriebene Fürsorge seiner Mutter ging ihm auf die Nerven. Vorsichtig spähte er um die Hausecke. Connor, Luc und Spock fuhren die Straße auf und ab. Es sah nicht so aus, als ob sie so schnell wieder abhauen würden.

Als sie den Wendeplatz umrundeten und Zarin den Rücken zuwendeten, nutzte er den Augenblick, schob sein Rad um die Hausecke zur Straße, sprang auf und zischte wie ein Blitz die Burgstraße hinunter, während Connor, Luc und Spock laut schreiend die Verfolgung aufnahmen.

Wie von Sinnen trat Zarin in die Pedale und blickte sich fortwährend ängstlich um. Dabei übersah er eine Mülltonne, die den Radweg versperrte, fuhr dagegen und stürzte. Sein Smartphone rutschte aus der Hosentasche. Während Zarin danach griff und sich hastig aufrichtete, hatten Connor, Luc und Spock ihn beinahe eingeholt. Er ließ das Rad liegen und flüchtete zu Fuß weiter. Knapp vor den drei Jungen erreichte er den Marktplatz und rannte zum Verkaufsstand seiner Mutter. In seiner Hast stolperte er über seine eigenen Füße und fiel, mit dem Smartphone in der nach vorn ausgestreckten Hand, der Länge nach gegen das hinter dem Stand abgestellte Gemälde. Es hatte den Anschein, als wenn sein Smartphone der Auslöser dafür war, dass plötzlich die Augen des Falken am Wappenring des Mädchens zu glühen begannen.

Zoe konnte auf einmal ihre Hand, ja sogar ihren ganzen Arm bewegen. Reflexartig griff sie nach dem Handgelenk des Jungen, der gerade vor ihr und dem Bilderrahmen, in dem sie gefangen war, auf den Boden gestürzt war, und umklammerte es fest. Durch die Wucht des Aufpralls wurde ihr Arm in das Bild zurückgeschleudert. Ohne dass sie es bemerkte, blieb ihr Ring an einer scharfen Kante des Bilderrahmens hängen, wurde von ihrem Finger gestreift und fiel auf das Kopfsteinpflaster. Weil sie das Handgelenk des Jungen nicht losließ, wurde er mit ihr in das Bild gezogen.

Luc, der sich mit seinem Fahrrad dicht hinter Zarin befunden hatte, machte eine Vollbremsung. Connor, der darauf nicht gefasst war, rutschte gegen die Rückseite eines Verkaufsstandes des an diesem Tag stattfindenden Mittelaltermarktes, während es Spock noch rechtzeitig gelang, von seinem Skateboard zu springen, das sich überschlug und neben einem Bilderrahmen liegen blieb, der an den Stand gelehnt war.

Fassungslos starrten die drei Jungen auf den Bilderrahmen. Das Mädchen, das eben noch auf der Leinwand zu sehen gewesen war, schien sich in Luft aufgelöst zu haben. Und Zarin mit ihr. Sie konnten nicht glauben, was vor ihren Augen geschehen war.

»Krass!«, stieß Luc hervor.

»Zarin hat sich weggebeamt«, staunte Spock mit Ehrfurcht in der Stimme und zeigte den vulkanischen Gruß. »Faszinierend!«

Während Luc sich aufrappelte, erblickte er vor sich auf dem Kopfsteinpflaster einen Ring. Doch bevor er ihn aufheben konnte, hatte Connor sich bereits gebückt und danach gegriffen. Nachdem er einen kurzen Blick auf seinen Fund geworfen hatte, ließ er ihn rasch in seine Hosentasche gleiten.

»Was fällt euch denn ein?« Eine Frau, die aussah wie Zarins Mutter, nur dass sie wie alle Leute hier auf dem Marktplatz in mittelalterliche Gewänder gekleidet war, tauchte hinter dem Stand auf. »Beinahe wäre mein größter Krug vom Tisch gefallen«, schimpfte sie.

»Connor ist gegen den Stand gestoßen«, stammelte Luc. Er konnte seinen Blick nicht von dem leeren Bilderrahmen lösen.

»Aber nur, weil der Blödmann eine Vollbremsung hingelegt hat«, verteidigte sich Connor.

»Wo steckt Zarin?«, fragte die Frau, die tatsächlich die Mutter ihres Schulkameraden war. »Eben habe ich ihn doch noch gesehen.«

Spock zeigte auf den Bilderrahmen. »Faszinierend! Das Mädchen, das da eben noch drin war, hat Zarin in das Bild gezogen.«

Zarins Mutter warf einen Blick auf den leeren Bilderrahmen. »Wollt ihr mich verarschen?«, fragte sie. »Was habt ihr mit meinem Bild gemacht? Wo ist die Leinwand geblieben?«

»Hu – hu«, heulte Luc. »Das ist Zauberei!« In panischem Entsetzen schnappte er sich sein Fahrrad und radelte davon, dicht gefolgt von Connor auf den Inlineskates. Spock hob hastig sein Skateboard auf, klemmte es sich unter den Arm und rannte beiden hinterher. Erst am Flussufer hielten die drei Jungen völlig außer Atem an.

»Ich glaub's nicht!«, keuchte Luc und schob nervös seine Brille in die Höhe. »Habt ihr das auch gesehen?«

Connor nickte. Er nahm sein Basecap ab und fuhr sich ratlos mit beiden Händen durch die ungewaschenen Haare. Er wusste nicht, was er als Anführer ihrer Gang zu einem solchen Spuk sagen sollte.

»Was hast du eigentlich eben vom Boden aufgehoben, Connor?«, fragte Spock neugierig.

»Nichts.«

»Doch. Ich habe es genau gesehen«, beharrte Spock.

»Ich auch«, rief Luc. »Da lag ein Ring. Los, zeig schon!«

Widerwillig zog Connor den Ring, den er eigentlich für sich behalten wollte, aus seiner Hosentasche und legte ihn auf seine Handfläche.

»Ob den das Mädchen aus dem Bild verloren hat?«, überlegte Spock.

»Das Mädchen wa-war doch nur ge-gemalt«, stammelte Luc.

Connor betastete den Ring von allen Seiten. »Der hier ist aber echt«, sagte er.

»Ein grüner Stein mit einem eingravierten Raubvogel, vielleicht eine Botschaft von einer fernen Galaxie. Faszinierend!« Spock überlegte, ob sein verstorbener Vater ihm vielleicht den Ring geschickt hatte. »Glaubt ihr – glaubt ihr, dass das eine Nachricht von meinem Va-Vater ist?«, stammelte er. »Dann gehört der Ring mir.«

»Aber dein Vater ist doch tot«, rief Luc. »Wer tot ist, kann keine Ringe schicken.«

»Spock, bist du jetzt völlig durchgeknallt?« Connor schüttelte missbilligend den Kopf. »Das ist ein stinknormaler Ring.«

Luc ließ nicht locker. »Vielleicht ist es ein Zauberring. Dreh mal dran, Connor!« Sicherheitshalber trat er einen Schritt zurück.

Vorsichtig drehte Connor an dem Ring, doch nichts geschah.

»Ein Zauberring ist es nicht«, meinte Luc erleichtert, »sonst wäre jetzt ein Geist erschienen.«

Connor nahm den Ring zwischen Zeigefinger und Daumen seiner rechten Hand, um ihn an seinen linken Ringfinger zu stecken. Aber als er diesen durch die Öffnung schieben wollte, stieß er gegen einen harten Widerstand. Es war, als hätte der Ring gar keine Öffnung, obwohl er deutlich hindurchsehen konnte.

»Komisch«, wunderte sich Luc. »Es scheint doch ein Zauberring zu sein.«

»Und was machen wir jetzt damit?«, fragte Spock und verfolgte mit seinem Blick, wie Connor weiterhin vergeblich versuchte, sich den Ring über den Finger zu streifen.

»Wir geben ihn beim Fundbüro ab«, schlug Luc vor.

»Wie bescheuert bist du denn?«, fuhr Connor ihn an. »Ich behalte den Ring natürlich.« Hastig ließ er ihn wieder in seine Hosentasche gleiten.

»Wo Zarin jetzt wohl ist?«, überlegte Luc. »Was meint ihr?«

Spock versuchte das Unglaubliche mit Logik zu erklären. »Zarin hat sich weggebeamt, wie bei der Enterprise. Faszinierend! Natürlich muss er uns zeigen, wie er das gemacht hat.«

»Mensch, Zarin ist verschwunden!«, rief Luc genervt. »Er kann uns nichts mehr zeigen.«

»Wahrscheinlich sehen wir ihn nie wieder«, mutmaßte Connor mit düsterer Miene. Ihr Leben würde langweilig sein, wenn sie Zarin nicht mehr ärgern konnten.

»Er ist in eine andere Galaxie gereist«, überlegte Spock laut und starrte gebannt in den wolkenlosen Himmel. In seiner Fantasie sah er Zarin und das Mädchen mit der Enterprise an Millionen und Abermillionen Sternen vorbei durch das All fliegen. Nur einer fehlte bei dem Abenteuer: er, Spock.

Auf der Flucht

Anno 1318

Hinter dem Verkaufsstand des Händlers, dem Morphia das Gemälde mit Zoe geschenkt hatte, purzelte Zarin aus dem Bilderrahmen und landete zusammen mit dem Mädchen im Staub. Es hielt sein Handgelenk immer noch fest umklammert. Erschrocken, was mit ihm geschehen war, schüttelte er die Hand ab, sprang auf und schaute das Mädchen in dem langen weinroten Kleid verwirrt an. Es schien genauso verdutzt zu sein wie er. Ängstlich blickte er sich um. Zu seiner Erleichterung waren Connor, Luc und Spock verschwunden.

Verwundert fragte er das Mädchen: »Wer bist du?«

»Mein Name ist Zoe von Falkenauge«, antwortete das Mädchen. »Wie ist Euer Name?«

»Ich heiße Zarin Falkenau. Cool, wenn meine Mutter recht hat, sind wir sogar verwandt. Wo wohnst du, Zoe?«

»Ich lebe auf der Burg Falkenauge.« Stolz zeigte Zoe zur Burg. »Und wo wohnt Ihr?«

»Hey, du kannst mich ruhig duzen. Die Burg Falkenauge ist eine Ruine, da kannst du doch nicht woh…« Verblüfft hielt Zarin inne. Oben auf dem Felsen war keine Ruine mehr. Stattdessen stand dort eine vollständig erhaltene Burg mit dicken

Festungsmauern und Wehrgängen. Auf dem hohen Bergfried wehte die grüne Flagge der von Falkenauge mit dem eingestickten Wappen – ein Wanderfalke mit ausgebreiteten Flügeln, der aus seinen Augen Blitze schleuderte.

Zarin rieb sich die Augen und riss sie wieder auf, doch die Burg blieb unversehrt. Panisch klatschte er sich mit beiden Händen mehrmals ins Gesicht. Ich träume wohl, dachte er, schloss die Augen und öffnete sie wieder. Doch das, was er in einiger Entfernung vor sich sah, schien kein Traum zu sein. Die Burg wurde noch nicht einmal in dem Moment zu der gewohnten Ruine, als er sich schmerzhaft in den Arm kniff.

»Das gibt's doch nicht! Ich glaub, ich spinne!«

Das Mädchen – Zoe – betrachtete ihn aufmerksam. »Ihr sprecht seltsame Worte, Zarin.«

Furchtsam blickte Zarin sich um. Der Verkaufsstand seiner Mutter war verschwunden. Die Händler, die hier auf dem Marktplatz ihre Ware anboten, waren ihm fremd. Voller Entsetzen bemerkte er die primitiven Holzhäuser, die sich rund um den Marktplatz gruppierten. Die Fenster waren nicht verglast und einige von ihnen waren mit Holzläden verschlossen. Wo waren die zweistöckigen Giebelhäuser geblieben? Und die Autos? Stattdessen standen Pferde- und Ochsengespanne auf dem ungepflasterten Platz.

Erneut ergriff ihn Panik und er ermahnte sich, ruhig zu bleiben. Zum Glück hielt er noch sein Smartphone in der Hand. Erleichtert tippte er auf den Kontakt seiner Mutter und hielt sich das

Smartphone lauschend ans Ohr. Aber es blieb stumm. Die Verbindung baute sich nicht auf. Nervös rannte Zarin hin und her und hielt das Smartphone hoch über seinen Kopf. Befand er sich in einem Funkloch?

Zoe, die ihn die ganze Zeit verwundert beobachtet hatte, fragte: »Was treibt Ihr da?«

»Ich suche ein Netz«, antwortete er und fügte schließlich verzweifelt hinzu: »Kannst du mir sagen, wo es hier ein Netz gibt?«

»Ein Netz? Folgt mir, ich zeige Euch, wo es Netze gibt.« Zoe ergriff seine Hand und zog ihn zum Stand eines Fischhändlers. »Da habt Ihr Netze. Sucht Euch eins aus.«

Entgeistert blickte Zarin auf eine große Auswahl an Fischernetzen, die aus Schnüren geknüpft waren. Wollte Zoe ihn verarschen? Prüfend musterte er sie, musste aber feststellen, dass sie ihn arglos ansah.

»Mit ›Netz‹ meine ich keine Fischernetze, sondern das Internet.«

Zoe zuckte mit den Schultern. »Ich weiß nicht, wovon Ihr sprecht, Zarin.«

»Hä, du kennst kein Internet? World Wide Web?«

»Warum redet Ihr so seltsam?«

»Ich rede doch nicht seltsam. Du sprichst komisch.«

Zarin konnte nicht glauben, dass es Menschen gab, die noch nie etwas vom Internet gehört hatten. »In welchem Jahrhundert lebst du eigentlich?«, fragte er.

Zoe kicherte. »Anno dreizehnhundertachtzehn.«

»Das ist nicht lustig«, rief Zarin ärgerlich. »Wir haben das Jahr zweitausendachtzehn, und ich brauche dringend ein Telefon, um meiner Mutter zu sagen, dass sie mich sofort hier abholen soll.«

Zoe zuckte erneut mit den Schultern. Dieser Zarin war ein seltsamer Junge. Er sprach von Dingen, von denen sie noch nie etwas gehört hatte. »Was ist ein Telefon?«, wollte sie wissen.

»Du weißt nicht, was ein Telefon ist?«, fragte Zarin. Panik war in seinen Blick getreten.

Zoe schüttelte den Kopf.

»Ein Telefon sieht aus wie – wie nun, wie ein Kasten. An dem Kasten befindet sich ein Hörer, und dann sind da noch Tasten mit Zahlen von null bis neun. Ich tippe unsere Telefonnummer und kurz danach klingelt es bei meiner Mutter. Sie nimmt den Hörer ab und wir können uns unterhalten, auch wenn wir ganz weit voneinander entfernt sind.«

»Haha, Ihr könnt lustige Geschichten erzählen!« Zoe lachte so laut, dass sie beinahe den Wutschrei des Händlers übertönte, der sich darüber beklagte, dass die Leinwand aus dem Bilderrahmen eines seiner Gemälde verschwunden war.

»Mein Gemälde ist zerstört. Haltet die diebische Person auf, die meine Leinwand gestohlen hat!«

Erschrocken blickte Zoe umher. Sie bemerkte ihre Tante Morphia, die gerade den Markt verlassen wollte und sich jetzt zu dem Händler umdrehte. Rasch duckte sie sich hinter den Fischstand und zog Zarin mit sich. Leider war sie nicht schnell genug. Ihre Tante hatte sie bereits gesehen und zeigte mit dem Finger auf sie.

»Da habt Ihr die Diebin!«, schrie sie dem Händler zu. »Das Mädchen ist aus dem Bild gesprungen. Sie ist eine Hexe!«

Inzwischen waren die Marktbesucher aufmerksam geworden. Einige tuschelten, andere sahen neugierig zu ihnen herüber.

»Schnell, Zarin, wir müssen verschwinden!« Hastig erhob sich Zoe und flüchtete zwischen den Verkaufsständen hindurch über den Marktplatz. Mehrmals vergewisserte sie sich, dass der seltsame Junge ihr folgte. Laut hörte sie ihre Tante kreischen: »Ergreift die Hexe!« Mit dem leeren Bilderrahmen hastete der Händler hinter der Burgherrin her, während einige Marktbesucher wiederum dem Händler folgten. Andere versuchten ihr und Zarin den Weg abzuschneiden. Während Zoe überlegte, wie sie entkommen konnte, stolperte Zarin über seine eigenen Füße und fiel mitten in eine Schar Gänse, die schnatternd auseinanderstoben und ihrer Tante und den Marktbesuchern zwischen die Beine gerieten. Zoe, die Zarins Missgeschick bemerkt hatte, kehrte um, half ihm wieder auf die Beine und zog ihn mit sich. Als sie sich angstvoll umblickte, sah sie ihre Tante ebenfalls stürzen. Eine der Gänse war ihr zwischen die Füße geraten. Prompt strauchelte der Händler, der ihr dicht auf den Fersen war, stürzte und begrub die Burgherrin unter sich. Unwillig schüttelte die ihn ab, riss ihm den Bilderahmen aus der Hand und folgte Zoe und Zarin. Wenig später war auch der Händler wieder auf den Beinen und nahm erneut die Verfolgung auf, während der Besitzer der Gänse verzweifelt versuchte, seine Tiere wieder einzufangen.

All das nahm Zoe nur am Rande wahr. Atemlos vom schnellen Laufen erreichten sie und Zarin eine blühende Feldwiese, deren hohe Gräser sie fast vollständig vor den Blicken der Verfolger verbargen. Nur ihre Köpfe ragten noch aus dem wogenden Gräsermeer heraus.

»Duckt Euch, dann können sie uns nicht sehen!«, befahl Zoe.

Gebückt bahnten sie sich einen Weg durch die Gräser. Hinter Zoe herstolpernd, hatte Zarin keinen Blick für die blauen Kornblumen und den leuchtend roten Mohn, und weil er fortwährend auf seine Füße schaute, stieß er auf einmal gegen den Stamm einer Eiche, die mitten auf der Wiese stand.

Vor Schmerz vergaß er, dass er sich ducken sollte. Er richtete sich auf, betastete die Beule an seiner Stirn und blickte umher. Das musste die alte Eiche sein, hinter der er immer sein Fahrrad verbarg, wenn er sein Geheimversteck am Fluss aufsuchte. Irgendwie schien der Stamm der Eiche geschrumpft, er war viel dünner, als er ihn in Erinnerung hatte.

Lautes Geschrei der Verfolger ließ ihn zusammenzucken.

»Jetzt haben sie Euren Kopf gesehen«, rief Zoe vorwurfsvoll. »Schnell, da vorn beginnt der Wald.«

An einen Wald konnte sich Zarin beim besten Willen nicht erinnern. Ihm blieb aber keine Zeit, sich weiter darüber zu wundern, weshalb hier alles so anders aussah, als er es gewohnt war, denn Zoe zog ihn zwischen das Unterholz und sie versteckten sich hinter einer Baumwurzel. Keine Sekunde zu früh, denn schon rannten die Verfolger an ihnen vorbei.

Kurze Zeit später kamen alle wieder zurück. Sie hatten die Verfolgung aufgegeben. Der Händler klagte laut über Seitenstechen und schimpfte vor sich hin. Nach und nach wurden die Stimmen immer leiser, bis sie schließlich ganz erstarben.

Auf allen vieren kroch Zoe hinter der Baumwurzel hervor und hielt Ausschau. Die Verfolger waren zum Marktplatz zurückgekehrt. Schon wollte sie befreit aufatmen, als sie Pferdegetrappel vernahm. Einen Moment später sah sie ihre Tante Morphia, die in der einen Hand die Zügel und in der anderen den Bilderrahmen hielt, mit ihren Knappen herangaloppieren. Hastig verbarg sich Zoe wieder hinter der Baumwurzel und warf einige Hände voll Laub über sich und Zarin. Der Erdboden bebte, als ihre Tante und deren Knappen dicht an ihrem Versteck vorbeiritten.

»Was war das denn, Zoe?«, keuchte Zarin unter dem Laubhaufen. Seine Stimme klang, als habe er Angst.

»Das waren Tante Morphia und ihre Knappen«, flüsterte Zoe.

Als das Pferdegetrappel verklungen war, wagte sie sich wieder aus dem Versteck. Sie strich ihr Kleid glatt, nahm ihr Stirnband ab und schüttelte die Blätter aus ihren Haaren. Zarin lag noch immer zitternd unter dem Laub und bewegte sich nicht.

»Sie sind weg. Ihr könnt hervorkommen.« Zoe rüttelte ihn an den Schultern.

Mit ängstlichem Blick krabbelte Zarin unter dem Laub hervor. »Ich kapiere echt nichts mehr. Warum verfolgen dich diese Leute? Du bist doch nicht etwa eine Hexe?«

»Ich bin keine Hexe«, erwiderte Zoe. »Meine Tante Morphia ist hier die Hexe, und eine böse noch dazu. Sie hat meine Eltern und mich in Bilderrahmen gezaubert und …«

»Stopp, langsam.« Zarin fasste sich mit beiden Händen an die Stirn. »Die Frau, die uns verfolgt hat, ist deine Tante?«

Zoe nickte. »Sie hat meine Eltern verzaubert, damit sie Burgherrin auf der Burg Falkenauge sein kann.«

Zarin spähte hinter der Baumwurzel hervor. Zwischen den Ästen der Buchen und Eichen konnte er die immer noch unversehrten Mauern der Burg Falkenauge sehen. Er versuchte zu begreifen, was er sah: die heile Burg, den mittelalterlichen Marktplatz, die primitiven Häuser, die unter Naturschutz stehende Eiche, deren stattlicher Stamm wie von Geisterhand geschrumpft war, sein Smartphone, das kein Netz fand.

»Ich bin tatsächlich im Mittelalter gelandet«, sagte er ungläubig. »Das kann nicht sein, nein, das kann nicht sein! Ich glaube das nicht! Eben war ich noch im Jahr zweitausendachtzehn, und jetzt, welches

Jahr war es noch gleich? Zwölfhundertachtzehn? Das kann nicht wahr sein!«

»Dreizehnhundertachtzehn«, verbesserte Zoe ihn.

»Was?«

»Wir schreiben das Jahr dreizehnhundertachtzehn.«

Zarin schaute auf seine nach innen gestellten Füße. »Und nur wegen meiner dämlichen Füße bin ich hier gelandet.«

»Ihr sprecht in Rätseln, Zarin.«

Zarin seufzte. »Also: Ich bin gestolpert und gegen das Bild gefallen. Und jetzt bin ich auf einmal hier. Wie kann das sein?«

Zoe überlegte. »Ich erinnere mich, dass ich plötzlich meine Hand bewegen konnte, und da habe ich Euch angefasst. Ich wollte aus dem Bilderrahmen steigen, aber dann wurde ich zurückgeschleudert.«

Entmutigt blickte Zarin sie an. »Wir sind beide in deiner Zeit gelandet. Wie hast du das gemacht?«

»Warum ich auf einmal meine Hand bewegen konnte, weiß ich auch nicht. Vielleicht hat mir mein Wappenring geholfen.«

»Dein Wappenring?« Zarin erinnerte sich, dass das Mädchen auf dem Bild einen Ring mit dem Wappen der von Falkenauge getragen hatte.

»Mein Wappenring hat Zauberkraft«, erklärte Zoe mit ernster Miene.

»Echt?«

»Schaut her!« Zoe hielt ihre linke Hand gegen das Sonnenlicht. »Seht, wie die Augen des Falken fun…« Sie sprach den Satz nicht zu Ende. Stattdessen stieß sie einen Schrei des Entsetzens aus.

Zarin sah sofort, was Zoe aus der Fassung gebracht hatte: Der Ring war verschwunden! An ihrem Finger war an dessen Stelle nur ein heller Abdruck zu sehen.

Auf den Knien rutschend suchte Zoe wie von Sinnen den Waldboden ab und durchwühlte das Laub. Eifrig half Zarin ihr dabei, doch obwohl sie alles um sich herum sorgfältig abtasteten, fanden sie den Ring nicht.

Weinend sank Zoe ins Laub und strich mit einer verzweifelten Geste über ihren Ringfinger.

»Vielleicht hast du den Ring in meiner Zeit verloren?«, überlegte Zarin. »Wahrscheinlich als du mich in den Rahmen gezogen hast. Das wäre doch möglich.«

Entsetzt blickte Zoe ihn an. »Das darf nicht sein! Dann kann ich meine Eltern nicht mehr befreien!« Ihre Tränen flossen heftiger.

»Sei nicht traurig, Zoe«, versuchte Zarin sie zu trösten. »Wir kehren einfach in meine Zeit zurück und suchen den Ring dort.«

»Wie denn?« Zoe schluchzte.

Das wusste Zarin allerdings auch nicht. Beruhigend legte er seinen Arm um Zoes bebende Schultern und dachte nach.

»Ich hab's«, rief er nach einer Weile. »Wir holen uns den Bilderrahmen und steigen hindurch.«

»Glaubt Ihr, dass wir dann wahrhaftig in Eurer Zeit landen?«

»Ja«, Zarin nickte, »ich denke schon.« Zumindest hoffte er, dass es so funktionierte. Andernfalls würde er seine Eltern wohl nie wiedersehen.

»Tante Morphia wird den Bilderrahmen mit auf die Burg nehmen«, jammerte Zoe, und sie klang verzweifelt.

Zarin, den auf einmal die Abenteuerlust packte, sagte: »Wir holen ihn uns wieder.«

»Habt Ihr einen Vorschlag?«

»Wenn es dunkel ist, schleichen wir uns in die Burg.« Zarin hielt inne. Woher nahm er auf einmal diesen Mut?

Traurig schüttelte Zoe den Kopf. »Das wird nicht gehen«, sagte sie. »Nachts wird die Zugbrücke hochgezogen. Die Burg ist gut bewacht. In elf Jahren ist es mir kein einziges Mal gelungen, heimlich hinauszugelangen.«

Zarin spürte, wie sein eben erwachter Mut ihn wieder verließ. So einfach würde es offenbar doch nicht sein, in die Burg zu gelangen.

»Es gibt einen geheimen Ausgang in der Nähe des Flusses«, erklärte Zoe. »Aber davor steht immer ein Wächter.«

Zarin schöpfte neue Hoffnung. »Vielleicht können wir ihn ablenken. Wir wollen ja rein und nicht raus.«

Zoe dachte über den Vorschlag nach und nickte schließlich. Offenbar dankbar dafür, einen Freund gefunden zu haben und mit ihrem Problem nicht allein zu sein, wischte sie sich mit dem Handrücken die Tränen ab. Lächelnd sprang sie auf. »Kommt, Zarin!«

Im Schutz der Bäume pirschten sie sich bis an den Felsen, auf dem hoch oben die Burg Falkenauge thronte.

»Wo ist der geheime Ausgang?«, erkundigte sich Zarin.

»Hm, ich weiß nicht. Von hier unten sieht alles anders aus als von oben.« Zweifelnd blickte Zoe am Felsen empor.

Zarin versuchte sich zu orientieren. Den Wald gab es zweitausendachtzehn nicht mehr, aber er erkannte die schmale Landzunge, die wie ein Finger in den Fluss ragte. Ob es hinter dem Schilfgürtel schon den Kiesstrand gab, der in seiner Zeit sein Lieblingsversteck war? Hier, wo der Fluss eine scharfe Schleife bildete, fiel der Felsen, auf dem die Burg erbaut war, steil ab. Hinter der Flussbiegung lag das Dorf, umgeben von sonnenbeschienenen Hängen, an denen Wein angebaut wurde.

Zoe riss ihn aus seinen Gedanken. »Schaut! Da, irgendwo zwischen den Brombeersträuchern muss der Ausgang sein«, erklärte sie. »Ich hörte das Rauschen des Flusses, als ich dem Wächter im Gang folgte.«

Seinen Versuch, in das Brombeergestrüpp einzudringen, gab Zarin schnell wieder auf, denn die Dornen zerkratzten ihm Arme und Beine. »Hier kommen wir nicht durch«, schlussfolgerte er. Entschlossen, einen anderen Weg zu finden, wandte er sich um und sah Zoes vor Schreck weit aufgerissene Augen. Bevor er sie fragen konnte, was sie so beunruhigte, fühlte er sich im Nacken gepackt. Sein Kopf wurde grob an den Haaren zurückgerissen und ein Spieß bohrte sich gegen seinen Kehlkopf. Vor Angst begann Zarin zu zittern.

Zoe fasste sich wieder. »Lasst sofort meinen Gefährten los!«, rief sie und stampfte energisch mit dem Fuß auf.

»Ah, das Fräulein von der Burg«, hörte Zarin eine männliche Stimme hinter sich. »Eure Tante, die Burgherrin, lässt nach Euch suchen.« Der Mann, vermutlich einer der Wächter der Burg, hielt Zarin weiterhin im Nacken gepackt und setzte den Spieß jetzt auf Zoes Brust.

Hilfe suchend blickte Zoe umher. Irgendetwas am Himmel schien ihre Aufmerksamkeit auf sich zu ziehen. Zarin folgte ihrem Blick und sah hoch oben über sich einen großen Vogel seine Kreise ziehen.

»Falko!«, schrie Zoe, und Zarin erschrak. Wie eine Wilde wedelte sie mit den Armen, um das Tier auf sich aufmerksam zu machen. »Falko!«

Der Vogel legte seine Flügel dicht an den Körper und stürzte wie ein Pfeil aus der Höhe herab, landete auf dem Kopf des Wächters und hackte nach dessen Augen. Geschockt ließ der Mann seinen Spieß fallen und hielt beide Hände schützend vor sein Gesicht.

Zoe nutzte die Gelegenheit und zog Zarin, der wie versteinert stehen blieb, mit sich fort.

Sie rannten zum Wald zurück und verkrochen sich zitternd hinter der Baumwurzel, die ihnen schon einmal Schutz geboten hatte.

»Was war das für ein Vogel?«, fragte Zarin noch immer heftig zitternd vor Schreck.

»Das war Falko, der Wanderfalke meines Vaters«, erklärte Zoe mit Stolz in der Stimme. »Er hat uns vor dem Wächter gerettet. Die Öffnung des Geheimganges muss dort ganz in der Nähe sein.«

»Glaubst du, der Wächter hätte mich getötet?«, fragte Zarin und betastete vorsichtig seinen Kehlkopf.

»Ja, Euch hätte er getötet. Und mich hätte er gefangen genommen. Durch den geheimen Gang kommen wir also nicht in die Burg. Was sollen wir tun?«

»Keine Ahnung.« Zarin zuckte mit den Schultern. »Deine Tante, die Hexe, lässt anscheinend nach dir suchen.«

Zoe nickte. »Das stimmt. Aber es wird bald dunkel. Sie wird die Suche auf morgen verschieben müssen.«

Unterschlupf für die Nacht

Anno 1318

Die letzten Sonnenstrahlen verschwanden hinter dem Weinberg. Im Osten zog die Nacht herauf und mit ihr die unheimliche Finsternis.

Furchtsam sah Zarin sich um. Hinter ihm, im Dickicht des Waldes, war es bereits dunkel. Er versuchte sich Mut einzureden. Im Wald lebten Hirsche und Rehe und Füchse und Eulen. Von denen drohte keine Gefahr. Die Vogelstimmen verstummten nach und nach, nur eine Eule schrie klagend, und in der Tiefe des Waldes knackten Äste. In seiner Fantasie erblickte Zarin bereits grün leuchtende Raubtieraugen. Wie war das? Gab es im Mittelalter noch Bären in dieser Gegend? Er hatte im Weltkundeunterricht nicht richtig aufgepasst, als das Thema dran gewesen war.

»Zoe, leben im Wald Bären?«, erkundigte er sich ängstlich.

Zoe nickte. »Ja. Bären und Wölfe, Auerochsen, Wildschweine und Luchse und …«

»Es reicht«, unterbrach Zarin sie hastig. »Wir müssen zum Dorf zurück. Gibt es in eurem Ort ein Hotel?«

Zoe blickte ihn verständnislos an.

»Vergiss es. Ich meine, gibt es irgendein Haus, in dem wir die Nacht verbringen können?«

»Ihr meint eine Herberge?«

»Ja, genau, eine Herberge.«

»Ich weiß nicht. Ich bin heute zum ersten Mal in meinem Leben außerhalb der Burgmauern. Dass dieser Tag so aufregend werden würde, hätte ich mir nicht träumen lassen.«

»Wir können doch nicht die ganze Nacht im Wald bleiben«, jammerte Zarin, der Angst hatte, von wilden Tieren gefressen zu werden.

Angestrengt überlegte Zoe. »Lasst uns zum Gehöft meiner Amme gehen«, schlug sie vor.

»Deiner Amme?«

»Wisst Ihr nicht, was eine Amme ist? Ihr seid aber dumm!«

Zarin ärgerte sich, weil Zoe ihn für dumm hielt, dabei war er Klassenbester.

»Die Amme hat mich gesäugt. Sie ist mir der liebste Mensch auf der Welt. Habt Ihr keine Amme gehabt?«

Einen Moment dachte Zarin nach. »Ich glaube nicht. Nein, meine Mutter hat mal gesagt, dass ich ein Flaschenkind war.«

»Was ist ein Flaschenkind?«

»Kennst du keine Flasche?«

Zoe schüttelte den Kopf.

»Du bist aber dumm«, gab Zarin es ihr mit ihren eigenen Worten zurück. »Eine Flasche ist aus Glas oder Plastik und ...« Er unterbrach sich, denn wahrscheinlich kannte Zoe auch kein Glas und erst recht keinen Kunststoff. »Aus einer Flasche kann man trinken«, sagte er deshalb nur und deutete mit den Händen die Form einer Flasche an.

»Ah, Ihr meint einen Trinkbecher!«

»Genau«, stimmte er Zoe zu, »so ähnlich.« Siedend heiß fiel ihm plötzlich ein, dass Zoe wahrscheinlich gar nicht wusste, wo ihre Amme wohnte. Wo würden sie in dem Fall bloß die Nacht verbringen? Panik kroch in ihm hoch. »Sag mal, Zoe, weißt du überhaupt, wo sich das Haus deiner Amme befindet? Du durftest die Burg doch nie verlassen. Was machen wir denn jetzt? Wie sollen wir rausfinden, wo sie wohnt? Wir können doch nicht an jeder Haustür klingeln, ähm, ich meine klopfen. Wenn wir im Wald bleiben, werden wir von wilden Tieren gefressen und …« Zarin hatte sich in Rage geredet.

»Es ist der erste Hof am Rande des Dorfes«, beruhigte Zoe ihn und lachte amüsiert, als sie sein verdutztes Gesicht sah. »Ich konnte den Hof vom Wehrgang aus sehen«, fügte sie erklärend hinzu.

Erleichtert atmete Zarin auf und folgte Zoe den ausgetretenen Pfad an der Feldwiese entlang. Obwohl die Sonne bereits unterging, begann Zoe damit, Blumen zu pflücken. In aller Ruhe roch sie an den einzelnen Blüten und hatte bald einen beachtlichen Strauß zusammen. »Die Kamille duftet wunderbar«, sagte sie erfreut und hielt ihm die Blumen vor die Nase. »Wollt Ihr auch riechen?«

Zarin verspürte keine Lust, den Duft von irgendwelchen Pflanzen einzuatmen. Ihn drängte es, möglichst bald ein Dach über dem Kopf zu haben, um vor den wilden Tieren geschützt zu sein.

»Zoe, es wird gleich dunkel«, mahnte er. »Ist es noch weit bis zum Hof deiner Amme?«

»Nein, wir sind bald da.« Seelenruhig pflückte Zoe noch einige weiße Blumen – Margeriten, wie Zarin wusste. Ungeduldig trat er von einem Fuß auf den anderen. Zoe schien ihre gewonnene Freiheit zu genießen.

Am Abendhimmel verblassten die letzten rosa Streifen. Schmerzlich vermisste Zarin die Straßenlaternen seiner kleinen Heimatstadt. Die Minuten, die sie sich den Pfad entlangtasteten, fühlten sich wie Stunden an.

Endlich tauchte neben zwei mächtigen Eichen der Umriss einer einfachen Holzhütte auf, deren Dach mit Schilf gedeckt war.

»Hier wohnt meine Amme«, sagte Zoe mit Stolz in der Stimme und blieb stehen.

Zarin schluckte enttäuscht. Unter einem Gehöft hatte er sich etwas anderes vorgestellt: ein großes Bauernhaus mit Stallungen und einer Scheune, aber bestimmt nicht so eine erbärmliche Hütte.

Niemand war zu sehen. Nur ein großer, abgemagerter, zotteliger Hund kam auf sie zu, knurrte laut und entblößte dabei seine spitzen Zähne. Ängstlich suchte Zarin hinter Zoes Rücken Schutz.

»Scht«, sagte Zoe zu dem Hund und zeigte mit der Hand gebieterisch auf den Boden. Zu Zarins Erleichterung hörte der Hund auf zu knurren und rannte laut bellend zur Hütte, deren Holztür mit einem Schwung aufflog. Eine kleine, pummelige Frau mit runden Wangen und einer Stupsnase schaute heraus und rief: »Ist da wer?«

Zoe drückte Zarin den Blumenstrauß in die Hand und trat einen Schritt vor. »Magdalen, ich bin es.«

Die Amme starrte Zoe ungläubig an und bekreuzigte sich drei Mal. »Ruhig!«, befahl sie dem Hund, der schlagartig mit seinem Gebell aufhörte. »Ihr seid es wirklich, Zoe! Ihr seid dem Zauberrahmen entkommen?«

»Ja, wie Ihr seht.«

Die Amme breitete lächelnd ihre Arme aus, und Zoe warf sich hinein.

»Kann ich bei Euch bleiben, Magdalen? Nur diese eine Nacht?«

»Natürlich. Ihr habt bestimmt Hunger. Kommt herein. Unser bescheidenes Mahl reicht auch für Euch.«

»Ich habe noch einen Gefährten. Darf er ebenfalls bei Euch nächtigen?« Zoe zeigte auf Zarin, der aus Angst vor dem Hund in einiger Entfernung stehen geblieben war.

»Er soll mir willkommen sein.«

Zoe winkte Zarin zu. »Kommt! Was steht Ihr da herum?«

Vorsichtig näherte er sich der Hütte.

»Das ist Zarin«, stellte Zoe ihn vor. »Er hilft mir, meine Eltern zu befreien.«

Zarin, der nicht wusste, wohin mit dem Blumenstrauß, drückte ihn der Amme in die Hand.

»Oh, wie schön!«, rief sie aus. »Es ist schon so lange her, dass ich Blumen geschenkt bekommen habe.« Vor lauter Freude presste sie Zarin so fest an ihren dicken Busen, dass er kaum noch atmen konnte und hörbar nach Luft schnappte.

Magdalen schob ihn und Zoe in die Stube und schloss die Tür.

Mit großen Augen sah Zarin sich um. Der Raum wurde nur von einer offenen Feuerstelle beleuchtet, von der Rauch aufstieg, der durch eine Öffnung im Dach abzog. Über dem Feuer hing an einem Gestell ein großer Topf, in dem irgendetwas brodelte. An den beiden Längsseiten eines schmalen Holztisches standen einfach zusammengezimmerte Bänke und an den Kopfenden je ein Schemel.

Auf einer der Bänke hockten zwei etwa sieben und zehn Jahre alte Jungen. Sie trugen graue Leinenkittel und darunter eine Art Hose. Der Ältere war schlank, hatte dunkelblonde, zerzauste Haare und eine Narbe unter dem Auge, während der Jüngere rundlich wie seine Mutter war. Die beiden Mädchen, die auf der gegenüberliegenden Seite des Tisches saßen, trugen ärmellose, schlichte, graue Leinenkleider. Ihr Alter schätzte Zarin auf vier und elf Jahre. Das ältere Mädchen hatte wie seine Mutter die Haare zu einem Zopf geflochten, das jüngere trug sein langes Haar offen und reichte mit dem Kopf gerade über den Tisch. Sein Gesicht schien nur aus zwei großen, weit aufgerissenen Augen zu bestehen. Das jüngste Kind, ein Säugling, schlief in einer Wiege, neben der ein Spinnrad stand. Der Hausherr saß auf einem Schemel am Kopfende des Tisches. Er hatte lockiges, dunkles Haar und einen Vollbart und trug die gleiche einfache Kleidung wie seine Söhne.

Die Familie war gerade beim Abendessen. Vor jedem stand ein hölzerner Napf. Bei Zoes und Zarins Anblick hielten alle mit Essen inne. Mit gerunzelter Stirn betrachtete der Mann sie misstrauisch. Die

Kinder starrten mit vor Staunen offenen Mündern auf Zarins Füße. Zarin folgte ihren Blicken und bemerkte, dass die fluoreszierenden Schnürbänder seiner coolen neonfarbenen Sportschuhe im Feuerschein leuchteten. Kein Wunder, dass er damit die Blicke aller anzog, zumal die Kinder barfüßig waren.

»Andres, wir haben Gäste«, sagte Magdalen zu ihrem Mann. »Zoe von Falkenauge und ihr Gefährte Zarin. Ich war Zoes Amme, erinnert Ihr Euch? Sie werden bei uns nächtigen.«

»Hm«, brummte Andres mürrisch.

»Wo habt Ihr Zarin kennengelernt?«, fragte Magdalen, an Zoe gewandt. »Ich habe ihn noch nie gesehen. Aus unserem Dorf kann er nicht stammen. Jakob, Simon, macht Platz für Zarin!«, forderte sie ihre Söhne auf.

Der Ältere der beiden – Jakob – rutschte widerwillig ein kleines Stück zur Seite, sodass Zarin sich nur mit Mühe neben ihn und Simon auf die Holzbank quetschen konnte, was nicht gerade bequem war.

»Mein Gefährte kommt von sehr weit her«, erklärte Zoe und schien froh zu sein, dass die Amme sich mit dieser Aussage zufriedengab. Wie hätte sie auch erklären sollen, dass Zarin aus der Zukunft stammte?

»Anna!«, rief Zoe erfreut, rannte auf das ältere Mädchen zu und umarmte es stürmisch. Dabei geriet die Bank ins Wackeln und das jüngere Mädchen fiel hinunter und begann zu weinen.

»Agnes, es tut mir leid. Habt Ihr Euch verletzt?«, fragte Anna besorgt und half ihrer Schwester beim Aufstehen.

Da sie sich anscheinend nur erschrocken hatte, schüttelte Agnes den Kopf, setzte sich wieder auf die Bank und wischte die Tränen weg.

»Zoe, hat die Burgherrin Euch erlaubt, die Burg zu verlassen?«, erkundigte sich Anna erstaunt.

Zoe nickte. »Das erste Mal, seitdem ich geboren bin.« Beide setzten sich zu Agnes auf die Bank. »Schön, dass ich Euch auch einmal besuchen kann. Bisher konnten wir uns nur auf der Burg sehen.«

»Da ist es viel schöner als hier bei uns.« Anna seufzte. Neidisch betrachtete sie Zoes weinrotes Überkleid mit den feinen Stickereien am Halsausschnitt. Wie so oft erinnerte sie sich daran, dass Zoe sie eines Tages mit in ihr Gemach genommen und ihr das Himmelbett mit den bunten Vorhängen aus Leinen gezeigt hatte, ebenso wie die vielen farbenfrohen Kleider, die ordentlich gestapelt in einer Truhe gelegen hatten. Sie selbst besaß nur ein einfaches graues Kleid aus Leinen ohne jede Verzierung, und wenn das aufgebraucht war, nähte ihre Mutter ihr ein neues. Zoe hatte ihr ein blaues Kleid aus weichem Samt geschenkt. Stolz und überglücklich war sie zu ihrer Mutter gelaufen, um es ihr voller Freude zu zeigen. Aber die hatte ihr das Kleid wieder abgenommen und es Zoe zurückgegeben. »Wir sind Leibeigene«, hatte sie gesagt. »Wir dürfen nicht solch schöne, bunte Kleider wie unsere Herrin tragen.«

Anna seufzte erneut und holte auf Befehl ihrer Mutter zwei Holzschalen aus dem Wandregal. Mit einer Kelle füllte diese Haferbrei aus dem Topf, der über dem offenen Feuer hing, hinein und stellte die dampfende Mahlzeit vor Zoe und Zarin auf den Tisch.

Ihr Vater, der bisher keinen Ton von sich gegeben hatte, öffnete den Mund. »Wir haben selber nicht genug zu essen«, protestierte er.

Anna kannte das. Ihr Vater war oft missmutig, weil er das armselige Leben als Leibeigener hasste.

Seinen Einwand ignorierend, forderte ihre Mutter sie auf: »Anna, bringt unseren Gästen etwas zu trinken!«

Misstrauisch nahm Zarin den Holzlöffel und probierte den schleimigen Brei. Er schmeckte nach nichts, aber weil Zarin hungrig war, würgte er ihn tapfer hinunter und trank aus einem Lederbecher Schafmilch hinterher. Ungeduldig wartete er auf den Hauptgang, vielleicht gebratenes Wildschwein. Auf dem Mittelaltermarkt, wie er ihn kannte, gab es immer Ferkel am Spieß. Erwartungsvoll leckte er sich über die Lippen. Enttäuscht musste er nach einer Weile feststellen, dass der Brei bereits die ganze Mahlzeit gewesen war.

Flink räumte Anna die Näpfe weg, während Magdalen den mittlerweile schreienden Säugling aus der Wiege nahm und ihn stillte. Gemächlich erhob sich der Hausherr und zog den hölzernen Laden vor die Fensteröffnung.

Wie auf Kommando sprangen die Kinder auf und wünschten ihren Eltern eine gute Nacht. Zoe folgte ihnen in die rückwärtige Kammer und forderte Zarin auf mitzukommen.

Der Schein des Feuers drang durch die Ritzen der Holzwand und beleuchtete die Kammer nur spärlich. Vergeblich hielt Zarin nach Betten Ausschau. In der einen Ecke entdeckte er eine Holzkiste und eine Art Pritsche aus Holzbrettern, auf denen zwei Strohsäcke lagen.

»Dort nächtigen meine Eltern. Wir schlafen hier«, erklärte ihm Anna und zeigte in die andere Ecke der Kammer.

Das Einzige, was Zarin sehen konnte, war eine Lage Stroh, die auf dem Fußboden ausgebreitet war. Jakob, Simon und Agnes legten sich auf das Stroh, kuschelten sich eng aneinander und deckten sich mit Schaffellen zu.

»Wascht ihr euch gar nicht, bevor ihr schlafen geht?«, fragte Zarin verwundert.

Die Kinder starrten ihn verständnislos an.

»Abends doch nicht«, klärte Jakob ihn auf.

»Aber ihr putzt doch wohl eure Zähne, oder?«

Jakob, Simon und Agnes fingen an zu kichern.

»Was meint Ihr damit?«, fragten Anna und Zoe wie aus einem Mund.

»Nun, Zähneputzen mit einer Bürste. So.« Zarin öffnete den Mund und rieb mit dem Zeigefinger über seine Zähne.

Alle hielten sich die Bäuche vor Lachen.

Zarin verstand nicht, was daran so lustig war. Aber ihm sollte es egal sein. Dann brauchte er seine Zähne heute auch nicht zu putzen. Was seine Mutter wohl dazu sagen würde, wenn sie das sähe? Er musste grinsen, wenn er daran dachte.

»Zarin ist ein Spaßmacher«, erklärte Zoe. »Er sagt immer so seltsame Sachen.«

»Wo ist eure Toilette?«, fragte Zarin, denn mehr Räume als die Küche und den Schlafraum schien es in dieser Hütte nicht zu geben.

»Hä?« Fünf verständnislose Gesichter starrten ihn an.

»Nun, wo geht ihr hin, wenn ihr mal müsst?«

»Ach so, Ihr meint den Abort«, sagte Anna. »Vater hat draußen eine Grube gegraben. Für die Nacht steht hinter der Holzkiste ein Eimer. Wollt Ihr ihn benutzen?«

»Nein, vielen Dank«, lehnte Zarin ab und rümpfte die Nase.

Dicht aneinandergeschmiegt hatten Zoe und Anna es sich nun auch auf dem Stroh gemütlich gemacht. Sie tuschelten so leise miteinander, dass Zarin nicht verstehen konnte, was sie sagten. Er legte sich neben Zoe auf die Strohunterlage und kam sich ziemlich überflüssig vor. Eine Weile lauschte er auf das Kichern der beiden Mädchen, das plötzlich abbrach und in gleichmäßige Atemzüge überging. Alle Kinder schliefen fest, nur er konnte nicht einschlafen, obwohl er todmüde war. Die Strohhalme piekten und stachen durch sein dünnes Hemd und in die nackten Beine. Unruhig wälzte er sich hin und her. Neben ihm raschelte es, und etwas Weiches streifte seinen Arm. Voller Panik fuhr Zarin hoch und starrte angestrengt in die Dunkelheit. Er sah gerade noch, wie eine fette Ratte durch den Lichtschein des Feuers huschte und unter der Holzkiste verschwand.

Schaudernd rüttelte er Zoe so lange an den Schultern, bis sie sich schlaftrunken aufrichtete.

»Was habt Ihr?«

»Zoe, da war eine Ratte! Jetzt ist sie da hinten unter der Kiste«, flüsterte Zarin ängstlich.

Laut gähnend ließ sich Zoe wieder aufs Stroh sinken. »Überall sind Ratten und Mäuse, auch auf der Burg«, erklärte sie ihm. »Schließt Eure Augen, dann seht Ihr die Ratten nicht!«

Zarin gab sich alle Mühe, ihren Rat zu befolgen.

Verraten und verkauft

Anno 1318

Mit einem Becher Wein saßen Andres und Magdalen am offenen Feuer, als ihr Hund draußen wie verrückt zu bellen begann. Im selben Moment wurde laut an die Tür gehämmert.

Andres stand auf, öffnete die Tür und sah sich einem Knappen mit einer brennenden Fackel in der Hand gegenüber. Ein weiterer Knappe hielt die Zügel ihrer beiden Pferde und trat mit dem Fuß nach dem immer noch bellenden Hund, der daraufhin jaulend weglief.

»Was ist Euer Begehr zu so später Stunde?«, fragte Andres ängstlich.

»Unsere Burgherrin hat uns befohlen, Zoe zu suchen.«

»Ihr könnt weiterreiten! Zoe ist nicht hier«, sagte Magdalen, die gerade hinzugekommen war, mit lauter Stimme. Entschlossen stellte sie sich dem Knappen in den Weg.

»Aus den Augen, Weib! Ich sehe selber nach. Wehe Euch, wenn Ihr gelogen habt.«

»Tante Morphia lässt ihre Knappen nach mir suchen«, flüsterte Zoe mit zitternder Stimme. Genau wie Zarin war sie von dem wütenden Gebell des Hundes wach geworden und hatte jedes Wort mitgehört, das an der Tür der Hütte gesprochen worden war.

Zarin sah sie erschrocken an.

Anna warf das Schaffell zurück, mit dem sie sich zugedeckt hatte, sprang zur Holzkiste hinüber und hob den Deckel an. »Rasch, versteckt Euch, Zoe!«, drängte sie.

Eilig schlüpfte Zoe in die enge Kiste, die nur Platz für sie bot, und kauerte sich zusammen.

Schnell schloss Anna den Deckel und wies Zarin an, sich schlafend zu stellen, schließlich suchten die Knappen nur nach Zoe.

Zitternd verbarg Zarin sein Gesicht im Stroh, denn kaum hatte Anna sich wieder auf das Lager geworfen und das Schaffell über sich und ihn ausgebreitet, wurde die Tür zu ihrer Kammer aufgestoßen. Zarin hörte Schritte und nahm einen hellen Lichtschein wahr. Er glaubte, dass der Knappe mit seiner brennenden Fackel hereingekommen war und ihm und den anderen Kindern ins Gesicht leuchtete. Zarin traute sich kaum zu atmen, zu groß war seine Angst vor den Wachen der Burgherrin, mit denen er nicht so schnell wieder Bekanntschaft machen wollte. Zum Glück war Anna so geistesgegenwärtig gewesen und hatte mit dem Schaffell seine auffälligen Schuhe bedeckt, die er vor dem Schlafengehen ausgezogen hatte. Er spürte das markante Profil der Sohlen an seinen Beinen.

»Da seht Ihr es selbst«, hörte er Magdalen sagen. »Zoe ist nicht hier.«

Mit befehlender Stimme belehrte sie der Knappe: »Es hätte sein können, dass sie bei ihrer Amme

Zuflucht gesucht hat. Falls das Mädchen doch noch hier erscheinen sollte, haltet es fest und meldet es uns sofort! Es soll Euer Schaden nicht sein. Die Burgherrin zahlt eine hohe Belohnung für Zoes Ergreifung.«

»Wie hoch ist die Belohnung?« Diese Frage hatte Andres gestellt. Seine Stimme klang, als wäre er nicht abgeneigt, ihren ungebetenen Gast zu verraten.

»Ein Beutel Silbertaler«, antwortete der Knappe und verließ die Hütte.

Erleichtert vernahm Zarin, wie sich das Getrappel der Pferdehufe entfernte, bis es nicht mehr zu hören war. Er schlug das Schaffell zurück und sah durch die geöffnete Kammertür, wie Andres nachdenklich die Stirn runzelte und anscheinend über das gerade Gehörte nachdachte.

Im selben Moment stieg Zoe zitternd aus der Holzkiste und umarmte Anna, die sich von ihrem Lager erhoben hatte. »Ihr habt uns gerettet. Was kann ich Euch zum Dank geben? Mein Stirnband?«

Anna schüttelte den Kopf. »Ihr steht nicht in meiner Schuld, Zoe. Ihr seid doch meine Milchschwester!« Dabei starrte sie sehnsüchtig auf Zarins Schuhe, die, jetzt wieder für alle sichtbar, neben ihm auf dem Stroh lagen.

Zarin bemerkte Annas Blick. Er griff nach den Schuhen, stand auf und reichte sie Anna. »Du kannst sie haben. Mein Vater kauft mir neue.«

Hastig ergriff Anna die Schuhe, drückte sie wie einen kostbaren Schatz an sich, bückte sich und versteckte sie unter ihrer Schaffelldecke.

»Die Leuchtschuhe hätte ich auch gern gehabt«, maulte Jakob und setzte sich auf.

»Anna kann sie dir ja mal leihen«, schlug Zarin vor.

»Nein!« Wild entschlossen schüttelte Anna den Kopf. »Das sind jetzt meine Schuhe. Ihr habt sie mir geschenkt.«

Zarin grinste, als er sich vorstellte, wie Anna die Schuhe heimlich anzog, wenn ihre Geschwister schliefen oder außer Haus waren. Bestimmt waren sie der wertvollste Schatz, den das Mädchen je besessen hatte.

Enttäuscht ließ sich Jakob auf das Strohlager zurücksinken.

»Andres, kommt schlafen!«, forderte Magdalen ihren Mann auf, der grübelnd am Tisch saß und seine rissigen, abgearbeiteten Hände betrachtete.

»Ein Beutel Silbertaler«, murmelte er erregt. »Weib, damit könnten wir uns freikaufen. Wir müssten keine Leibeigenen der Burgherrin mehr sein. Wir bräuchten keine Frondienste mehr zu leisten. Stattdessen könnten wir uns eigenes Land kaufen und es bewirtschaften.« Mit hoffnungsvollem Blick sah er Magdalen an.

Zu seiner Enttäuschung schüttelte sie den Kopf. »Wir werden Zoe nicht verraten. Ich habe sie mit Milch aus meinen Brüsten gesäugt wie meine eigenen Kinder.«

»Und was habt Ihr davon gehabt?«, ereiferte sich Andres. »Musstet Ihr deshalb weniger Abgaben leisten? Hat Zoe es Euch gedankt?«

»Zoe ist noch ein Kind«, entgegnete Magdalen.

Andres schüttelte den Kopf. »Zoe ist sowieso verloren. Wenn wir sie der Burgherrin nicht ausliefern, wird es jemand anderes tun. Ein Beutel Silbertaler … Wir bräuchten nie wieder für andere zu schuften. Wir könnten uns einen Hof kaufen. Und Ziegen und Schafe. Und vielleicht sogar noch einen Ochsen und einen Wagen.«

»Das ist nicht der Andres, den ich kenne«, sagte Magdalen traurig. »Ich werde Zoe nicht verraten wie Judas den Herrn für dreißig Silberlinge.«

»Ihr seid dumm, Weib!« Erregt sprang Andres auf. »Denkt lieber an Eure eigenen Kinder!« Wütend verließ er die Hütte und warf die Tür laut hinter sich zu.

Magdalen wandte sich Zoe, Anna und Zarin zu, die mit weit aufgerissenen Augen den Wortwechsel verfolgt hatten und sie nun ziemlich ängstlich anblickten.

»Zoe, ich fürchte, Andres wird Euch verraten«, flüsterte Magdalen besorgt. »Ich habe die Gier in seinen Augen gesehen. Ihr müsst fliehen, bevor Euch die Knappen der Burgherrin holen!« Sie drückte Zoe an sich und zeichnete ihr ein Kreuz auf die Stirn. »Gott sei mit Euch.« Dann stieß sie den Fensterladen auf, damit Zoe und Zarin hinausklettern konnten.

Fröstelnd standen Zarin und Zoe in der kalten Morgendämmerung. Zarin vermisste schon jetzt schmerzlich seine Schuhe. Warum nur war er so großzügig gewesen und hatte sie Anna geschenkt?

Tröstend fasste Zoe ihn an der Hand. »Bald wird es hell und bestimmt auch wärmer. Da wir jetzt wissen, wo sich der Eingang zu dem Geheimgang befindet, schlage ich vor, dass wir uns anschleichen und den Wächter ablenken.«

»Wie denn?«, fragte Zarin kläglich. Er hatte keine Lust, noch einmal Bekanntschaft mit dem Spieß des Wächters zu machen.

»Uns wird schon was einfallen. Wir sind ja zu zweit.«

Hand in Hand trotteten sie um die Hütte – und liefen direkt in Andres' Arme.

Triumphierend blies der sich auf. »Ah, habe ich doch richtig vermutet! Magdalen hat Euch tatsächlich zur Flucht verholfen. So einfach entkommt Ihr mir nicht, Zoe.« In seinen Händen hielt er einen Strick und packte Zoe fest am Arm.

»Lasst mich los!«, schrie Zoe wütend und trat wild um sich.

Obwohl sie sich mit aller Kraft wehrte, konnte sie nicht verhindern, dass Andres ihr die Hände mit dem Strick zusammenband.

Schließlich fasste Zarin, der dem Geschehen bisher nur entsetzt zugesehen hatte, den Mut, hinzuzuspringen und verzweifelt an Andres' Kittel zu zerren, um ihn von Zoe wegzureißen.

Andres stieß einen Pfiff aus, und einen Moment später schoss der große, zottelige Hund um die Ecke der Hütte, blieb vor Zarin stehen und bleckte knurrend die Zähne.

Erschrocken ließ Zarin den Kittel los und wagte es nicht, sich zu bewegen. Regungslos verharrte er in seiner Position und wehrte sich nicht, als Andres nun auch ihm die Hände fesselte.

»Auf zur Burg!«, befahl ihr Widersacher und schubste ihn und Zoe vor sich her.

»Meine Tante wird uns töten!«, jammerte Zoe, und es schien Zarin, als wollte sie Mitleid erwecken. »Bitte, Andres, lasst uns frei!«

Andres hielt einen Moment inne und sah Zoe an. »Habt Ihr einen Beutel Silbertaler?«

»Nein.«

»Dann kann ich Euch leider nicht freilassen.« Er fasste die Enden der Stricke und zerrte seine Gefangenen den steilen Pfad zur Burg hinauf. Der Hund folgte ihnen in kurzem Abstand.

Als sich die ersten Sonnenstrahlen über die Weinberge schoben und im Tal die Hähne krähten, langten sie an der hochgezogenen Zugbrücke an.

»He, Wächter!«, rief Andres. »Lasst die Brücke herab!«

Ein verschlafen aussehender Wächter öffnete das Tor. »Was wollt Ihr?«

»Die Belohnung. Ich bringe der Burgherrin, wonach sie begehrt.«

Die Zugbrücke rasselte herab. Andres befahl dem Hund, auf ihn zu warten, und zerrte Zoe und Zarin über die Brücke durch das Tor in den Hof.

Neugierig eilte der Wächter herbei und nahm Andres die Stricke aus der Hand. »Und jetzt verschwindet!«, befahl er.

»Erst wenn ich die Belohnung habe«, brummte Andres hartnäckig.

»Ihr habt gehört, was Andres gesagt hat«, herrschte Zoe den verdutzten Wächter an. »Teilt der Burgherrin mit, dass er mich gefangen hat und dass sie ihm den Beutel mit den versprochenen Silbertalern geben soll.«

Der Wächter weckte eine Magd und befahl ihr, der Burgherrin die frohe Kunde zu bringen, dass Zoe von Andres auf die Burg gebracht worden sei und dass der Mann seine Belohnung einfordere.

Kurze Zeit später erschien Zoes Tante in einem wallenden Gewand, offenbar um sich mit eigenen Augen davon zu überzeugen, ob die Magd die Wahrheit gesprochen hatte. »Das habt Ihr gut gemacht, Mann«, lobte sie Andres.

»Die Belohnung, Burgherrin«, erinnerte Andres mit demütig geneigtem Kopf. »Ihr habt Zoe wohlbehalten zurück, und den Jungen bekommt Ihr noch hinzu.«

»Niemand soll sagen, dass ich mein Wort nicht halte«, rief Zoes Tante. Sie öffnete eine Tasche, die an ihrem Gürtel befestigt war, entnahm ihr einen Beutel, der prall gefüllt war mit Talern, und warf ihn Andres zu.

Gierig fing Andres den Beutel auf, verbeugte sich mehrmals und machte sich eilig davon. Zoe sah ihm mit ausdrucksloser Miene hinterher und erschrak heftig, als ihre Tante mit einem Ruck an ihrer linken Hand zog. Anscheinend wollte sie sich den Wappenring aneignen.

Als Morphia bemerkte, dass der Ring nicht mehr an Zoes Finger steckte, lief ihr Gesicht vor Wut dunkelrot an. »Werft die beiden in den Kerker!«, keifte sie. Mit einer gebieterischen Geste dem Wächter gegenüber unterstrich sie ihren Befehl und schritt davon, ohne Zoe und ihren Begleiter eines Blickes zu würdigen.

Der Wächter zerrte sie zum Turm, stieß sie die steilen Steinstufen hinab, schob sie in einen Raum und verriegelte die schwere Eichentür hinter ihnen.

Im Verlies

Anno 1318

Das Verlies, in dem Zoe und Zarin sich befanden, war ein fensterloser, runder Raum. Es gab nichts außer kahlen Steinwänden, an denen Eisenringe befestigt waren, an die die Gefangenen angekettet wurden.

Wenigstens konnten sie sich frei bewegen, aber das nützte ihnen auch nicht viel. Entmutigt betrachtete Zarin den schmalen Lüftungsschlitz, der viel zu hoch an der Mauer angebracht war, als dass er ihn hätte erreichen können. Die aufgehende Sonne warf einige Lichtstreifen hindurch, sodass er und Zoe nicht komplett im Dunkeln standen. Der Steinfußboden unter seinen nackten Füßen strömte eine Kälte aus, die ihn frösteln ließ.

Zoe blickte auf ihre gefesselten Handgelenke. »Könnt Ihr die Knoten aufmachen, Zarin?«

Mit seinen gefesselten Händen gelang es Zarin nicht, die Knoten zu lösen. Da fiel ihm sein Klappmesser ein. Mühsam zog er es mit den Fingerspitzen aus seiner Hosentasche. Ein lautes Scheppern ließ ihn und Zoe zusammenzucken. Das Messer war ihm aus der Hand geglitten und auf den Steinboden gefallen. Vor Schreck hielten sie die Luft an, doch zu ihrem Glück ließ sich kein Wächter blicken und sie atmeten erleichtert aus. Nachdem Zarin das Messer aufgehoben hatte, gelang es ihm erst nach mehreren vergeblichen Versuchen, es aufzuklappen.

»Kannst du das Messer festhalten?«, fragte er Zoe und schob den Griff zwischen ihre gefesselten Hände.

Zoe presste ihre Handflächen fest um den Griff, sodass Zarin seine Fesseln über der Messerklinge hin und her reiben konnte. Es war ein zeitraubendes Unterfangen, bis der Strick endlich nachgab und er die Hände wieder frei bewegen konnte. Rasch nahm er das Messer und zerschnitt Zoes Fessel.

»Uff, geschafft!«, stieß er erleichtert hervor und rannte zur Tür. Sie war abgeschlossen, und er rüttelte vergeblich daran. Jetzt hatten sie zwar die Hände frei, waren aber immer noch eingesperrt.

Zarin jammerte über seine schmerzenden Fußsohlen. Weil er Anna seine Schuhe geschenkt hatte, hatte er den steinigen Weg zur Burg barfüßig laufen müssen. Hinzu kam, dass er auf dem kalten Steinfußboden erbärmlich fror.

»Nehmt meine«, bot Zoe ihm großzügig ihre Schuhe an, doch Zarin lehnte das Angebot ab. Er wollte nicht, dass sie diejenige war, die fror.

Mutlos zog er sein Smartphone aus der Hosentasche und versuchte erneut, seine Mutter zu erreichen. Natürlich hatte er keinen Empfang. Enttäuscht holte er aus, um das nutzlos gewordene Smartphone an die Wand zu werfen, als Zoe ihn neugierig fragte: »Zarin, was ist das für ein Kasten?«

»Ein Smartphone.«

»Was ist das Besondere daran?«

»Schaut her!« Zarin fiel auf, dass er schon wie Zoe redete. Auf keinen Fall wollte er jedoch wie die Leute im Mittelalter sprechen, deshalb verbesserte er sich schnell: »Äh ich meine, schau mich an, ich zeige dir was!« Er stellte das Blitzlicht ein, richtete das Smartphone auf Zoe und drückte auf den Auslöser der integrierten Kamera.

Als das Licht aufblitzte, schrie Zoe vor Schreck auf und wich bis an die Wand zurück.

»Du brauchst doch keine Angst zu haben«, versuchte Zarin sie zu beruhigen. »Das war nur ein Blitzlicht.«

Zoe staunte. »Der Zauberkasten kann Blitze machen?«

»Ja.« Zarin nickte. »Ich habe ein Foto von dir gemacht. Willst du dich mal sehen?«

Zoe kam neugierig näher und Zarin hielt ihr das Display vor die Augen. »Cool, nicht wahr? Siehst super aus, wie ein Model, mit deinen langen, blonden Haaren.« Gespannt blickte er Zoe an.

Doch statt ihm zuzustimmen, geriet Zoe in Panik, als sie ihr Abbild sah. »Jetzt bin ich wieder gefangen!«, jammerte sie. »Und diesmal in Eurem Zauberkasten! Ihr könnt genauso zaubern wie Morphia.«

»Aber das ist nur ein Foto, Zoe«, erklärte Zarin ihr. »Du bist nicht in meinem Smartphone gefangen.«

»Doch. Ich habe mein Bild gesehen.«

»Das Smartphone hat nur ein Foto von dir gemacht. Du bist nicht darin gefangen. Du stehst hier neben mir, und wir reden miteinander.«

Das schien Zoe einzuleuchten. Sie traute sich wieder näher heran und fasste so viel Mut, um ihr Foto noch einmal zu sehen. Vorsichtig strich sie mit dem Finger über das Display. »Der Kasten kann sehr gut malen«, sagte sie ehrfürchtig.

»Mannomann!« Zarin stöhnte. »Wie soll ich dir das nur erklären? Weißt du was, wir machen ein Selfie von uns. Stell dich mal ganz dicht neben mich.« Er legte seinen Arm um Zoes schmale Schultern und zog sie eng an sich.

»Zarin, was drückt Ihr mich denn so fest?« Zoe kicherte.

»Jetzt schau in das Smartphone!«, erwiderte er verlegen. »Dann mache ich ein Foto von uns beiden.«

»Das geht?«

»Klar.«

Im selben Moment hörten sie das Geräusch eines sich im Schloss drehenden Schlüssels, und die schwere Eichentür wurde aufgestoßen. Der Wächter ließ Zoes Tante herein und zog die Tür wieder zu.

Starr vor Schreck starrten Zarin und Zoe auf den Bilderrahmen, den die Burgherrin in der Hand hielt. Sie trat einen Schritt näher und sagte: »Ich werde Euch wieder in den Bilderrahmen sperren, Zoe. Und Euren Gefährten dazu, damit Ihr nicht allein seid.« Sie lachte hämisch. »Ihr dürft neben Euren Eltern hängen. Das ist doch eine nette Geste von mir.«

Ängstlich versuchte Zarin sich hinter Zoe zu verstecken. Er wollte nicht als Gemälde in einem Bilderrahmen festsitzen, sondern in sein Jahrhundert und in sein Zuhause zurückkehren.

»Sehr mutig scheint Ihr nicht zu sein«, spottete die Burgherrin und sah ihn mit herablassendem Blick an. »Als Knappe seid Ihr nicht zu gebrauchen.« Unvermittelt warf sie den Bilderrahmen über ihn und Zoe, griff nach dem Anhänger vor ihrer Brust, auf dem der Teufel abgebildet war, richtete den roten Stein, der darauf prangte, auf Zoe und murmelte einen Zauberspruch. Schon quoll roter Nebel aus dem Amulett.

Um sich und Zoe zu verteidigen, wollte Zarin sein Klappmesser aus der Hosentasche holen, hielt aber stattdessen den grünen Flummi in der Hand. Sein Messer lag, unerreichbar für ihn, neben der Tür auf dem Boden. Dort hatte er es abgelegt, nachdem er sich und Zoe von den Stricken befreit hatte. Mit dem Mut größter Verzweiflung warf er Zoes Tante den Flummi mitten ins Gesicht. Sie heulte auf, unterbrach ihren Zauberspruch und griff sich mit schmerzverzerrtem Gesicht an die Nase.

Geistesgegenwärtig nutzte Zoe den Moment der Unachtsamkeit. In ihrer Panik dachten sie und Zarin nicht daran, den Bilderrahmen mitzunehmen, und ließen ihn im Verlies zurück. Zoe stürzte zur Eichentür und riss sie auf, während sich Zarin rasch nach seinem Klappmesser bückte und es wieder an sich nahm. An dem verdutzten Wächter vorbei rannten beide die Steinstufen hinauf.

Leider fasste sich der Wächter nur allzu schnell. Mit Riesensprüngen verfolgte er sie. Weil jedoch die Burgherrin laut nach ihm kreischte, machte er eine Kehrtwendung und lief die Stufen wieder hinab, um nach ihr zu sehen.

Gehetzt rannte Zoe über den Burghof. Zarin, der ihr gefolgt war, überholte sie, stolperte dabei über seine eigenen Füße und fiel der Länge nach hin. Zoe half ihm auf, fasste ihn an der Hand und eilte mit ihm an der Zisterne vorbei zum Palas. Sie durchquerten den Rittersaal. Zarin blieb keine Zeit, die hölzerne Wandtäfelung und die gewebten Teppiche zu bestaunen, denn Zoe zog ihn weiter zur Treppe. Sie hasteten die Stufen zum Obergeschoss hinauf. Zoe hätte Zarin gerne ihr Schlafgemach gezeigt, aber das würde zu lange dauern. Sie mussten ins Jahr zweitausendachtzehn zurück, um den Ring zu finden, mit dem sie ihre Eltern erlösen würde.

Hastig stieß sie die Tür zu Morphias Kemenate auf und stürmte hinein. Die Fensternische war leer. Von einem Bilderrahmen war weit und breit nichts zu sehen.

»Der Rahmen ist weg!«, rief sie panisch.

»Nein, sind wir blöd, den haben wir im Verlies liegen gelassen«, erinnerte sich Zarin und schlug sich mit der flachen Hand an die Stirn.

Während Zoe ärgerlich mit dem Fuß aufstampfte und einen Blick auf den Flur warf, auf dem Schritte zu hören waren, sah sie ihre Tante, gefolgt von dem Wächter, herbeistürmen. In der linken Hand schwenkte sie den Bilderrahmen und in der rechten hielt sie den Ball, den Zarin ihr ins Gesicht geworfen hatte.

»Mist, die Hexe kommt!«, stöhnte Zarin, der hinter Zoe aus der Tür spähte.

»Los, zurück und schnell unters Bett!«, zischte Zoe ihm zu, und in Windeseile drehten sie sich um und krochen unter das große Himmelbett. Schon stürmte Zoes Tante wie eine Furie in ihr Gemach. Dem nachfolgenden Wächter schlug sie die Tür vor der Nase zu.

Zoe wagte es nicht, sich zu rühren. Genauso wie Zarin zuckte sie zusammen, als ihre Tante offenbar wütend erst den Bilderrahmen in die Ecke schleuderte und danach Zarins Ball mit aller Kraft auf den Boden warf, sodass er hin und her sprang.

»Wo habt Ihr Euch versteckt, Zoe?«, hörte sie ihre Tante schreien. Nach einer Weile lachte diese schaurig. »Ihr könnt hervorkommen! Ich finde Euch sowieso.« Ihre Schritte kamen näher und machten vor dem Bett halt.

Zarin, der mitbekam, dass Zoes Tante sich bückte, um unter das Bett zu schauen, krabbelte eilig hinter Zoe auf der anderen Seite wieder hervor. Zoes Tante, die einen wütenden Fluch ausstieß, richtete sich auf und funkelte ihn und Zoe wütend an.

Zoe, deren Blicke durch den Raum schweiften, entdeckte den Bilderrahmen in der Ecke und rief: »Zarin ich hab ihn! Beeilt Euch!« Hastig griff sie nach dem Rahmen und stieg hindurch, kam aber auf der anderen Seite wieder heraus.

Morphia, die Zoe beobachtet hatte, lachte schadenfroh. »Ich werde Euch behilflich sein, wieder in das Bild zu gelangen.« Mit ihrer linken Hand tastete sie nach dem Amulett an ihrem Hals und begann erneut ihren Zauberspruch zu murmeln.

Zitternd vor Angst verkroch sich Zarin hinter Zoes Rücken. In der Hand hielt er noch immer sein Smartphone, das er abwehrend auf die Burgherrin richtete. Voller Staunen spürte er, dass das Smartphone und Morphias Amulett, aus dem bereits roter Nebel quoll, wie zwei gleichgerichtete magnetische Pole wirkten. Sie stießen sich heftig ab. Wie konnte das sein? Ob es elektromagnetische Wellen waren, die vom Smartphone auf das Amulett trafen? Er kam nicht dazu, weiter darüber nachzudenken, denn er spürte, wie er von einer unsichtbaren Kraft rückwärts in den Bilderrahmen gezogen wurde. Mit seiner freien Hand ergriff er blitzschnell Zoes Kleid und riss sie mit sich.

Als sich der Nebel wieder aufgelöst hatte, starrte Morphia entgeistert auf den leeren Bilderrahmen. Weder Zoe noch der Junge befanden sich darin. Wütend kreischte sie auf und schüttelte den Rahmen wild hin und her, aber er blieb leer. Die beiden Kinder waren verschwunden. Ihr Zauberspruch hatte nicht gewirkt.

Vor Wut außer sich stampfte Morphia mit ihren Füßen auf den Boden und trat auf den Ball, den der Junge ihr im Verlies ins Gesicht geschleudert hatte. Vor Schmerzen aufschreiend, griff sie danach und warf ihn aus dem geöffneten Fenster. In ihrer Wut konnte sie sich nicht mehr bremsen. Mit kräftigem Schwung holte sie aus, und der Bilderrahmen folgte dem Ball. Er landete unterhalb der Burg im dichten

Gestrüpp. Und weil ihre Wut immer noch nicht abgekühlt war, nahm sie die hölzerne Schatulle von der Truhe und schmetterte sie mit aller Kraft auf den Boden. Die Schatulle blieb unversehrt, so sehr Morphia auch darauf herumtrampelte. Erst nachdem sie auch diese aus dem Fenster geworfen hatte, kühlte ihr Zorn langsam ab.

Wo waren Zoe und dieser Junge geblieben? Unsichtbar machen konnten sich die beiden gewiss nicht. Wie waren sie bloß ihrer Zauberkraft entkommen? Morphia vermutete, dass Zoe und ihr Gefährte aus dem Gemach gerannt waren, während sie selbst ihre ganze Konzentration auf den Zauberspruch gerichtet und – wie sie sich eingestehen musste – ein wenig unbeherrscht herumgetobt hatte. Bestimmt waren die beiden längst nicht mehr auf der Burg. Obwohl … so groß konnte ihr Vorsprung nicht sein. Sie würde die Kinder schon finden. Zu allem entschlossen, eilte sie in den Vorhof, rief nach ihren Knappen und befahl dem Stallmeister, ihr Pferd zu satteln.

Kulturschock

Gegenwart

Kaum waren Zoe und Zarin hinter dem Verkaufsstand von Zarins Mutter aus dem Bilderrahmen gepurzelt, galt Zarins erster Blick der Burg Falkenauge. Als er sich vergewissert hatte, dass dort wieder die gewohnte Ruine stand, atmete er erlöst auf.

Seine Mutter verkaufte gerade eine ihrer Tonvasen und verstaute den Zwanzigeuroschein, den der Kunde dafür bezahlte, in ihrer Geldkassette. Zarin konnte nicht anders: Voller Freude und Erleichterung, wieder sicher zu Hause zu sein, sprang er auf, lief zu seiner Mutter und umarmte sie stürmisch.

»Da bist du ja endlich, Zarin. Wo hast du nur gesteckt?«

Claudia befreite sich aus Zarins Umarmung. Was war nur in ihren Sohn gefahren? Normalerweise fand er Zärtlichkeiten peinlich, und jetzt umarmte er sie in aller Öffentlichkeit. »Stimmt was nicht?«, fragte sie misstrauisch.

Zarin lächelte sie an und stöhnte. »Uff, bin ich froh, dass ich wieder hier bin!«

»Wo warst du nur so lange? Und wieso läufst du barfuß herum? Wo sind denn deine Mittelalterschuhe?«

Bevor Zarin zu einer Antwort ansetzen konnte, näherte sich ihm von hinten ein Mädchen und zog energisch an seinem Hemdsärmel. »Zarin, wir müssen den Ring suchen«, sagte es.

»Ja, gleich«, erwiderte Zarin, der wohl bemerkt hatte, dass seine Mutter ihn fragend ansah. Claudia überlegte, wer dieses Mädchen war.

»Das ist übrigens meine Mutter«, sagte Zarin. »Und das ist Zoe.«

»Hallo, Zoe«, begrüßte Claudia sie herzlich. »Ich habe dich hier noch nie gesehen. Bist du neu in Zarins Klasse?« Sie wartete nicht auf eine Antwort, sondern fuhr fort: »Du hast aber ein hübsches mittelalterliches Kleid an. Woran erinnert mich das nur?« Sie überlegte einen Augenblick, und dann fiel es ihr wieder ein. »Genau so ein Kleid trug das Mädchen auf dem Gemälde«, sagte sie mehr zu sich selbst als zu Zoe. »Sogar die Stickereien am Halsausschnitt sind dieselben.«

Ihr Blick fiel auf den leeren Bilderrahmen. Nicht nur das Kleid erinnerte sie an das Mädchen auf dem Gemälde, sondern auch ihr Gesicht, die blauen Augen, die kleine Nase mit der zart geschwungenen Spitze, die langen, blonden Haare. Fast könnte man meinen, das Mädchen von dem Gemälde stünde leibhaftig vor ihr.

Jetzt fange ich doch tatsächlich an zu spinnen, rief sie sich stumm zur Ordnung. »Was sucht ihr denn?«, fragte Claudia die Kinder verwundert, die in die Knie gegangen waren, auf dem Kopfsteinpflaster herumkrochen und den Boden abtasteten.

Zarin blickte auf. »Zoe hat ihren Ring verloren.«

»Ja«, erklärte Zoe mit ernster Miene und hielt ihre linke Hand hoch. »Schaut her, hier an dem Finger hat mein Wappenring gesteckt. Jetzt ist er verschwunden.«

»Hast du vielleicht einen Ring gefunden, Mama?«, fragte Zarin und sah sie hoffnungsvoll an.

Als seine Mutter bedauernd den Kopf schüttelte, erinnerte sich Zarin daran, dass Connor, Luc und Spock ihn bis zu ihrem Stand hier auf dem Mittelaltermarkt verfolgt hatten. Ob sie den Ring gefunden hatten? Das wäre eine Katastrophe! Connor würde ihn bestimmt nicht freiwillig herausrücken.

»Hast du Connor, Luc und Spock gesehen, Mama?«

»Ja. Die Bengel haben sich hinter dem Stand herumgetrieben und beinahe meinen schönsten Krug umgeworfen.« Sie hielt den leeren Bilderrahmen hoch. »Schaut euch das an!«, empörte sie sich. »Sie haben die Leinwand aus dem Rahmen gerissen. Na, die können was erleben! Ich werde heute Abend die Eltern der drei aufsuchen. Schließlich habe ich für das Gemälde sechzig Euro bezahlt. Da kann ich ja wohl Schadenersatz verlangen. Den Rahmen brauche ich jetzt auch nicht mehr.«

Zarin erschrak. »Mama, du darfst den Bilderrahmen auf keinen Fall wegwerfen, sonst kann Zoe nicht mehr zu…« Er sprach seinen Satz nicht zu Ende. Wenn er seiner Mutter von seiner ungewollten Zeitreise ins Mittelalter erzählte, würde sie ihm garantiert nicht glauben. »Vielleicht finden wir die Leinwand«, sagte er stattdessen, »dann wäre es doch schade, wenn du den Rahmen weggeworfen hättest. Also pass gut auf ihn auf!«

Seine Mutter nickte. »Dann lass uns hoffen, dass diese Nichtsnutze das Bild nicht gänzlich zerstört haben.«

Zum Glück wollte in diesem Moment eine Marktbesucherin den Preis einer Obstschale wissen. So war Zarins Mutter abgelenkt. Er nutzte die Gelegenheit, fasste Zoe an der Hand und zog sie zwischen den Ständen hindurch zur Straße.

Kaum hatten sie den Marktplatz verlassen, kam Zoe aus dem Staunen nicht mehr heraus. Die Menschen kleideten sich so seltsam. Viele Frauen trugen Röcke, die viel zu kurz waren, oder Hosen wie die Männer. In dem Fall war es oft schwer zu erkennen, ob es sich um eine Frau oder einen Mann handelte.

Die ihr so vertrauten Holzhütten am Rande des Marktplatzes waren verschwunden. Statt ihrer sah Zoe zweistöckige Fachwerkhäuser mit Fensterscheiben, in denen sich die Sonne spiegelte. Vor den Fenstern wuchsen rote, gelbe und blaue Blumen.

»Warum wachsen die Blumen an den Häusern und nicht auf der Erde?«, fragte sie Zarin verwundert.

Zarin sah sie fragend an. »Was meinst du?«, wollte er wissen. Erst als sie mit der Hand in Richtung eines der Fenster zeigte, schien er zu begreifen. »Die Blumen wachsen nicht an den Häusern«, erklärte er. »Sie wachsen in Kästen, die vor den Fenstern hängen.«

»Warum?« Zoe konnte den Sinn nicht begreifen.

»Weil … weil … nun, weil es eben hübsch aussieht.«

Das leuchtete ihr ein, aber etwas anderes erregte auf einmal ihre Aufmerksamkeit. »Zarin!«, rief sie. »Seht! Die Burg Falkenauge ist verschwunden!« Aufgewühlt deutete sie zum Weinberg, auf dem eine Ruine anklagend in den Himmel ragte. »Was ist mit ihr geschehen?«

»Ich weiß nur, dass sie vor langer Zeit abgebrannt ist.«

»Aber sie war doch eben noch heil.«

Zarin seufzte. »Zoe, im Moment befinden wir uns im Jahre zweitausendachtzehn. Siebenhundert Jahre nach deiner Zeit. Inzwischen hat sich viel verändert.«

Dem konnte Zoe nur zustimmen. Jede Sekunde entdeckte sie etwas Neues.

Ihre Blicke überall, ging sie ein paar Schritte vorwärts – und wurde im nächsten Moment von Zarin zurückgerissen. Gleichzeitig quietschte es und ein Ungeheuer auf vier Rädern kam kurz vor ihr zum Stehen. Ängstlich beobachtete sie weitere dieser rollenden Ungeheuer. Pferde oder Ochsen waren nicht davorgespannt. Sie fuhren von ganz allein.

»Sind die Pferde unsichtbar?«, fragte sie. »Was ist das für ein Zauber?«

»Das ist kein Zauber, Zoe. Das sind Autos.«

»Aber sie fahren von allein.«

»Nein, nicht ganz allein. Auch die Autos brauchen einen Kutscher, der sie lenkt. Außerdem haben sie in ihrem Innern einen Motor, und der treibt das Fahrzeug an.«

Zoe sah Zarin entgeistert an. Sie hatte keine Ahnung, wovon ihr Gefährte sprach.

Zarin fand es ganz schön anstrengend, Zoe seine Welt zu erklären, sprach aber geduldig weiter: »Also: Man fährt an eine Tankstelle und tankt Benzin. Das Benzin verbrennt und treibt dadurch den Motor an. Der wiederum bewegt die Räder. Die drehen sich und das Auto fährt los, sobald der Fahrer auf das Gaspedal tritt.«

Zarin hielt inne. Was tat er hier eigentlich? Zoe kannte weder Benzin noch wusste sie, was ein Motor war. Zum Glück fragte sie nicht weiter, denn inzwischen betrachtete sie voller Staunen sein Fahrrad, das zu seiner Erleichterung immer noch neben der Mülltonne lag.

»Was ist das für ein Ungetüm?«, fragte Zoe.

»Das ist mein Fahrrad«, erklärte Zarin und hob es auf.

»Es hat ja nur zwei Räder. Wenn Ihr da ein Pferd vorspannt, fällt das Ungetüm um.«

Zarin lachte. »Ich bin das Pferd. Sieh her!« Er schwang sich auf den Sattel, radelte ein paar Meter und wartete gespannt auf Zoes Reaktion.

Mit offenem Mund starrte sie ihm nach. »So etwas habe ich ja noch nie gesehen.«

»Das gab es zu deiner Zeit ja auch noch nicht.«

»Wie macht Ihr das? Dass sich das Ungetüm bewegt?«

»Hier.« Zarin hielt ihr das Rad hin. »Willst du auch mal fahren?«

»Ihr glaubt, ich kann das?«

»Klar. Es ist ganz einfach. Du musst nur das Gleichgewicht halten.« Zarin hielt das Rad fest, während Zoe sich unbeholfen auf den Sattel setzte.

»Mit den Füßen trittst du in die Pedale, mit den Händen lenkst du.«

Bei ihrem ersten Fahrversuch schwankte Zoe wild hin und her. Zarin lief nebenher und hielt das Rad am Sattel fest. Er wollte nicht, dass Zoe umkippte und sich womöglich verletzte.

Plötzlich hatte sie den Bogen raus und radelte davon. »Ich kann es. Ich kann es!«, schrie sie und jubelte.

»Zoe, bleib auf dem Fahrradweg!«, brüllte Zarin ihr hinterher. »Nicht auf die Straße fahren!« Er stockte, weil er plötzlich in der Ferne Connor, Luc und Spock herankommen sah. Luc sprang von seinem Fahrrad und warf es achtlos gegen einen Laternenmast. Spock hüpfte von seinem Skateboard, und Connor, der die Truppe auf Inlineskates angeführt hatte, versperrte Zoe den Weg. Breitbeinig bauten sich Luc und Spock neben Connor auf und verschränkten ihre Arme vor der Brust.

Zoe, die in voller Fahrt auf die drei zuradelte, konnte nicht wissen, wie man ein Fahrrad anhielt. Das hatte Zarin ihr nicht gezeigt. Sie raste direkt auf Luc zu und prallte mit ihm zusammen. Luc stürzte, und Zoe fiel auf ihn.

Sich die Haare raufend, lief Zarin los, um Zoe beizustehen.

»Au, mein Bein!«, hörte er Luc jammern. »Und wo ist meine Brille? Hat jemand meine Brille gesehen?« Blind wie ein Maulwurf tastete er auf dem Fahrradweg herum.

Besorgt rannte Zarin zu Zoe und beugte sich über sie. »Bist du verletzt?«

»Nein, mit mir ist alles in Ordnung.« Sie nahm die ihr gereichte Hand und ließ sich von Zarin hochziehen. Während sie ihr Kleid ordnete, trat Connor mit drohender Miene auf sie zu und blieb nur wenige Zentimeter vor ihr stehen.

»Was bist du denn für'n Blindgänger?«, fragte er. »Zu dumm zum Gucken …« Sein Blick glitt zu dem Fahrrad, das neben Zoe auf dem Boden lag. »He, das ist doch Zarins Rad!« Mit einem provokativen Grinsen trat er gegen den Reifen.

»Lass mein Rad in Ruhe!«, protestierte Zarin schwach. Er ahnte, dass er gegen Connor nichts ausrichten konnte.

Frech grinsend holte Connor zu einem erneuten Tritt aus.

»Faszinierend!« Spock deutete aufgeregt auf Zoe. »Das ist das Mädchen aus dem Gemälde!«

»Hä?«, machte Connor und hielt inne. Irritiert blickte er von Spock zu Zoe.

»Das ist das Mädchen, mit dem Zarin durch den Bilderrahmen verschwunden ist«, erklärte Spock. »Wie hast du das gemacht, Zarin? Wie habt ihr euch weggebeamt?«

Luc, der inzwischen seine Brille wiedergefunden hatte, setzte sie rasch auf. Wie Zarin sehen konnte, hatte sie den Sturz heil überstanden.

Als wären sie hypnotisiert, starrten die drei Jungen Zoe mit aufgerissenen Augen an.

Zarin ergriff die Chance, sich und Zoe aus der bedrohlichen Situation zu befreien. Rasch richtete er sein Fahrrad auf und deutete auf den Gepäckträger. »Zoe, schnell, setz dich hier drauf!«

Bevor auch nur einer der drei Jungen reagieren konnte, hatten Zarin und Zoe bereits einen großen Vorsprung gewonnen. Doch mit Zoe auf dem Gepäckträger würde Zarin es nicht bis zur Burgstraße schaffen. Sie war zu schwer. Seine Beine fühlten sich schon jetzt an wie Blei. Gehetzt blickte er sich um und sah, dass Connor auf den Inlineskates schnell näher kam. Luc und Spock waren zwar weit hinter Connor, aber auch sie holten rasch auf. Um sich und Zoe zu retten, bremste er vor dem Restaurant »Am Weinberg«, in dem sein Vater arbeitete, abrupt ab und flüchtete mit ihr in das Gebäude.

Connor wagte es nicht, Zarin und dem Mädchen zu folgen. Stattdessen wartete er auf Luc und Spock. Gemeinsam ließen sie sich vor dem Eingang des Restaurants auf der Mauer nieder. Irgendwann mussten die beiden ja wieder herauskommen.

Der Deal

Gegenwart

Sobald die Eingangstür des Restaurants hinter Zarin und Zoe zugefallen war, befanden sie sich in einem schmalen Flur, eine weitere Tür führte in den Speisesaal. Zarin öffnete sie einen Spaltbreit und spähte hindurch. Sämtliche Tische waren von Touristen besetzt. Die Kellner trugen Tabletts mit Kartoffeln, Gemüse und Bratenfleisch an ihnen vorüber.

Beim Anblick des Essens merkte Zarin, wie hungrig er war. Auch Zoe betrachtete sehnsüchtig die Fleischplatten. »Für wen findet das Festmahl statt?«, fragte sie neugierig.

»Für die Touristen. Die sind mit dem Bus gekommen, um den Mittelaltermarkt zu besuchen.«

»Können wir in den Rittersaal gehen und mitessen?«, fragte Zoe und wollte schnurstracks ins Restaurant marschieren.

Schnell packte Zarin sie am Arm und zog sie zurück. »Wir gehen in die Küche und fragen meinen Vater, ob er etwas für uns zu essen hat. Mein Vater arbeitet hier als Koch.«

Zoe folgte ihm den Flur entlang. Zarin öffnete eine Tür, an der ein Schild mit der Aufschrift »Nur für Personal« hing. Durch den Kellnergang gelangten sie in die Küche. Dort herrschte emsiges Treiben, wie in einem Ameisenhaufen. Zarins Vater, eine hohe weiße Kochmütze auf dem Kopf, gab den Auszubildenden Anweisungen, rührte in einem Topf, schmeckte die Sauce ab und füllte Kartoffeln und Gemüse in große Schüsseln.

Zoe blieb staunend stehen. Für sie, da war sich Zarin sicher, war dies hier eine seltsame Küche. Es gab keine Feuerstelle, über der ein Kessel hing, es gab nicht einmal einen Kamin. Für jemanden aus dem Mittelalter mussten die modernen Arbeitsflächen, Töpfe, Pfannen und die technische Ausstattung mehr als fremd sein. In den Pfannen brutzelte und in den Töpfen brodelte es, obwohl kein Feuer zu sehen war.

»Hallo, Papa!«, rief Zarin. Er musste mehrmals rufen, bevor sein Vater ihn hörte.

»Was willst du? Ich habe jetzt keine Zeit. Das siehst du doch.«

»Wir haben Hunger.«

Zarins Vater wirkte genervt, als er sagte: »Auf dem Mittelaltermarkt wird ja wohl genug zu essen angeboten, da musst du mich hier nicht stören.« Er wandte sich einem der Auszubildenden zu. »He, Frank, rühr die Sauce um, sonst brennt die an!«

»Papa! Wir verhungern!«, rief Zarin mit jämmerlicher Stimme, um seinen Vater zu erweichen, und fügte noch hinzu: »Wir hauen danach auch gleich wieder ab.«

Gestresst griff sein Vater nach zwei Tellern und füllte Kartoffeln und Gemüse auf, legte je eine Scheibe vom Braten dazu und goss etwas Sauce darüber. »Hier. Aber esst im Personalraum! Und jetzt Abmarsch, wir haben zu arbeiten!«

Ihren Teller mit beiden Händen festhaltend, folgte Zoe Zarin in den Personalraum und setzte sich neben ihn auf die Bank. Zarin legte Messer, Gabel und eine Serviette neben ihren Teller.

Verwundert nahm Zoe die Gabel in die Hand, befühlte vorsichtig die Zinken und lachte plötzlich laut auf. »Das ist aber eine kleine Mistforke!« Sie kicherte. »Damit kann man nicht viel Stroh aufladen.«

»Die ist auch nicht zum Strohaufladen, damit isst man«, belehrte Zarin sie.

Zoe bekam einen Lachanfall. »Ihr seid dumm, Zarin. Essen tut man mit den Fingern und mit dem Messer.« Sie warf einen prüfenden Blick auf ihren Teller. »Was ist das hier für ein Gemüse?«

»Kennst du keine Kartoffeln?«

»Nein.«

Zarin spulte in Gedanken den Weltkundeunterricht ab. Kartoffeln hatte es in Zoes Zeit noch gar nicht gegeben, erinnerte er sich. Die hatten die Seefahrer erst im sechzehnten Jahrhundert aus Südamerika mitgebracht.

»Du kannst die Kartoffel ja mal probieren. Die Mistforke heißt übrigens ›Gabel‹, und man benutzt sie so.« Mit den Zinken seiner Gabel stach er in das Stück Fleisch, schnitt mit dem Messer ein Stück ab und schob es mit der Gabel in den Mund.

»Schneller geht es mit den Fingern«, meinte Zoe, nahm das Fleischstück in die Hand und biss davon ein Stück ab, bevor sie es wieder in die Sauce legte. Ihren fettigen Mund und die Finger wischte sie mit dem Saum ihres Kleides sauber.

»Hallo, Kleine, benimm dich, wir sind hier nicht im Mittelalter!«, mahnte eine der Kellnerinnen, die sich mit ihrem ebenfalls gefüllten Teller an den Nachbartisch setzte.

»Was will die Magd von mir?«, fragte Zoe und sah Zarin an.

Peinlich berührt flüsterte er ihr zu: »Vergiss es, Zoe. Ich muss nachdenken. Es könnte sein, dass Connor, Luc und Spock deinen Wappenring gefunden haben. Sie befanden sich direkt hinter mir, als du mich in den Bilderrahmen hineingezogen hast.«

»Meint Ihr die Jungen, die uns verfolgt haben?«

»Ja. Wie können wir herausbekommen, ob sie deinen Ring gefunden haben?«

»Wir fragen sie. Kommt! Ich bin satt.« Zoe schob ihren leeren Teller von sich weg und stand auf. »Euer Essen war vorzüglich«, rief sie Zarins Vater zu, als sie den Kellnergang entlangliefen.

Während Zarin noch überlegte, wie er es anstellen sollte, Connor nach dem Ring zu fragen, schritt Zoe wie selbstverständlich auf die drei Jungen zu, die immer noch auf der Mauer saßen. Mit dem Zeigefinger tippte sie Connor auf die Brust. »Habt Ihr auf dem Marktplatz meinen Wappenring gefunden?«

Bei so viel Kühnheit vergaß Connor das Antworten.

»Wie sah der Ring denn aus?« Luc hatte sich als Erster gefasst. Nervös schob er seine Brille in die Höhe.

»Mein Ring ist aus Gold. Ein grüner Edelstein schmückt ihn. Darauf eingraviert ist ein Falke, der Blitze aus seinen Augen schleudert.«

»Connor hat so … Aua!« Erschrocken verstummte Luc und verzog schmerzhaft das Gesicht, nachdem Connor ihn fest gegen das Schienbein getreten hatte.

»Nö.« Connor sprang von der Mauer. »Wir haben deinen blöden Ring nicht.«

»Aber der Junge mit den vier Augen hat …«

Mit einem verwirrten Gesichtsausdruck fasste sich Luc an die Brille. Zarin grinste, als ihm klar wurde, dass Zoe Lucs Brille gemeint hatte.

»Du hast doch gehört«, bekräftigte Spock das Gesagte. »Wir haben deinen dämlichen Ring nicht.«

»Es ist kein dämlicher Ring«, empörte sich Zoe. »Es ist ein Zauberring.«

»Ich hab's doch gewusst«, schrie Spock begeistert. »Faszinierend! Habt ihr euch damit weggebeamt?«

»Ihr sprecht in Rätseln. Ich brauche den Ring, um meine Eltern zu befreien«, erklärte Zoe mit ernsthafter Miene.

»Was für ein Quatsch. Etwas Besseres ist dir wohl nicht eingefallen?« Connor lachte laut auf.

»Du kriegst ihn erst zurück, wenn Zarin uns verrät, wie er es geschafft hat, sich durch den Bilderrahmen zu beamen«, versprach Spock.

Zoes Augen funkelten vor Wut. Sie wandte sich an Connor. »Ihr habt den Ring also doch! Ihr habt nicht die Wahrheit gesprochen. Ihr seid ein Feigling!«

Connor wusste nicht, wie ihm geschah. Woher nahm das fremde Mädchen den Mut, ihm so etwas an den Kopf zu werfen?

Von Luc und Spock hatte er keine Hilfe zu erwarten, so angespannt, wie sie die Szene verfolgten. Wahrscheinlich warteten sie nur darauf, dass er das Mädchen verprügelte. Um sie einzuschüchtern, starrte er sie mit drohender Miene an. Aber Zoe wich keinen Zentimeter zurück und hielt seinem Blick stand. Zu seiner Verwunderung konnte Connor keine Angst in ihren Augen erkennen. Das machte ihn unsicher. Er zögerte, weil er nicht wusste, wie er sich jetzt verhalten sollte.

»Möchtet Ihr auch in das Jahr dreizehnhundertachtzehn?«, fragte Zoe, diesmal an Spock gewandt.

»Wa-was meinst du? Ins Mittelalter? Äh, nein, das – das möchte ich nicht«, stotterte Spock und wich einen Schritt zurück. »Ich möchte mit der Enterprise in eine andere Galaxie fliegen.«

Connor stöhnte innerlich. Spock und seine Enterprise fingen an, ihn zu nerven.

»Ihr seid dumm«, kommentierte Zoe Spocks Aussage und lachte. »Fliegen können nur Vögel.«

»Pass auf deine Worte auf, du Mittelalterbraut«, mischte sich Connor ein.

Zoe, die jetzt wieder ihn ansah, erwiderte: »Mein Name ist Zoe von Falkenauge.«

Connor besann sich auf seine Stärke als Anführer und baute sich drohend vor dem Mädchen auf. »Spock, Luc, haltet die Mittelalterbraut fest!«, rief er spöttisch.

Zarin spürte, dass sein Magen zu rumoren begann. Er hätte nicht so viel essen sollen. Jetzt sorgte seine Angst dafür, dass ihm übel wurde. Dabei musste er mutig sein und Zoe beschützen. Aber wie? Er allein gegen die drei? Die würden ihn sofort fertigmachen.

Zu seiner Erleichterung wusste Zoe sich selbst zu helfen. Mit voller Wucht stieß sie Connor ihre Fäuste vor die Brust, sodass er rückwärts gegen die Mauer taumelte.

»Liebt Ihr den Tod?«, fragte sie ihn.

Connor starrte sie irritiert an.

»Oder warum habt Ihr einen Totenkopf auf Eurer Kappe?«, hakte Zoe nach, weil sie keine Antwort bekam.

Connors Blick war noch immer auf Zoe geheftet. Zarin nahm an, dass er so etwas wie Angst vor Zoe verspürte. Klar, dass Connor das nicht gefiel, wo sich doch sonst immer alle anderen vor ihm fürchten sollten. Als Zoe ihn herausfordernd ansah, schien sein Kampfgeist zurückzukehren, denn er baute sich wieder drohend vor ihr auf. »Wenn du dich nicht in Acht nimmst, dann bist du die Erste, die daran glauben muss.«

Davon unbeeindruckt forderte Zoe: »Jetzt gebt mir sofort den Ring zurück, Ihr Dieb. Sonst lasse ich Euch in den Kerker werfen!« Ihre Stimme klang wütend.

»He, in welchen Kerker denn?«, feixte Connor, der langsam, aber sicher wieder die Oberhand gewann.

»In den Kerker der Burg Falkenauge.«

Connor lachte spöttisch. »Den Kerker gibt es schon lange nicht mehr. Die Burg ist längst zerstört.«

»Die Burg gehört meinem Vater«, erklärte Zoe. »Ich werde ihn mit dem Ring befreien, und dann wird auch die Burg wieder heil sein.«

Connor tippte sich an die Stirn. »Die spinnt doch!«

Zarin beobachtete Spock und Luc, die das Geschehen mit unbeweglichen Mienen verfolgt hatten.

»Vielleicht sagt sie ja die Wahrheit«, überlegte Spock.

»Quatsch!«, rief Connor und wandte sich an Zoe: »Schau her, Mittelalterbraut, hier ist dein Zauberring.« Er zog den Wappenring aus seiner Hosentasche. Als Zoe danach greifen wollte, ließ er die Hand mit dem Ring blitzschnell wieder in der Tasche verschwinden.

Jetzt reichte es. Zarin kochte vor Wut. »Gib ihr sofort den Ring zurück!«, forderte er. »Er gehört Zoe und sonst niemandem. Wir gehen zur Polizei, wenn du ihn nicht auf der Stelle rausrückst.« Zarins Knie zitterten, aber er war zu stolz, um Connor, Luc und Spock seine Angst zu zeigen.

»Wie willst du denn beweisen, dass es der Ring der Mittelalterbraut ist, du Schisser?«, rief Connor gehässig. Als Zarin nicht antwortete, fuhr er fort: »Aber wir können einen Deal machen. Wenn du drei Mutproben bestehst, Schisser, dann gebe ich den Ring zurück. Wenn nicht, gehört er mir.«

Zarin zögerte. Bestimmt würde Connor sich gemeine Sachen ausdenken.

Zoe nahm ihm die Entscheidung ab. »Abgemacht. Wenn wir die Mutproben bestehen, bekomme ich meinen Ring zurück.«

»Und wenn nicht, gehört er mir.« Connor grinste. Nie und nimmer würde der Schisser die Mutproben bestehen. Der Ring gehörte ihm schon so gut wie sicher. Bestimmt war er viel wert. Er würde ihn verkaufen und sich von dem Geld ein Smartphone besorgen. Und sicherlich blieb noch so viel übrig, dass sein Vater eine Entziehungskur machen konnte, vom Alkohol wegkam und einen neuen Job als Elektriker fand. Dann würde es vielleicht wieder so sein wie früher, als seine Mutter noch zu Hause gewohnt hatte.

Entschlossen schlug Connor in Zoes ausgestreckte Hand ein. »Der Deal gilt. Ihr seid Zeugen«, sagte er zu Luc und Spock.

»Um was für Mutproben geht es?«, fragte Zarin. Connor spürte förmlich dessen Angst.

»Das erfährst du noch früh genug. Wir treffen uns in zwei Stunden in der Burgruine.« Connor winkte Luc und Spock, ihm zu folgen. »Los, kommt!«

Staunend sah Zoe den drei Jungen nach. »Der Junge, der Connor heißt, hat statt der Füße Räder!«

»Das sind Inlineskates«, erklärte Zarin, der froh war, die drei fürs Erste loszusein. »An den Schuhen sind Rollen befestigt.«

»Er zieht sie wie Schuhe an?«, hakte Zoe nach.

»Ja. Und das Brett, auf dem Spock steht, ist ein Skateboard.«

»Warum tun sie das?«

»Weil es Spaß macht.«

Zarin sah, dass Zoe zweifelnd ihr Gesicht verzog. Woher sollte sie auch wissen, wie viel Spaß es machte, sich auf Rädern fortzubewegen?

»Nehmt Euer Ungetüm«, forderte Zoe ihn auf. »Wir müssen zur Burg. Ich brauche den Ring!«

Zarin verspürte wenig Lust, sich den Mutproben zu stellen. Wer wusste schon, was sie oben in der Ruine erwartete? Er traute Connor, Luc und Spock nicht. Ihm wurde wieder ganz flau im Magen, wenn er nur daran dachte, was ihnen bevorstand.

Seufzend griff er nach dem Lenker seines Rades, als sich sein Smartphone mit einem Warnton meldete. Zarin starrte auf das Display. »Mist, der Akku ist gleich leer. Zoe, wir müssen erst einmal zu mir nach Hause und mein Smartphone aufladen.«

Mit Zoe auf dem Gepäckträger fuhr er die Burgstraße entlang und bremste vor dem Einfamilienhaus seiner Eltern. »Hier wohne ich«, erklärte er.

Mit großen Augen betrachtete Zoe das weiß verputzte Haus. Vor den Fenstern hingen Blumenkästen, wie Zoe sie schon an den Häusern am Marktplatz gesehen hatte. Das schien ihr zu gefallen. Mit großen Augen sah sie sich um und bückte sich, als sie mitten auf der frisch gemähten Rasenfläche stand, die von Blumenbeeten umsäumt war.

Zarin zog die Terrassentür auf und schob sie zur Seite. »Komm!«, forderte er Zoe auf, die noch immer auf dem Rasen hockte und mit der Hand über die kurzen Halme strich. »Was für ein schöner Teppich«, hörte er sie murmeln.

Nachdem er sie erneut aufgefordert hatte, ihm zu folgen, trat sie hinter ihm ins Wohnzimmer und ließ sich in einen der bequemen Sessel fallen. Interessiert deutete sie auf den riesigen Flachbildfernseher. »Warum hängt die Fensterscheibe an der Wand?«

Zarin seufzte. »Das ist doch keine Fensterscheibe, das ist ein Fernseher! Wenn du ihn einschaltest, kannst du dir Filme ansehen.« Zoe diesen komplizierten Sachverhalt zu erklären, würde zu lange dauern. Er musste dringend sein Smartphone aufladen. »Komm mit, ich zeige dir mein Zimmer!«, lenkte er ab.

Zoe sprang vom Sessel auf. »Bei Euch ist alles so sauber.«

Verwundert hielt Zarin inne. »Meinst du? Das erzähle mal meiner Mutter. Sie behauptet immer, Papa und ich würden zu viel Schmutz ins Haus bringen.«

Gefolgt von Zoe rannte Zarin die Treppe zum Dachgeschoss hinauf.

Oben angekommen, deutete Zoe auf eine der Türen. »Ist da Euer Schlafgemach?«

»Nein, das ist das Gästezimmer. Darin kannst du schlafen, wenn du magst.«

Zoe schüttelte den Kopf. »Das geht nicht, Zarin. Ich kann nicht lange bleiben, ich muss meine Eltern erlösen.«

Zarin stieß die andere Tür, die einen Spaltbreit offen stand, komplett auf: »Das hier ist mein Zimmer«, verkündete er stolz.

Kater Carlo lag zusammengerollt auf dem Bett und öffnete träge die Augen, als Zarin und Zoe hereinkamen.

Aus seiner Schreibtischschublade kramte Zarin das Ladekabel hervor, steckte es in die Ladebuchse an seinem Smartphone und den Stecker in die Steckdose.

Wie ein Kreisel drehte sich Zoe staunend im Zimmer herum. So etwas hatte sie noch nie gesehen. Unter der Wandschräge stand ein schmales Bett ohne Bettvorhang und neben dem Fenster ein Schreibtisch mit einem Stuhl, der am Ende seiner fünf Beine Räder hatte und hin- und herrollen konnte. In einem Regal lagen Bücher und winzige Kutschen, die ohne Pferde fuhren, so wie Zoe sie draußen auf der Straße gesehen hatte. Auf einem kleinen Tisch entdeckte sie eine große bunte Kugel, die an einer Stange befestigt war, sodass sie in der Luft hing. Vorsichtig befühlte Zoe die Kugel und merkte, dass sie sich drehen ließ.

»Warum hängt der Ball an einer Stange?«

»Das ist ein Globus«, erklärte Zarin, »so was Ähnliches wie eine Landkarte. Darauf kannst du die ganze Welt sehen.«

»Warum ist der Globus rund?«

»Weil die Erde rund ist.«

Zoe starrte Zarin verdutzt an. Dann lachte sie laut los. »Die Erde soll rund sein? Haha. Dann würden wir ja alle herunterfallen.« Sie hielt sich den Bauch vor Lachen bei der Vorstellung, wie die Menschen von der Erde herunterpurzelten. Noch immer lachend ließ sie sich neben den Kater auf das Bett fallen und streckte die Hand aus, um ihn zu kraulen.

»Stopp!«, warnte Zarin. »Der beißt!«

»Nein, der tut mir nichts.« Zoe streichelte über das glänzende schwarze Fell des Katers. Wie kam Zarin nur darauf, dass er sie beißen würde? Im Gegenteil, er streckte sich wohlig in die Länge und begann zu schnurren.

»Normalerweise darf nur ich ihn anfassen«, erklärte Zarin, »aber wie es aussieht, mag er dich auch.«

»Mich mögen alle Tiere«, erwiderte Zoe selbstbewusst.

Neben dem Kater lag eine kleine Puppe mit riesigen Augen. Eine Nase hatte sie nicht, und anstelle des Mundes entdeckte Zoe winzige Zähnchen. Neugierig zog sie an dem Nippel, der an einem der Mundwinkel hing. Wie von Geisterhand glitten die Zähne auseinander. Voller Entsetzen schleuderte Zoe die Puppe von sich.

Erschrocken sprang Carlo, auf den die Puppe gefallen war, mit allen vier Beinen zugleich in die Luft, hechtete vom Bett und marschierte beleidigt aus dem Zimmer.

Zarin lachte lauthals. Dann wurde ihm klar, dass Zoe ja keine Reißverschlüsse kannte und ihr das Auseinandergleiten der Zähne wie Zauberei vorgekommen sein musste. Da Zoe ihn fragend ansah, setzte er sich neben sie auf das Bett, nahm die Puppe in die Hand und zog den Reißverschluss wieder zu.

»Das ist ein Sorgenfresser«, erklärte er. »Du legst ihn abends neben dich auf dein Kopfkissen und machst den Reißverschluss auf. In der Nacht, während du schläfst, frisst er deine Sorgen auf. Morgens machst du den Reißverschluss wieder zu und alle deine Sorgen sind gefangen.«

»Und das geht?«, fragte Zoe zweifelnd.

»Nicht immer«, musste Zarin zugeben. Er legte die Puppe auf das Bett zurück, denn Zoes Interesse hatte sich bereits etwas Neuem zugewandt.

Staunend betrachtete sie die Zimmerwände. »Ihr habt viele Gemälde.«

»Das sind keine Gemälde, sondern Poster.«

»Warum habt Ihr so viele Bilder von wilden Tieren, wenn Ihr doch so große Angst vor ihnen habt?«, fragte Zoe irritiert.

»Die Bilder sind harmlos.« Zarin lachte. »Die Tiere klettern nicht aus dem Poster wie du aus dem Gemälde.«

Vorsichtig strich Zoe mit dem Zeigefinger über ein Poster, auf dem ein Bär abgebildet war. »So eine dünne Leinwand habe ich noch nie gesehen. Habt Ihr das Bild gemalt?«

»Das ist keine Leinwand, sondern Papier«, erklärte Zarin. »Man bemalt das Papier auch nicht, sondern es wird nur ein Foto darauf gedruckt. So ein Foto, wie ich es mit dem Smartphone gemacht habe. Ich könnte von dir auch ein Poster machen lassen.«

»Das wäre schön«, sagte Zoe und lächelte ihn an, »dann könnt Ihr mich immer sehen.«

Zarin dachte darüber nach, dass Zoe vor lauter Neuigkeiten der Kopf schwirren musste. In den siebenhundert Jahren hatte sich wahnsinnig viel verändert. Da wäre er auch neugierig und hätte genauso viele Fragen wie Zoe.

Nachdem er eine CD mit aktuellen Popsongs in den CD-Player gelegt und die Start-Taste gedrückt hatte, ertönte laute Musik und Zoe zuckte erschrocken zusammen. Hastig stellte er die Musik wieder ab. Erst jetzt wurde ihm so richtig bewusst, dass Zoe gerade einen Kulturschock erlitt, genauso wie es ihm ergangen war, als er ins Mittelalter gepurzelt war. Es war besser, wenn er sie nach und nach an all das für sie Neue gewöhnte.

»Wir müssen zur Burg«, erinnerte Zoe.

»Okay.« Zarin seufzte. »Hoffentlich sind die Mutproben nicht so schlimm.«

»Wir werden sie bestehen«, erwiderte Zoe, und sie klang zuversichtlich.

Zarin seufzte erneut, nahm das Smartphone vom Netz und steckte es in die Hosentasche. »Viel hat der Akku noch nicht geladen, gerade mal dreiundvierzig Prozent.« Mit dem Fuß stieß er die Bermudas zur Seite und schlüpfte in seine alten Joggingschuhe, die darunter lagen. »Möchtest du auch ein Paar Schuhe haben?«, fragte er, rannte mit Zoe die Treppe hinunter und öffnete die Tür des Schuhschranks. »Ich glaube, wir haben die gleiche Größe.«

»Ich habe doch Schuhe«, meinte Zoe und zeigte auf ihre Füße.

»Das sind nur Lappen aus Leder. Die haben noch nicht mal eine feste Sohle. Da spürst du doch jeden Stein durch.«

Zoe bückte sich, streifte ihre Schuhe ab und zeigte Zarin die Unterseite. »Das Leder ist zwar schon etwas abgelaufen, aber es sind noch keine Löcher darin. Damit kann ich sehr wohl gut laufen.« Neugierig sah sie in den Schuhschrank und zog ein Paar grüne Schuhe mit dünnen, hohen Absätzen heraus.

»Das sind die High Heels meiner Mutter«, erklärte Zarin auf ihren fragenden Blick hin.

»Darin kann man laufen?«, erkundigte sich Zoe verdutzt.

»Meine Mutter kann das.«

»Darf ich?«, fragte Zoe, und als Zarin lächelnd nickte, schlüpfte Zoe aus ihren eigenen Schuhen und zog sich die High Heels an. Natürlich knickte sie bereits beim ersten Schritt um. Aber das würde ihm genauso gehen. Er konnte sich beim besten Willen nicht vorstellen, wie man auf so hohen Hacken laufen konnte. Schnell gab Zoe ihren Versuch auf und zog ihre eigenen Schuhe wieder an.

Um Zeit zu gewinnen, weil ihm vor den Mutproben graute, nahm Zarin eine Banane aus der Obstschale, die auf dem Schuhschrank stand.

»Möchtest du auch eine?«, fragte er Zoe. Als sie nickte, reichte er ihr eine Banane.

»Nein, warte«, rief er, als sie hineinbeißen wollte. »Du musst zuerst die Schale abziehen. Siehst du, so.«

»Diese Frucht kenne ich nicht.« Nachdem sie die Schale entfernt hatte, wie Zarin es ihr vorgemacht hatte, biss sie vorsichtig hinein. »Hm, schmeckt gut!«

Während sie die Banane kaute, galt ihre Aufmerksamkeit der Obstschale, die Zarins Mutter mit farbenfrohen Motiven bemalt hatte.

»Die hat meine Mutter gemacht«, erklärte Zarin mit Stolz in der Stimme. »Alle Waren, die sie auf dem Mittelaltermarkt verkauft, hat sie selbst getöpfert.«

»Die Schüssel ist sehr schön«, lobte Zoe. »Aber jetzt kommt endlich!« Zielstrebig ging sie zur Haustür.

Nach einem Blick auf die große runde Uhr, die im Flur an der Wand hing, erklärte Zarin: »Wir haben noch zwanzig Minuten. Das reicht locker, um pünktlich im Burghof zu sein. Komm, wir gehen wieder hinten raus!« Beinahe wäre er Zoe durch die Haustür gefolgt und hätte die Terrassentür sperrangelweit offen stehen lassen.

Die Mutproben

Gegenwart

Mit einem flauen Gefühl im Bauch stieg Zarin neben Zoe den steilen Fußweg zwischen den Weinreben zur Burgruine hinauf.

»Die Weintrauben sind bald reif«, stellte Zoe fest, nachdem sie eine Traube abgepflückt und betastet hatte. Vor der Zugbrücke blieb sie auf dem Parkplatz stehen. Ihr kamen die Tränen, als sie vor den Resten der einst so stolzen Burg Falkenauge stand. Außer der Zugbrücke hatte die Stadt nichts von dem alten Gemäuer restaurieren lassen.

Zoe und Zarin schritten über die dicken Eichenbalken, durch das Torhaus, von dem nur noch die Fassade stand, in den Vorhof. Die Grundmauern der ehemaligen Wirtschaftsgebäude und Pferdeställe waren dicht von Efeu überwuchert. An der Stelle, wo der Wehrgang noch teilweise erhalten war, kniete Zoe nieder.

»Hier war unser Kräutergarten, Zarin.« Sie zeigte ihm das wild wuchernde Schöllkraut mit seinen gelben Blüten, riss ein Blatt von der Pflanze ab und deutete auf den ausströmenden gelben Milchsaft. »Der hilft bei Warzen.«

»Echt?«

»Ja. Ich hatte mal eine Warze unter dem dicken Zeh. Die Magd hat jeden Abend den Saft daraufgestrichen, und nach einigen Tagen war die Warze weg. Und das hier ist Schwarzes Bilsenkraut. Meine Amme hat immer ›Hexenkraut‹ dazu gesagt.«

Vorsichtig fasste Zarin den Stängel der Pflanze an, zog die Hand jedoch schnell wieder zurück, denn der Stängel fühlte sich unangenehm klebrig an. »Warum heißt die Pflanze denn Hexenkraut?«

»Weil sie giftig ist. Sie hilft bei Krämpfen. Aber wenn Ihr zu viel davon nehmt, müsst Ihr sterben.«

Vorsichtshalber wischte Zarin seine Hand an der Hose ab. Man konnte ja nie wissen. »Woher kennst du die Kräuter, Zoe?«

»Meine Amme und eine der Mägde haben mich das gelehrt. Schaut her, diese Pflanze mit den blassblauen Blüten ist …«

»Katzenminze«, kam Zarin ihr zuvor. Er war stolz, dass auch er eine Pflanze mit Namen kannte. »Die wächst in unserem Steingarten vor dem Haus.«

Zoe brach ein Stück von der Pflanze ab und hielt es Zarin unter die Nase, damit er daran schnuppern konnte. »Es riecht ein bisschen nach Zitrone«, sagte er. »Unser Kater ist ganz verrückt danach. Wahrscheinlich heißt es deshalb ›Katzenminze‹.«

»Die Pflanze heißt ›Nepeta cataria‹«, erklärte Zoe ihm.

»Kannst du etwa Latein?«, fragte Zarin beeindruckt.

Zoe nickte. »Ja, der Kaplan hat mich in Latein unterrichtet. Sprecht Ihr die Sprache auch?«

»Nein.« Zarin schüttelte den Kopf. »Heute lernt man hier Englisch in der Schule.«

»Wie heißt ›Nepeta cataria‹ auf Englisch?«, wollte Zoe wissen.

Zarin überlegte. »Hm, weiß ich nicht. Bestimmt was mit ›cat‹.«

»Sie soll Irre und Narren heilen, aber unser Koch hat damit Fleisch gewürzt. Aus den Blättern hat die Magd Tee gekocht. Hier. Das Blatt könnt Ihr kauen. Ist gut gegen Zahnschmerzen.«

»Ich habe keine Zahnschmerzen«, wehrte Zarin ab. »Und wenn ich mal welche habe, dann gehe ich zum Zahnarzt.«

So ganz traute er Zoes Kenntnissen in Sachen Pflanzenkunde nun doch nicht.

»Das ist alles, was von unserem Kräutergarten übrig geblieben ist«, sagte Zoe, und ihre Stimme klang traurig. Sie erhob sich und rannte zur gegenüberliegenden Seite der Wehrmauer. »Hier war unsere Falknerei. An dieser Stelle saß Falko, der Lieblingsfalke meines Vaters.« Als Zarin ihr folgte, rief sie lockend: »Falko!« Erwartungsvoll blickte sie in den Himmel.

Zarin ertappte sich dabei, dass er ebenfalls Ausschau hielt, als erwarte er, dass der Wanderfalke sich jeden Moment aus den Wolken herabstürzte und auf Zoes Hand landete.

Aber statt des Falken tauchten Connor, Luc und Spock im Vorhof auf. Sie mussten Zoes Ruf gehört haben.

»Na, du Mittelalterbraut, willst du den Ring nun wiederhaben oder nicht?«, fragte Connor.

»Ihr seid aber dumm«, erwiderte Zoe. »Ihr könnt Euch nicht einmal meinen Namen merken, und dass ich den Ring brauche, um meine Eltern zu erlösen, habe ich auch schon erwähnt.«

Ungläubig, als könne er es nicht fassen, wie Zoe mit ihm sprach, starrte Connor sie an. »Der Ring gehört mir sowieso bald«, rief er aufgebracht.

Siegessicher tanzte Spock um Zoe herum. »Du kannst uns den Zauberspruch ruhig schon verraten. Wie habt ihr euch weggebeamt?« Wie Zarin ihn kannte, sah sich Spock in Gedanken bereits mit Connor und Luc in die Enterprise einsteigen und zu fernen Galaxien fliegen. Zarin wusste, dass Spock nur den einen Wunsch hatte: irgendwo da draußen im Weltraum seinen Vater zu treffen und ihn mit zurück auf die Erde zu nehmen.

Zoe schüttelte den Kopf. »Es gibt keinen Zauberspruch.«

»Dann brauchst du den Ring auch nicht«, rief Luc, und Zarin sah ihm die Enttäuschung an. »Wenn du keinen Zauberspruch kennst, kannst du deine Eltern auch nicht erlösen.«

»Ich brauche keinen Zauberspruch, um meine Eltern zu befreien, sondern nur den Ring.«

»Genug gequatscht.« Connor hob gebieterisch den Arm. »Folgt mir in den Innenhof zur ersten Mutprobe!«

»Bestimmt haben sie sich total fiese Sachen ausgedacht«, flüsterte Zarin Zoe ins Ohr. Allein schon bei der Vorstellung begann er zu zittern.

»Wir werden die Mutproben bestehen«, sagte Zoe zuversichtlich.

Am Brunnen stoppten Connor, Luc und Spock.

»So, Schisser, pass auf!«, rief Connor und drehte sich zu Zarin und Zoe um. »Die erste Mutprobe lautet: Über unseren Spezialweg laufen.«

»Was für ein Weg?«, fragte Zarin verdutzt und blickte sich um. Alles sah aus wie immer.

»Luc! Spock! Holt die Eimer!«, kommandierte Connor.

Erst jetzt bemerkte Zarin zwei Plastikeimer und drei leere Bierflaschen, die neben dem Brunnen standen. Die drei mussten sie mitgebracht haben.

Keuchend zog Luc einen der Eimer herbei, der mit spitzen Steinen gefüllt war, kippte ihn um und verteilte den Inhalt großflächig. Spock holte den anderen Eimer und schüttete Brombeerzweige mit spitzen Dornen zwischen die Steine. Währenddessen entriss Connor Luc den leeren Eimer, warf die drei Bierflaschen hinein und schmetterte einen Stein auf die Flaschen, die daraufhin klirrend zerbrachen.

»Endlich ist es mal von Vorteil, dass mein Alter so viel säuft«, sagte er verbittert und verstreute die Scherben über die Steine und Dornen. »Hier, Schisser, ist unser Spezialweg. Du musst einmal hinübergehen, dann hast du die erste Mutprobe bestanden.«

Zarin atmete auf. »Das ist alles?«, fragte er verwundert und setzte den rechten Fuß auf den präparierten Weg.

»Stopp!« Connor lachte gehässig. »Nicht mit Schuhen. Barfuß natürlich, oder was hattest du gedacht, Schisser?«

Zarin schluckte. Er hatte doch gewusst, dass Connor hinterlistig war. Zögernd zog er seine Joggingschuhe aus. »An den Dornen und Scherben schneide ich mir die Füße auf. Die spitzen Steine sind schon schlimm genug.«

»Musst es ja nicht machen. Dann gehört der Ring mir.«

Zaudernd verharrte Zarin vor dem von Connor präparierten Spezialweg. Sein jämmerlicher Gesichtsausdruck ließ Zoe am Gelingen zweifeln. Sie erinnerte sich daran, dass Zarin über seine schmerzenden Füße gejammert hatte, nachdem er Anna seine Schuhe geschenkt hatte. Wenn Zarin aufgab, war ihr Wappenring verloren.

»Ich mache das«, rief sie daher laut und streifte ihre dünnen Lederschuhe ab.

»Zoe, lass es sein, die Scherben sind messerscharf!«, rief Zarin ihr zu, doch Zoe hörte nicht auf ihn. Mit voller Konzentration prägte sie sich die kleinen Zwischenräume ein, in die sie gefahrlos ihre Zehen setzen konnte, ohne auf Dornen oder Scherben zu treten. Die spitzen Steine machten ihr keine Angst. Ihre Fußsohlen hatten vom vielen Barfußlaufen eine dicke Hornhaut bekommen.

Vorsichtig setzte sie die rechte Fußspitze auf einen Stein. Mit fünf schnellen Schritten hatte sie wenig später den Spezialweg überwunden, ohne sich zu verletzen.

»Zoe hat's geschafft!« Luc stöhnte entgeistert.

»Faszinierend!« Spock konnte die Bewunderung in seiner Stimme nicht verbergen.

»Die erste Mutprobe haben wir bestanden«, sagte Zoe zufrieden und zog ihre Schuhe wieder an.

»Du bist zu schnell gelaufen und hast die Füße nicht richtig aufgesetzt, sondern den Weg nur mit den Zehen berührt«, protestierte Connor.

»Ihr habt nicht gesagt, dass ich mit dem ganzen Fuß auftreten muss«, verteidigte sich Zoe.

»Sie hat recht, das hast du nicht gesagt, Connor«, stimmte Luc ihr zu.

»Auf wessen Seite stehst du denn?«, rief Connor wütend.

»Die Mutprobe ist somit bestanden«, erklärte Zoe zufrieden.

»Okay«, gab Connor zähneknirschend zu, »dann kommt jetzt eben Mutprobe Nummer zwei. Luc, Dose her!«, befahl er, immer noch mit Wut in der Stimme.

Luc reichte ihm die Dose und Connor nahm den durchlöcherten Deckel ab.

Zarin war sich nicht sicher, ob er wissen wollte, wie die zweite Mutprobe lautete. Argwöhnisch beobachtete er Connor, als dieser grinsend in die Dose schaute und sich dann ihm zuwandte.

»Ich hoffe, du bist hungrig, Schisser. Wir spenden dir unsere Angelköder.« Feixend hielt er Zarin die Dose unter die Augen.

Angewidert verzog Zarin das Gesicht. »Igitt, da sind ja Regenwürmer drin!«

»Das sind Tauwürmer«, verbesserte Spock ihn, »eine besonders große Regenwurmspezies. Ein Leckerbissen für die Fische.«

»Und was soll ich damit?«, fragte Zarin misstrauisch.

»Du musst die Würmer nicht alle fressen.« Connor grinste anzüglich. »Einer reicht als Mutprobe.«

»Ich soll den essen? Seid ihr noch ganz dicht?«, rief Zarin angeekelt, woraufhin Connor siegessicher verkündete: »Du darfst dir den fettesten Tauwurm aussuchen.«

»Aber die leben ja noch!« Zarin würgte. Hilflos blickte er zu Zoe, die wortlos einen Schritt vortrat, Connor die Dose aus der Hand nahm und einen der sich windenden Regenwürmer herausholte.

»Verzeiht mir, Wurm!«, sagte sie, steckte ihn sich in den Mund und kaute zweimal, bevor sie ihn hinunterschluckte.

Fassungslos starrte Zarin sie an.

»Fas-fas-zinierend!«, stotterte Spock. »Wie hat der Wurm geschmeckt?«

»Nach Erde.« Zoe hielt ihm die Dose hin. »Ihr könnt auch probieren!«

Hastig wich Spock drei Schritte zurück. »Nein, danke.« Zarin sah, wie blass Spock auf einmal wurde.

Rasch nahm Luc ihr die Dose aus der Hand und verschloss sie wieder. Vermutlich hatte er Angst, dass Zoe ihm auch einen Wurm anbieten könnte.

»Die zweite Mutprobe haben wir ebenfalls bestanden.« Zoe lächelte zufrieden. »Wie lautet die dritte?«

»Folgt mir zum Bergfried!«, rief Connor zerknirscht. Auch diesmal schien er sich seiner Sache sicher zu sein.

Zarin fragte sich, was ihn und Zoe jetzt erwartete.

Die Ruine des viereckigen Turms war vollständig mit Efeu bewachsen. Drei der Wände waren fast gänzlich eingestürzt. Sie reichten nur noch bis zur Plattform im ersten Stockwerk. An der vierten Wand, die wie ein Finger in den Himmel ragte, war die Fahnenstange befestigt, an der die Flagge der von Falkenauge wehte.

Zoe und die Jungen stiegen über die im Laufe der Jahrhunderte hinabgefallenen Steinbrocken zum Eingang des Bergfrieds. Wo früher eine Tür gewesen war, gähnte jetzt eine schwarze Öffnung.

Mit einem schnellen Blick stellte Zoe fest, dass die Falltür noch vorhanden war.

Connor zeigte auf die Treppenstufen, die in die Mauer eingelassen waren und zur Plattform führten. »Mutprobe Nummer drei«, begann er und wandte sich an Zarin. »Schisser, du kletterst die Steintreppe zur Plattform hinauf, auf der der Fahnenmast steht.«

Erschrocken deutete Zarin auf das Verbotsschild neben der Treppe. »Die Treppe ist gesperrt. Man darf sie nicht betreten.«

»Na und?«, feixte Connor. »Das ist doch gerade die Mutprobe.«

»Er könnte tatsächlich abstürzen«, gab Luc zu bedenken.

»Halt die Klappe!«, fuhr Connor ihn grob an. »Der Schisser muss ja nicht hinaufsteigen. Dann gehört der Ring mir.« Siegessicher blickte er in die Runde.

»Zarin kann die Treppe nicht hinaufsteigen. Das ist zu gefährlich«, sagte Zoe. »Einige Stufen in der Mauer fehlen bereits und andere sind lose.« Auf Zehenspitzen stehend, rüttelte sie an einer Stufe, die sich sogleich aus der Mauer löste und polternd herabfiel.

»Ihr gebt also auf? Dann gehört der Ring mir!« Connor jubelte.

»Uns«, verbesserte ihn Luc.

Als Connor ihn fragend ansah, wiederholte er: »Der Ring gehört uns. Nicht dir allein.«

»Der Ring gehört mir«, erklärte Zoe. »Ich steige hinauf bis zur Fahnenstange.«

Bevor Zarin sie daran hindern konnte, lief sie los, packte eine der dicken Efeuranken an der Außenwand des Bergfrieds und kletterte daran empor. Als sie die Fahnenstange erreichte, winkte sie mit einer Hand triumphierend in die Tiefe und kletterte wie ein Affe wieder am Efeu hinunter.

Zarin, Luc und Spock hatten mit vor Staunen offenen Mündern zugesehen. In Connors Mimik hingegen überwog die Wut.

»Wir haben alle drei Mutproben bestanden«, erklärte Zoe erfreut und klatschte in die Hände.

Connor schüttelte den Kopf und rief: »Auf euch wartet noch eine Mutprobe!«

»Von vier Mutproben war nicht die Rede«, protestierte Zarin.

»Ihr solltet die Steintreppe benutzen und nicht die Efeuranken«, beharrte Connor. »Die dritte Mutprobe ist ungültig.«

»Was soll Zarin denn noch machen?«, erkundigte sich Luc. »Wir haben uns doch nur die drei Mutproben ausgedacht.«

Unschlüssig blickte Connor im Innenhof umher, bis ihm eine Idee kam. Er zeigte zum Wehrgang, der im östlichen Teil der Burg stellenweise noch erhalten war.

»Mutprobe Nummer drei wird wiederholt. Schisser, du musst den Wehrgang hinaufsteigen.« Connor machte eine bedeutsame Pause.

Zarin nickte erleichtert. Den Wehrgang war er schon öfter hinaufgestiegen. Er hatte sich mit den Armen auf die breite Brustwehr gelehnt und auf die Stadt und den Fluss hinuntergesehen. Das war nie ein Problem für ihn gewesen.

»Und«, fuhr Connor grinsend fort, »du musst über die Zinnen balancieren. Dann gehört der Ring euch.«

Zarin schluckte. Ihm drehte sich bereits der Magen um, wenn er nur daran dachte. Die Zinnen waren als Aufsatz auf die Brustwehr gemauert. Zwischen ihnen lagen etwa fünfzig Zentimeter breite Lücken. Während er mit seiner eigenen Angst kämpfte, bemerkte er, dass Luc und Spock ebenfalls tief Luft holten und Connor erschrocken ansahen.

»Wenn Zarin schwindelig wird«, wandte Luc ein, »stürzt er auf den Wehrgang hinunter und bricht sich alle Knochen.«

»Oder auf der anderen Seite den Felsen hinab in die Tiefe«, ergänzte Spock. »Das überlebt er nicht!«

»Zarin kann ja auf dem Brunnenrand balancieren«, schlug Luc vor. »Der Brunnen ist mindestens fünfzig Meter tief.«

»Bist du bescheuert?« Connor tippte sich an die Stirn. »Die Stadt hat Eisenstangen anbringen lassen, damit niemand hineinfallen kann. Das ist doch keine Mutprobe!«

»Ich mache es«, sagte Zoe kurz entschlossen.

Zarin hielt sie am Kleid fest. »Nein, Zoe, bitte nicht«, jammerte er angstvoll.

»Ich bin schon oft auf dem Wehrgang gewesen«, wisperte ihm Zoe zu, um ihn zu beruhigen. Allerdings erzählte sie Zarin nicht, dass sie noch nie von Zinne zu Zinne geschritten war. Sie war nur einmal auf die Brustwehr geklettert.

Voller Selbstvertrauen stieg sie zum Wehrgang hinauf. Schwindel kannte sie nicht. Ihr war klar, dass Connor nicht damit gerechnet hatte, dass sie das Wagnis eingehen würde. Aber sie war fest entschlossen, für die Befreiung ihrer Eltern zu kämpfen. Mutig stieg sie auf die erste schmale Zinne und versuchte, sicheren Halt zu finden. Wie eine Seiltänzerin breitete sie die Arme aus und wagte den Schritt zur nächsten Zinne. Einen Augenblick schien sie in der Luft zu schweben, dann fanden ihre Füße festen Halt. Sie stieg auf die Brustwehr hinunter und sprang von dort auf den Wehrgang.

»Du kannst die Augen wieder aufmachen, Schisser!«, hörte Zarin Spock rufen. »Zoe hat es geschafft. Faszinierend!«

Zarin nahm die Hände von den Augen, lief Zoe entgegen und umarmte sie stürmisch, so froh war er, dass ihr nichts passiert war.

»Habt Ihr etwa Angst um mich gehabt, Zarin?«, fragte Zoe und wischte mit der Hand über die Tränenspuren auf seiner Wange. »Ich habe Euch doch gesagt, dass ich schwindelfrei bin.«

Sie blieb vor Connor stehen und sagte: »Die drei Mutproben sind erfüllt. Gebt mir nun meinen Ring zurück.« Fordernd streckte sie ihre Hand aus.

Widerstrebend holte Connor den Wappenring aus der Hosentasche und hielt ihn in die Höhe. Die Augen des eingravierten Falken glitzerten im Sonnenlicht. Fast sah es so aus, als ob der Falke aus seinen Augen echte Blitze schleuderte.

»Ihr habt die Regeln nicht erfüllt!« Connor lachte höhnisch. »Der Deal war, dass der Schisser die Mutproben besteht und nicht du. Wenn du das anders verstanden hast – dein Problem. Ihr habt verloren. Der Ring gehört mir.«

»Halunke!«, schrie Zoe aufgebracht. Wie ein Falke sich auf seine Beute stürzte, stürzte sie sich auf Connor und riss ihm den Ring aus der Hand. Schnell ließ sie ihn in das Täschchen an ihrem Gürtel gleiten.

Bevor Connor reagieren konnte, ergriff sie Zarins Hand und kletterte mit ihm über die Steinbrocken zum Eingang des Bergfrieds. Mit aller Kraft zog sie am Eisenring der Falltür, die sich keinen Zentimeter bewegte.

»Zarin, helft mir!«

Zarin hatte keine Ahnung, was Zoe vorhatte, half ihr aber, an dem Eisenring zu ziehen. Mit einem Ächzen und lautem Stöhnen öffnete sich die Klappe, und Zarin starrte ungläubig auf die Steinstufen, die in die Tiefe führten.

»Der Geheimgang!«, rief er überrascht.

»Folgt mir, schnell!«, drängte Zoe. »Und schließt die Falltür hinter Euch!«

Zarin zog an der Falltür, aber sie ließ sich nicht einen Zentimeter bewegen. Er hatte zu wenig Kraft, und bevor er Zoe, die bereits die Stufen hinabgestiegen war, um Hilfe bitten konnte, hörte er die drei Jungen näher kommen. Schnell folgte er Zoe und ließ die Falltür offen.

»Hinterher!«, schrie Connor wütend auf. »Luc, Spock, los, schnappt sie euch! Die Hexe hat den Zauberring!«

Eilig kletterten die drei Jungen über die Steinbrocken, rutschten in der Hast aus und schürften sich Knie und Arme auf.

Als Erster erreichte Luc den Eingang zum Bergfried. »Hier sind sie nicht«, rief er und blickte an der Steintreppe empor.

Schnaufend tauchten Connor und Spock hinter ihm auf.

»Ob sie die Treppe zur Plattform rauf sind?«, überlegte Luc.

»Faszinierend! Vielleicht sind sie von da oben mit der Enterprise weggeflogen«, rief Spock mit großen Augen.

»Wie dämlich bist du denn?« Connor zeigte auf die aufgeklappte Falltür. »Seht mal!«

Verdutzt blieben sie vor der Öffnung stehen und betrachteten die ausgetretenen Steinstufen, die in die Tiefe führten.

»Ob sie da runter sind?« Luc blickte Connor und Spock fragend an.

»Klar sind sie da runter. Spock, du steigst die Stufen hinab und schaust nach, wo sie geblieben sind!«, befahl Connor.

Zaghaft blinzelte Spock in die Finsternis. »Das kann Luc machen.«

Heftig den Kopf schüttelnd, wobei ihm die Brille auf die Nasenspitze rutschte, rief Luc: »Da gehe ich nicht rein.«

»Mensch, was seid ihr nur für Memmen«, schimpfte Connor. »Dann geht beide!«

»Geh doch selbst!«, begehrte Spock auf. »Du bist der Anführer.«

»Eben. Und weil ich der Anführer bin, gehe ich nicht selbst. Dafür habe ich meine Leute. Euch.«

Doch Luc und Spock weigerten sich hartnäckig, in die Finsternis hinabzusteigen. Connor, dem das offenbar auch nicht so ganz geheuer war, gab nach.

»Okay, dann warten wir eben hier. Irgendwann müssen sie ja wieder rauskommen.«

»Spätestens, wenn sie Durst und Hunger kriegen«, stimmte Luc zu. Wie auf Kommando fing sein Magen an zu knurren.

Kleine Vampire

Gegenwart

Vorsichtig stiegen Zoe und Zarin die abgetretenen Steinstufen hinab. Als sie festen Boden erreichten, drang kaum noch Tageslicht durch die Falltür herein. In einer Ecke des viereckigen Raums waren Wandhalterungen angebracht, in denen zwei Fackeln steckten. Unterhalb der Halterungen stand ein Tisch, auf dem sich außer einer dicken Staubschicht nichts befand. Zoe ließ sich auf die Knie nieder und tastete den Boden unter dem Tisch ab.

»Suchst du was, Zoe?«, fragte Zarin verwundert und bückte sich neugierig.

»Ja. Das Schlageisen und die Feuersteine und den Zunder.«

»Wozu brauchst du denn so was?«

»Um Feuer zu machen. Wir brauchen Licht, wenn wir durch den Geheimgang flüchten wollen.«

»Ich kann auch Licht machen.«

»Wie denn? Ohne Feuerstein und Zunder?«

Zarin zog sein Smartphone aus der Hosentasche und drückte auf die Taschenlampen-App.

»Der Zauberkasten kann sogar Licht machen?« Zoe blickte überrascht auf. »Leuchtet in die rechte Ecke, da muss das Loch sein.«

Der Lichtstrahl erfasste eine Öffnung im Boden, in der Zoe verschwand. Mit klopfendem Herzen folgte Zarin ihr die steilen Stufen hinab, die vor einem engen Gang endeten.

»Dieser Weg führt zu dem Ausgang, von dem ich Euch erzählt habe.« Zoe lächelte Zarin siegessicher an. Aber sie hatte sich zu früh gefreut. Der Gang endete plötzlich vor einem Steinhaufen.

»Das war's«, stellte Zarin enttäuscht fest. »Hier kommen wir nicht weiter. Der Weg ist verschüttet.«

Mit ihren bloßen Händen begann Zoe, die Steine beiseite zu räumen, und obwohl Zarin glaubte, dass das sinnlos war, half er ihr dabei. »Zoe, das schaffen wir nie!«, rief er in dem Versuch, sie von ihrem Vorhaben abzubringen. »Vielleicht ist der Gang meterweit verschüttet.«

Doch Zoe hörte nicht auf ihn, sondern arbeitete wie besessen weiter. Schließlich musste sie einsehen, dass es zwecklos war, und gab auf. Sichtlich enttäuscht wischte sie sich mit dem Saum ihres Kleides den Schweiß von der Stirn und ließ sich erschöpft auf den Boden sinken.

»Wollen wir zurückgehen?«, fragte Zarin. »Connor, Luc und Spock sind inzwischen bestimmt nach Hause gegangen.« Er hockte sich neben Zoe und lehnte sich mit dem Rücken gegen das Hindernis aus Steinen. Plötzlich löste sich ein Stein, fiel herab und schlug neben Zarin auf dem Boden auf. Im selben Moment spürte er einen kalten Luftzug in seinem Nacken. Er fuhr herum, tastete mit der Hand die Steine ab und fühlte eine kleine Öffnung. »Ich glaube, wir sollten doch weitermachen«, rief er.

Mit einem Schlag schien Zoes Erschöpfung wie weggeblasen. Mit beiden Händen zerrte sie an den

Steinen und vergrößerte die Öffnung. »Zarin«, forderte sie ihn auf, »leuchtet mal mit Eurem Zauberkasten hindurch!«

Der Lichtstrahl zeigte ihnen, dass der Gang unversehrt weiterführte. Eifrig räumten sie noch mehr von den Steinbrocken beiseite, bis sie die Öffnung so weit vergrößert hatten, dass sie hindurchschlüpfen konnten.

Connor, Luc und Spock war das Warten neben der Falltür längst langweilig geworden. Ungeduldig schob Luc seine Brille hoch und blickte auf sein Smartphone. »Meine Mutter hat mir eine WhatsApp geschickt. Sie will, dass ich meine Schwester vom Kindergeburtstag abhole. Ich muss los, sonst kriege ich Ärger.«

Spock sprang auf. »Ich glaube, ich muss auch los.«

»Was seid ihr denn für Memmen?« Connor machte ein beleidigtes Gesicht. »Wenn ihr zu feige seid, muss ich wohl allein Wache halten.«

»Wir sind nicht feige«, begehrte Luc auf, und Spock ergänzte: »Was meinst du, Connor, warum Zoe und der Schisser nicht wieder herauskommen?«

Connor brummte: »Was soll die Frage, Spock? Das weißt du doch bestimmt selbst am besten. Immerhin bist du der Logiker.«

Nachdenklich runzelte Spock die Stirn. »Es gibt zwei Möglichkeiten. Erstens: Ihnen ist etwas passiert. Zweitens: Es gibt noch einen anderen Ausgang. Dann kannst du hier Wache schieben, bis du schwarz wirst.«

An die zweite Möglichkeit hatte Connor zu seinem Ärger nicht gedacht. »Wir schauen jetzt nach!«, kommandierte er, denn er konnte ja schlecht zugeben, dass er sich allein nicht getraute, die abgetretenen Steinstufen in die Dunkelheit hinunterzusteigen. »Los!«, forderte er seine beiden Begleiter auf. »Oder seid ihr jetzt etwa auch zu Schissern geworden?«

Luc und Spock zögerten. Connor ahnte, was in ihnen vorging. Bestimmt hatten sie Angst, sich seinem Befehl zu widersetzen, denn dann würde es ihnen so ergehen wie Zarin: Sie wären seine Opfer, statt zu seiner Gang zu gehören.

»Okay«, seufzte Spock kleinlaut.

»Und was ist mit dir?« Mit finsterer Miene wandte sich Connor an Luc, der daraufhin eingeschüchtert nickte.

»Wusste ich es doch, dass auf euch Verlass ist.« Connor grinste zufrieden und atmete innerlich auf.

Dicht hintereinander stiegen sie die Steinstufen in den darunterliegenden Raum hinab, wo sie sich ängstlich umsahen.

»Hier sind sie nicht«, meinte Luc überflüssigerweise.

»Faszinierend!«, wisperte Spock erregt. »Schon wieder haben sie sich weggebeamt!«

»Quatsch!«, erwiderte Connor. »Irgendwo müssen sie sein.« Eifrig machte er sich an die Suche. »Luc, leuchte mal mit deinem Smartphone.«

Luc betätigte die Taschenlampen-App seines Smartphones und leuchtete die Wände ab. »Da ist ein Loch im Boden!«, rief er.

Connor ging zu ihm und sah, dass Steinstufen in den Berg hinabführten. »Fuck!« Er fluchte laut. »Wir haben zu lange gewartet. Nur wegen euch Memmen sind sie entwischt.«

»Dann können wir ja wieder hinaufgehen.« Hörbar erleichtert schaltete Luc die Lampe aus.

»Genau.« Spock setzte seinen Fuß auf die erste Treppenstufe, die nach oben führte.

»Wir geben doch jetzt nicht auf. Los, weiter!«, befahl Connor.

Seufzend rief Luc wieder seine Taschenlampen-App auf. »Connor, du kannst vorausgehen«, schlug er vor.

»Nein, Luc, du bist der Erste, schließlich hast du die Lampe.«

Einer nach dem anderen verschwanden sie in der Öffnung und verharrten unschlüssig vor dem engen Gang.

»Psst, seid doch mal still!« Spock hob lauschend den Kopf. »Irgendwas poltert da vor uns. Hört ihr das auch?«

Luc und Connor nickten. Vorsichtig schlichen sie sie sich in den Gang, der so niedrig war, dass Luc nur gebückt hindurchgehen konnte. Als er unvermittelt stehen blieb, spähte Connor ihm über die Schulter und erkannte in einigen Metern Entfernung Zoe und Zarin, die vor einem Steinhaufen knieten und Steine hinter sich warfen. »Da sind sie!«, schrie er. »Wir holen uns den Ring zurück!« Connor drängte Luc mit dem Ellbogen beiseite und sprintete los.

Zoe hörte Connors Schrei. Ohne sich umzusehen, räumte sie in Windeseile noch zwei Steine beiseite. »Schnell, Zarin, kriecht durch das Loch!«, drängte sie.

Sofort ließ sich Zarin, der sich ängstlich nach ihren Verfolgern umsah, der Länge nach nieder und robbte durch den schmalen Spalt. Als sich Zoe auf die Knie begab, um Zarin zu folgen, hörte sie ihn ängstlich rufen: »Zoe, komm!«

Doch bevor es ihr gelang, Connor, Luc und Spock durch den Spalt zu entwischen, griffen zwei kräftige Hände nach ihrem Kleid, um sie festzuhalten. »Ich hab sie!«, hörte sie Connor triumphieren. Wild entschlossen trat sie mehrmals nach ihm und riss heftig an ihrem Kleid, sodass Connor ins Straucheln geriet, über die umherliegenden Steinbrocken stolperte und hinfiel. Dabei ließ er ihr Kleid los. Zoe krabbelte schnell durch die Öffnung, richtete sich auf und trieb Zarin zur Eile an: »Los, weiter! Wir sind schon tief unter der Erde. Da vorn ist die Abzweigung.«

An der Weggabelung blieb Zarin stehen. »Welchen Weg müssen wir nehmen?«, fragte er und blickte ratlos von rechts nach links.

Zoe wandte sich bereits dem rechten Gang zu, als Zarin sie aufhielt: »Bist du dir sicher, dass das der richtige Weg ist?«, fragte er.

»Ja«, antwortete sie. »Ich war doch schon einmal hier. Der linke Gang führt in eine wunderschöne Höhle, die voller Fledermäuse ist. Möchtet Ihr sie sehen?«

Auf die Bekanntschaft mit Fledermäusen konnte Zarin gerne verzichten. Mit ihren spitzen Zähnen sahen sie wie kleine Vampire aus. Schnell folgte er Zoe in den rechten Gang, der steil nach unten führte. Nach zwei engen Kurven schimmerte ihnen plötzlich Tageslicht entgegen, und vor einem dichten Brombeergestrüpp endete der Gang.

»Vorsicht«, wisperte Zarin und beendete die Taschenlampen-App. »Draußen steht der Wächter!«

Zoe blickte ihn irritiert an und schüttelte lächelnd den Kopf. »Wir sind doch jetzt in Eurer Zeit. Der Wächter ist nicht mehr da.«

Daran hatte Zarin gar nicht gedacht. Er lachte befreit auf und bog vorsichtig die Brombeerranken beiseite, damit er und Zoe hindurchschlüpfen konnten.

»Fuck! Sie sind entwischt!«, rief Connor verärgert und griff sich stöhnend an sein rechtes Schienbein, welches er sich beim Sturz aufgeschlagen hatte. Auch wenn er Luc und Spock ansah, dass sie am liebsten zur Falltür zurückgehen würden, bestand Connor darauf, dass sie mit ihm durch die enge Öffnung krochen, um Zarin und seine neue Freundin weiter zu verfolgen. Um jeden Preis wollte er sich den Ring zurückzuholen.

Er und Luc hatten keine Schwierigkeiten, sich durch die schmale Öffnung zu zwängen, doch Spock blieb mitten in dem Spalt stecken und zappelte wie ein Fisch auf dem Trockenen.

»Du bist zu fett«, keuchte Luc, während er und Connor an Spocks Armen zerrten.

Bis sie Spock endlich durch das Loch gezogen hatten, war wertvolle Zeit vergangen, weshalb Connor Luc und Spock zur Eile antrieb. Als sich der Gang gabelte, beratschlagten sie kurz und entschieden sich, in den linken Gang abzubiegen. Dieser erweiterte sich nach drei Biegungen zu einer Höhle. Fasziniert von den glitzernden Tropfsteinsäulen kletterten sie über einige Felsbrocken und gelangten so zu einem kristallklaren See, der ihnen den Weg versperrte.

Luc hielt sein Smartphone in die Höhe und ließ den Lichtstrahl über die Wände gleiten. Dutzende Fledermäuse, die kopfüber an der Felsendecke hingen, flatterten auf. Eine streifte Lucs Gesicht. Vor Entsetzen laut aufschreiend, ließ er sein Smartphone fallen, das über den abschüssigen Felsen kullerte und irgendwo in der Tiefe ins Wasser platschte. Der Lichtstrahl erlosch. Geschockt standen die drei in völliger Dunkelheit.

»Mach die Lampe von deinem Smartphone an, Spock!«, befahl Connor. Es gelang ihm nicht, das Zittern in seiner Stimme zu verbergen.

»Hab's nicht dabei«, entgegnete Spock weinerlich. »Meine Mutter hat es mal wieder einkassiert, weil ich beim Mittagessen eine App runtergeladen habe.«

»Fuck!« Connor wusste nicht weiter und fühlte auf einmal eine unbändige Wut auf seinen Vater. Jedes Mal, wenn er ihn gefragt hatte, ob er ihm ein Smartphone kaufen würde, hatte er abgelehnt mit der Begründung, er habe nicht genügend Bares zur Verfügung. Aber das hatte er nie. Sobald er Geld vom Sozialamt bekam, setzte er es in Alkohol um. Dafür reichte es immer, aber für ein Smartphone nicht.

»Was machen wir denn jetzt?«, jammerte Luc.

»Wir tasten uns an der Wand zurück«, schlug Spock vor. »Dann erreichen wir logischerweise wieder den Gang.«

»Ich fühle keine Wand, wenn ich den Arm ausstrecke.« Luc schniefte. »Und ihr?«

»Ich auch nicht«, entgegnete Spock erschrocken. »Wir stehen mitten in der Höhle. Connor, wie finden wir zum Gang?«

»Kann ich in der Finsternis auch nicht erkennen.« Vergeblich versuchte Connor, die in ihm aufkeimende Angst in Schach zu halten.

»Wenn wir in der Dunkelheit herumsuchen, fallen wir womöglich auch ins Wasser und müssen ertrinken.« Connor hörte, dass Luc heulte, als er weitersprach: »Wäre ich nur nicht mit euch gegangen. Wer soll denn jetzt meine Schwester abholen?«

»Deine Schwester kann mich mal!«, brüllte Connor genervt. »Wir haben ja wohl wirklich andere Probleme. Wie kommen wir hier wieder raus?«

»Ohne Lampe gar nicht«, meinte Luc, und Connor spürte plötzlich dessen Hand auf seinem Arm.

»Connor, du bist der Anführer. Was machen wir nun?«, fragte Spock verzweifelt.

Anführer hin oder her – Connor sah sich nicht in der Lage, eine Lösung für ihr Problem zu finden. Wie einfach war es also, es auf Spock abzuwälzen. »Du sagst doch immer, dass du logisch denken kannst. Mach einen Vorschlag!«

»Wir sind in den falschen Gang eingebogen«, stellte Spock fest.

»Ach was!«, spottete Connor. »Das habe ich ja noch gar nicht gemerkt.«

»In der Finsternis können wir nichts machen. Wir müssen auf Hilfe war …«

»Wehe, du sagst jetzt ›faszinierend‹!«, unterbrach Connor Spock wütend.

Luc, der eine ganze Weile still gewesen war, schluchzte laut auf und sagte: »Niemand weiß, dass wir tief im Berg in einer Höhle festsitzen.«

»Ohne Smartphone sind wir verloren«, jammerte nun auch Spock.

»Hu – hu«, heulte Luc. »Wir müssen verhungern und verdursten und werden von diesen kleinen Vampiren gefressen, die hier überall herumhängen.«

Connor musste sich eingestehen, dass ihre Chance, gerettet zu werden, tatsächlich gering war. Entmutigt ließ er sich auf den felsigen Boden sinken. Luc und Spock kauerten sich neben ihn, und aus Angst, in den finsteren Abgrund zu stürzen, wagten sie sich weder vor noch zurück.

Die Entscheidung

Gegenwart

Zarin und Zoe zwängten sich durch die Brombeerranken und zerkratzten sich dabei Arme und Beine. Mehrmals blickten sie sich um, weil sie fürchteten, dass jeden Augenblick Connor, Luc und Spock hinter ihnen auftauchen würden. Unbehelligt erreichten sie den Fahrradweg in der Nähe des Flusses, und noch immer war von den drei Jungen nichts zu sehen.

»Zoe, glaubst du, dass Connor, Luc und Spock die Verfolgung aufgegeben haben?«, fragte Zarin hoffnungsvoll.

»Vielleicht«, meinte Zoe, »ich hätte nicht gedacht, dass sie die Falltür entdecken.«

Zarin schluckte. Er hatte Zoe verschwiegen, dass er die Falltür nicht zugemacht hatte. Sie war so schwer gewesen, und Zoe sollte ihn doch nicht für einen Schwächling halten. »Na ja, also … ähm …«, druckste er herum. »Also, ich habe die Falltür nicht zubekommen«, flüsterte er peinlich berührt und wandte sich von Zoe ab, damit sie nicht sehen konnte, wie er leicht errötete.

»Ich hätte sie auch nicht zubekommen«, tröstete Zoe ihn.

Erleichtert deutete Zarin auf die schmale Landzunge, die vor ihnen lag, und fragte: »Willst du mein Geheimversteck sehen?«

Zoe überlegte kurz, dann schüttelte sie den Kopf. »Ich muss so schnell wie möglich in meine Zeit zurück, um meine Eltern zu erlösen.« Verwundert zeigte sie auf die Felder, die sich vor ihren Augen erstreckten. »Was ist das, Zarin, und wo sind die Eichen- und Buchenwälder und die Feldwiesen geblieben?«, fragte sie.

»Das ist Mais«, erklärte Zarin. »Die Wälder gibt es nicht mehr. Seit ich hier lebe, wird Mais angebaut.«

Zoe trat ein paar Schritte näher an die hochgewachsenen Pflanzen heran. »Mahlt Ihr aus den Körnern Mehl und backt daraus Brot?«

»Nein. Der Mais kommt in die Biogasanlage.«

»Was ist das – eine Biogasanlage?«

»Darin wird aus dem Mais Strom gemacht. Ohne Strom gibt es kein Licht.«

Zoes Gesicht war ein einziges Fragezeichen. Doch wie aus Biogas Strom wurde, wusste Zarin selber nicht genau.

»Zoe, das hier ist die Eiche, gegen die ich auf unserer Flucht vor deiner Tante gerannt bin.«

Mit beiden Armen versuchte Zoe den Baumstamm zu umfassen. Aber ihre und Zarins Armlängen zusammen reichten nicht einmal um die Hälfte. »Ihr müsst Euch irren. Der Stamm ist viel zu dick.«

»Die Eiche steht hier schon mehr als siebenhundert Jahre«, erklärte Zarin.

Zoe staunte. »So alt wird ein Baum?«

Hand in Hand liefen sie über den Fahrradweg zum Städtchen. Auf dem Mittelaltermarkt herrschte reges Treiben. Zwischen den zahlreichen Besuchern drängten sie sich bis zum Verkaufsstand von

Zarins Mutter durch. Die befand sich gerade im Gespräch mit einem jungen Pärchen, das sich uneinig war, welchen der vielen Weinkrüge sie kaufen sollten.

Zarin und Zoe atmeten auf, als sie sahen, dass der Bilderrahmen unversehrt hinter dem Tisch lehnte. Eilig gingen sie darauf zu, bis Zarin unschlüssig stehen blieb.

Zoe blickte ihn hoffnungsvoll an. »Kommt Ihr mit mir, Zarin?«

Zarin zögerte. Wenn er jetzt ablehnte, wäre alles gut. Er würde heute Abend mit seinen Eltern im Garten grillen und wäre in Sicherheit.

Zoe, die seine Unsicherheit zu spüren schien, sagte: »Ihr müsst nicht mitkommen.« Allerdings klang ihre Stimme enttäuscht. »Ich kann verstehen«, fuhr sie fort, »wenn Ihr lieber in Eurer Zeit bleiben wollt.«

»Aber – aber, schaffst du es denn allein, deine Eltern zu befreien?«

»Ja. Ich habe doch meinen Ring wieder«, sagte Zoe tapfer. Sie holte den Wappenring aus dem Täschchen an ihrem Gürtel und wollte ihn über ihren linken Ringfinger streifen. Aber er passte nicht mehr. Ihr Finger war in der Zeit, in der sie ihn nicht getragen hatte, etwas dicker geworden. So sehr Zoe auch schob und drückte, der Ring rutschte nicht über ihren Fingerknöchel. Voller Panik blickte sie Zarin an. »Er passt nicht mehr!« Entmutigt sank sie neben dem Bilderrahmen auf das Kopfsteinpflaster. »Jetzt kann ich meine Eltern nicht mehr befreien. Der Zauber wirkt bestimmt nur, wenn sich der Ring an meinem Finger befindet.«

Hilflos blickte sich Zarin nach seiner Mutter um. Vielleicht wusste sie einen Rat. Aber zwischenzeitlich befand sie sich in einem angeregten Gespräch mit einer Frau, die sich für ein Schüsselset interessierte.

Während er überlegte, ob er sie einfach unterbrechen sollte, entdeckte er am Nachbarstand mehrere Töpfchen mit Pferdesalbe, die zum Verkauf angeboten wurden. Ein Töpfchen war geöffnet und jeder, der wollte, konnte die Salbe ausprobieren. Er erinnerte sich, dass ihm seine Mutter die Schulter mit der Salbe eingerieben hatte, als er sich beim Sport eine Prellung zugezogen hatte.

Ihm kam eine Idee. Er fasste Zoe bei der Hand und riss sie stürmisch mit zu dem Stand.

»Was habt Ihr vor?«, fragte Zoe verwundert.

Ohne ihr eine Antwort zu geben, steckte er seinen Zeigefinger in das offene Töpfchen und bestrich Zoes linken Ringfinger dick mit der glitschigen Salbe. »Streif deinen Ring darüber«, forderte er Zoe aufgeregt auf.

Nach einigen vergeblichen Versuchen rutschte der Ring mühelos über Zoes eingecremten Fingerknöchel.

»Ihr seid ein Zauberer, Zarin, auch wenn Ihr es nicht wahrhaben wollt.« Zoe lächelte dankbar.

Langsam gingen sie zurück zum Bilderrahmen. Dort angekommen, umarmte Zoe Zarin zum Abschied und wischte sich verstohlen eine Träne aus den Augen. Zwar erleichtert, weil er zurückbleiben konnte, kam sich Zarin aber trotzdem wie ein Feigling vor, wenn er Zoe jetzt im Stich ließ.

Sie winkte ihm noch einmal zu. Dann drückte sie ihren Ringfinger mit dem Wappenring gegen den Bilderrahmen. Die Augen des Falken begannen rötlich zu glühen und Zarin sah, wie Zoe in den Rahmen gesogen wurde. Ihr linker Arm, ihr Kopf und ihre Schultern waren bereits verschwunden. Er würde sie für immer verlieren und sie nie wiedersehen.

»Ich bin kein Schisser!«, schrie er laut und griff nach ihrem Kleid.

Ein mächtiger Sog erfasste ihn und zog ihn ebenfalls in den Bilderrahmen.

Die Rettungsaktion

Anno 1318

Als Zoe und Zarin aus dem Bilderrahmen purzelten, landeten sie unsanft in einem Ginsterstrauch.

»Au!« Zarin rappelte sich auf.

Ungläubig blickte Zoe ihn an. »Ihr seid ja doch mitgekommen, Zarin.«

»Logo, ich kann dich doch nicht allein zu deiner Hexentante gehen lassen.«

Gerührt umarmte Zoe ihn. »Ich bin froh, dass Ihr bei mir seid, Zarin. Ihr seid sehr mutig.«

Stolz drückte Zarin seinen Brustkorb heraus. Noch nie hatte jemand zu ihm gesagt, dass er mutig sei. Sein Heldenmut verließ ihn jedoch sofort wieder, als er am Felsen emporblickte und hoch über sich die Mauern der Burg Falkenauge sah. Worauf hatte er sich da nur eingelassen?

Zoe, die ebenfalls zur Burg hinaufgeblickt hatte, zog ihn hastig an die schützende Felswand.

»Was ist los, Zoe?«

Zoe deutete in die Höhe. »Meine Tante, sie schaut aus dem Fenster ihrer Kemenate.«

Das fehlte noch, dass die Hexe sie hier unten entdeckte. Zarin wurde völlig eins mit der Felswand.

Plötzlich prallte ein Gegenstand neben dem Bilderrahmen auf.

»Was war das denn?«, fragte Zarin erschrocken.

Sie hörten das Zuschlagen eines Fensters.

»Lasst uns nachsehen, was Tante Morphia herausgeworfen hat!«, rief Zoe.

Sie kroch unter den Ginsterstrauch, hob den Gegenstand vom Boden auf und zeigte ihn Zarin. Es war ein etwa dreißig Zentimeter langes, rechteckiges Holzkästchen mit einem gewölbten Deckel.

»Wenn deine Tante uns damit getroffen hätte, wären wir sicherlich tot«, sagte Zarin erschrocken. »Zum Glück standen wir dicht unter dem Felsvorsprung. Was ist das für ein Kästchen?«

»Das ist die Schatulle meiner Mutter.«

»Woher willst du das wissen, Zoe?«

»Ich habe sie in Tante Morphias Kemenate gesehen.«

»Aber dann gehört sie doch deiner Tante.«

»Nein. Schaut! Hier im Deckel ist ein Falke eingeschnitzt, der gleiche wie auf meinem Ring. Bestimmt ist es die Schmuckschatulle meiner Mutter. Tante Morphia hat sie sich einfach angeeignet.«

»Deine Tante ist echt fies.«

»Stimmt, ich werde sie fortan nicht mehr ›Tante‹ nennen«, entschied Zoe und betrachtete das Kästchen von allen Seiten. »Die Schatulle ist heil geblieben«, stellte sie fest.

»Mach sie doch mal auf!«

Zoe zog am Deckel, doch es gelang ihr nicht, ihn zu öffnen.

»Gib mal her!«, sagte Zarin. Doch auch er bemühte sich vergeblich, den Deckel aufzubekommen. »Komisch«, murmelte er. »Das Kästchen ist an den Ecken mit Eisen beschlagen, und es sieht so aus, als ob der Deckel nur lose aufliegt. Trotzdem lässt er sich nicht anheben. Vielleicht ist er mit Sekundenkleber zugeklebt.«

»Mit was?«

»Mit Klebe. Ach so, kennst du ja nicht. Das ist so eine Art Zaubersalbe.« Zarin gab Zoe das Kästchen zurück.

»Meine Mutter hat bestimmt ihren Schmuck darin aufbewahrt.«

»Aber warum hat deine Ta… – Morphia – den Kasten dann weggeworfen?«

»Vielleicht aus Wut, weil sie ihn nicht öffnen konnte. Sie kann wirklich gut toben, wenn es nicht nach ihrem Willen läuft.«

»Den Bilderrahmen hat sie auch aus dem Fenster geworfen. Da haben wir Schwein gehabt, dass er nicht zersplittert ist.« Erschrocken hielt Zarin inne. »Zoe, wie kommen wir jetzt in die Burg hinein?«

»Ich hatte gehofft, dass wir direkt in Morphias Gemach aus dem Rahmen fallen und schnell meine Eltern befreien können. Jetzt sind wir wieder außerhalb der Burg gelandet.« Zoe zog ein enttäuschtes Gesicht.

»Und nun?«

»Wir verstecken erst einmal die Schatulle«, schlug Zoe vor. »Wenn wir meine Eltern befreit haben, holen wir sie wieder.«

Suchend blickten sich beide nach einem geeigneten Platz um.

Zarin deutete auf die Felswand. »Siehst du die Lücke dort oben? Darin wird bestimmt niemand nach dem Schmuckkasten suchen.«

Nicht einmal auf Zehenspitzen stehend und mit ausgestreckten Armen konnte Zoe den Felsspalt erreichen. Er befand sich zu hoch über ihr.

»Wir machen eine Räuberleiter!«, schlug Zarin vor, und bevor Zoe fragen konnte, was das sei, faltete Zarin seine Hände.

Zoe verstand sofort, was er meinte. Sie benutzte seine Hände wie eine Treppenstufe und stieg von dort auf seine Schultern. Jetzt konnte sie an den Felsspalt gelangen, schob die Schatulle hinein und sprang von Zarins Schultern.

»Den Kasten haben wir verstaut.« Zarin rieb sich die Hände. »Aber was machen wir mit dem Bilderrahmen?«

Zoe antwortete: »Den brauchen wir nicht mehr.«

»Aber ich brauche ihn noch!«, protestierte Zarin. »Sonst komme ich nicht mehr in meine Zeit zurück.«

»Daran habe ich nicht gedacht«, sagte Zoe. »Wenn Ihr mögt, könnt Ihr auch bei mir auf der Burg bleiben. Meine Eltern werden Euch willkommen heißen und wir können uns dann immer sehen.«

Zarin musterte Zoe. In ihrer Vorstellung sah sie sich wohl schon zusammen mit ihm und ihrem Vater auf die Jagd gehen. Klar, er mochte Zoe gut leiden. Aber für immer hierbleiben und Knappe werden, das war nicht nach seinem Geschmack. Er konnte ja nicht einmal reiten. Heftig schüttelte er den Kopf. »Ich möchte meine Eltern wiedersehen.«

»Dann müsst Ihr den Bilderrahmen mitnehmen.«

Zarin hob den Rahmen auf und schwang ihn sich über die rechte Schulter. Damit sie von der Burg aus nicht gesehen werden konnten, liefen sie gebückt durch das Gestrüpp hinüber zum Fluss. Die schmale Landzunge lag direkt vor ihnen.

»Jetzt kann ich dir mein Geheimversteck ja doch noch zeigen«, meinte Zarin.

Zumindest war es so lange geheim gewesen, bis Connor, Luc und Spock es entdeckt hatten, aber die drei gab es hier und jetzt, im Jahr dreizehnhundertachtzehn, zum Glück noch nicht. Er überlegte, den Bilderrahmen einfach im Schilf zu verstecken, dann brauchte er ihn nicht die ganze Zeit mit sich herumzuschleppen.

Zu seiner Verwunderung führte ein schmaler Trampelpfad durch das mannshohe Schilf zu dem schmalen Kiesstrand. Während er überlegte, ob der Pfad wohl von einem Tier stammte, blieb er abrupt stehen. Von wegen Geheimversteck!

Neben einem Ledereimer saß Simon auf den Kieseln. Er drehte ihnen den Rücken zu und beobachtete seinen Bruder beim Fischen. Unbeweglich stand Jakob bis zu den Knien im Fluss. In der Hand hielt er einen Speer, mit dem er plötzlich ins Wasser stach. Als er ihn wieder herauszog, zappelte an der Speerspitze eine große Forelle. Simon sprang auf und eilte ihm mit dem Eimer entgegen. Jakob löste die Forelle vom Speer und warf sie in den Eimer.

»Simon! Jakob!«, rief Zoe überrascht und klatschte erfreut in die Hände.

Erschrocken fuhren die beiden Jungen herum. Als sie Zoe und Zarin erkannten, beruhigten sie sich wieder.

Jakob legte den Zeigefinger auf den Mund. »Pst! Seid leise! Es darf uns niemand sehen. Die Burgherrin hat das Fischen im Fluss verboten.«

»Obacht! Ein Boot!«, warnte Simon.

Beide Jungen verschwanden schnell im Schilf und winkten Zoe und Zarin, ihnen zu folgen. Als sie wenig später zwischen den Halmen hindurch in Richtung des Flusses spähten, konnten sie ein mit Holzfässern beladenes Boot vorübergleiten sehen. Sein rotes Segel bauschte sich im Wind.

»Sie bringen die Holzfässer zum Anlegesteg im Dorf«, erklärte Zoe. »Die brauchen wir auf der Burg.«

»Wozu?«, fragte Zarin.

»Die Weintrauben sind bald reif.«

»Und die Weintrauben kommen in die Fässer?«

»Ihr seid dumm, Zarin.« Zoe kicherte. »Jedes Kind weiß, dass die Trauben im Burghof in großen Bottichen zerstampft werden.«

Jakob und Simon nickten zustimmend.

»Ja, das macht Spaß!« Simon hüpfte im Schilf auf und ab. »Seht her, Zarin. So springen wir auf den Trauben herum, bis alle zerquetscht sind.«

»Der Saft wird in die Fässer gefüllt, und mit der Zeit wird Wein daraus«, beendete Zoe ihre Erklärung.

»Au!«, schrie Simon und hielt mit schmerzverzerrter Miene seinen rechten Fuß fest. Er war auf etwas Grünes, Rundes gesprungen, das Zarin als seinen Flummi erkannte. Wo kam der her? Womöglich hatte die Burgherrin ihn zusammen mit der Schatulle und dem Bilderrahmen aus dem Fenster geworfen.

Verwundert hob Simon den glitzernden Gummiball auf. »Ein Edelstein!«, jauchzte er. »Ich habe einen Riesenedelstein gefunden.«

»Zeigt her!«, befahl Jakob und wollte seinem Bruder den vermeintlichen Edelstein entreißen. Aber Simon hielt ihn krampfhaft mit seiner Faust umklammert.

»Ihr seid dumm«, benutzte Zarin Zoes Worte. »Das ist kein Edelstein, das ist ein Flummi, ein ganz gewöhnlicher Gummiball. Er gehört mir.«

»Was ist Gummi?«, fragten Zoe und Jakob wie aus einem Mund.

»Gummi ist ein weiches, biegsames Material«, erklärte Zarin. »Dieser Flummi ist allerdings aus Hartgummi.«

Da sich der vermeintliche Edelstein als Ball entpuppte, verloren sowohl Simon als auch Jakob das Interesse daran.

Simon gab Zarin den Flummi zurück. »Hier, Ihr könnt ihn wiederhaben«, sagte er geringschätzig. »Ich habe einen viel größeren Ball. Den hat mein Vater aus einer Schweinsblase gemacht.«

»Echt?« Zarin staunte. »Kann man denn damit spielen?«

»Natürlich kann man das«, entgegnete Simon.

Inzwischen war das Boot aus ihrem Blickfeld verschwunden und Jakob verkündete, noch eine Forelle fangen zu wollen. Er nahm seinen Speer und watete in den Fluss.

Zoe hob ihr Kleid hoch und folgte ihm. »Gebt mir Euren Speer, Jakob. Ich will auch einen Fisch fangen«, bat sie.

Jakob lachte verächtlich. »Mädchen können nicht mit einem Speer umgehen.«

»Woher wollt Ihr das wissen? Ich kann es versuchen.«

»Hier.« Jakob reichte Zoe seinen Speer, verschränkte die Arme vor der Brust und verzog das Gesicht zu einem spöttischen Grinsen.

Zarin war gespannt, ob Zoe erfolgreich sein würde. Mittlerweile traute er ihr alles zu. Zoe war nicht nur mutig, sondern auch voller Tatendrang. Er beobachtete, dass sie den Speer genauso hielt, wie Jakob ihn kurz zuvor gehalten hatte. Unbeweglich stand sie im Fluss und starrte durch die Wasseroberfläche. Als ein Schatten vorbeischwamm, stach sie blitzschnell zu.

»Ich hab ihn!«, schrie sie begeistert und zog den Speer mit einem Ruck aus dem Wasser. Dabei stieß sie mit dem Arm gegen Jakob, der das Gleichgewicht verlor und rückwärts taumelte. Er geriet in ein tiefes Wasserloch, ging unter, tauchte wieder auf und versuchte vergeblich festen Boden zu finden. Doch die Strömung erfasste ihn und zog ihn mit sich.

»Hilfe!«, schrie Jakob angstvoll und schlug wild mit den Armen.

Wie versteinert hielt Zoe den Speer in der Hand, an dessen Spitze eine Forelle zappelte.

»Lass dich ans Ufer treiben!«, rief Zarin Jakob zu.

»Jakob kann nicht schwimmen«, jammerte Simon.

Geistesgegenwärtig schleuderte Zarin den Bilderrahmen, der immer noch über seiner Schulter hing, in Jakobs Richtung. Jakob bekam ihn zu fassen und hielt sich daran fest wie an einem Rettungsring. In aller Hast kramte Zarin sein Smartphone, den Flummi und das Klappmesser aus der Hosentasche, legte alles auf die Kiesel, streifte seine Schuhe von den Füßen und stürzte sich in den Fluss. Mit all seinen Kräften kraulte er zu Jakob. Die Strömung kam ihm dabei zu Hilfe. »Strampel nicht so wild!«, schrie er. »Ich bin gleich bei dir!«

Jetzt kam ihm sein Jugendschwimmabzeichen Gold zugute. Da hatte er gelernt, wie man sich selbst und andere aus dem Wasser rettete. Mit beiden Händen griff er Jakob von hinten in die Achselhöhlen und schleppte ihn auf dem Rücken liegend ab. Als eine Welle über Jakobs Gesicht glitt und er Wasser schluckte, ließ er in Panik den Bilderrahmen los. Dieser wurde von der Strömung ergriffen und fortgetrieben.

»Wir haben es gleich geschafft, halt still!«, keuchte Zarin. Auf dem Rücken schwimmend erreichte er mit Jakob die Landzunge. Plötzlich spürte er festen Boden unter sich. »Helft mir, Jakob ans Ufer zu ziehen!«, rief er Zoe und Simon zu.

Zoe, die immer noch wie erstarrt dastand, ließ den Speer mitsamt der Forelle fallen und eilte Zarin zu Hilfe. Mit vereinten Kräften zogen sie Jakob auf den Kiesstrand.

Zoe umarmte Zarin stürmisch. »Danke, dass Ihr Jakob gerettet habt. Ihr seid wirklich ein kühner Schwimmer.«

»Alles gut«, beruhigte Zarin sie. »Du wärest Jakob bestimmt auch hinterhergeschwommen. Ich war nur schneller.«

»Ich kann nicht schwimmen«, gestand Zoe und senkte den Kopf.

Zarin winkte ab. »Es ist nicht schwer. Ich kann dir die Schwimmbewegungen demnächst mal zeigen.«

Simon, der bisher untätig und starr vor Schreck herumgestanden hatte, fischte rasch den Speer aus dem Wasser und warf die Forelle zu dem übrigen Fang in den Eimer.

»Wollen wir noch weiter fischen?«, fragte er Jakob.

Jakob hustete und spuckte Wasser. Er schüttelte den Kopf. Ihm war die Lust vergangen.

Erst jetzt wurde Zarin bewusst, dass der Bilderrahmen mit der Strömung weggeschwommen war. Entsetzt blickte er über den Fluss. »Zoe, der … der Bilderrahmen ist weg!«, stammelte er. Wie sollte er ohne ihn jemals in seine Zeit zurückkehren? Er wollte nicht für den Rest seines Lebens im Mittelalter bleiben.

Zoe legte den Handrücken über die Augen. Die Sonne blendete so stark, dass es schwer war, in dem glitzernden Wasser irgendetwas zu erkennen. Suchend ließ sie ihren Blick über den Fluss schweifen. »Ich sehe ihn!«, rief sie nach einer Weile.

»Wo ist er?«, fragte Zarin aufgeregt. Er beschattete seine Augen mit der Hand, aber so sehr er auch den Fluss absuchte, er konnte den Rahmen nicht entdecken.

»Eben trieb er noch auf die Insel in der Flussbiegung zu«, sagte Zoe. »Jetzt sehe ich ihn aber auch nicht mehr.«

»Ich schwimme zur Insel und schaue nach, ob ich ihn finde«, beschloss Zarin. »Pass bitte so lange auf mein Smartphone auf, ja?« Er hob das Smartphone vom Kiesstrand auf und reichte es Zoe, dann watete er ins Wasser.

»Haltet ein!« Zoe hielt ihn zurück. »Ihr seid erschöpft und solltet erst wieder zu Kräften kommen.«

Zarin, der erst jetzt spürte, wie sehr er sich während der Rettungsaktion angestrengt hatte, musste ihr recht geben. Tatsächlich war er vollkommen erledigt und seine Beine zitterten. Entkräftet ließ er sich auf den Strand fallen und streckte sich der Länge nach aus.

»Simon, wir gehen nach Hause!«, rief Jakob seinem Bruder zu. »Ihr könnt auch mitkommen«, wandte er sich an Zoe und Zarin. »Mutter wird sich freuen, Euch zu sehen.«

Zarin fragte sich, wie es Jakob gelungen war, die Gefahr, in der er eben noch geschwebt hatte, so schnell abzuschütteln. Er selbst brauchte noch etwas Zeit. »Zoe«, sagte er, »du kannst gern mitgehen, wenn du möchtest. Ich bleibe hier. Wenn ich wieder fit bin, hole ich den Bilderrahmen.« Er hob sein Klappmesser und den Flummi auf und verstaute beides in den Taschen seiner tropfnassen Leinenhose.

»Ich bleibe bei Euch«, entschied Zoe und gab ihm sein Smartphone zurück. »Wenn Ihr den Rahmen geholt habt, können wir immer noch zu Magdalen gehen.« Zoe wandte sich an Jakob und Simon: »Geht schon mal vor«, sagte sie. »Zarin und ich kommen später nach.«

Die beiden Jungen nickten. Während Jakob den Speer schulterte, hob Simon den Ledereimer mit den Forellen an. Nach einem kurzen Abschiedsgruß gingen sie los und verschwanden schon bald im Schilf.

Gefährliche Floßfahrt

Anno 1318

Auf der Feldwiese inmitten der duftenden Blumen saß Anna und schaukelte den Säugling in ihren Armen hin und her. Der große, zottelige Hund lag neben ihnen. Wachsam behielt er die zwei Schafe im Blick und passte auf, dass sie sich nicht zu weit entfernten. Wie ein Ball hüpfte Agnes um sie herum und pflückte gelbe Butterblumen.

»Anna, flechtet mir einen Kranz!«, bat sie und breitete die Blumen sorgfältig vor ihrer großen Schwester aus.

Behutsam legte Anna den Säugling neben den Hund auf die Wiese.

»Passt gut auf Niclas auf!«, befahl sie dem Hund, der zustimmend mit dem Schwanz wedelte.

Mit dem Fingernagel drückte Anna einen Schlitz in einen Blumenstängel, und durch die so entstandene Öffnung schob sie den Stängel einer anderen Blume. Gespannt schaute Agnes dabei zu, wie unter ihren geschickten Fingern ein Kranz entstand. Freudestrahlend setzte sie ihn auf ihre Haare und drehte sich im Kreis.

Lauschend hob der Hund den Kopf. Er stand auf und blickte zum Weg hinüber. Was er sah, schien ihn nicht zu beunruhigen, denn er legte sich wieder hin.

Jakob und Simon trotteten heran. Anna schüttelte die restlichen Blumen von ihrem Kleid und sprang auf. »Habt Ihr Forellen gefangen?«

Jakob nickte zustimmend.

Simon stellte den Eimer mit den Fischen vor Anna ab, sodass sie hineinschauen konnte. »Wir haben viele Forellen«, berichtete er stolz. »Zwei mehr, als Finger an meiner Hand sind. Zoe hat auch einen Fisch gefangen.«

»Zoe?«, fragte Anna überrascht. »Ich denke, die Burgherrin hat sie eingesperrt.«

Simon schüttelte den Kopf. »Nein, hat sie nicht. Zoe lief frei herum.«

Anna konnte das nicht glauben. Bestimmt band ihr Bruder ihr einen Bären auf.

»Jakob, stimmt das, was Simon sagt?«, vergewisserte sie sich. »Habt Ihr Zoe auch gesehen?«

Jakob tat so, als wäre er taub, und stiefelte weiter.

»Er hat schlechte Laune«, berichtete Simon. »Er ist ins Wasser gefallen und wäre ertrunken, wenn Zarin ihn nicht gerettet hätte.«

»Zarin ist auch da?«

»Ja. Und er kann schwimmen wie eine Forelle.«

»Warum habt Ihr die beiden denn nicht mitgebracht?«

»Sie kommen später. Zarin will erst den Bilderrahmen holen. Jakob hat ihn losgelassen, und der Rahmen ist abgetrieben.«

Anna wurde nicht so ganz schlau aus Simons Erzählung. »Ich laufe zum Fluss«, beschloss sie. »Vielleicht kann ich den beiden helfen. Wo habt Ihr gefischt?«

»An der Stelle, wo wir immer fischen«, gab Simon Auskunft.

Anna nickte. Sie kannte den Platz, an dem ihre beiden Brüder sich am liebsten aufhielten, wenn sie mit dem Speer unterwegs waren. »Simon, Ihr bringt Niclas und Agnes zur Mutter«, bestimmte sie und legte ihrem Bruder den Säugling in den Arm.

»Und die Forellen?«, protestierte Simon.

»Die könnt Ihr später holen. Der Hund passt so lange auf den Eimer mit den Fischen auf.«

Als Anna den Kiesstrand erreichte, rief sie überrascht: »Zoe, Ihr seid es wirklich!« Bis zuletzt war sie sich nicht sicher gewesen, ob Simon sich das alles ausgedacht hatte, und es hätte sie nicht gewundert, wenn sie am Ufer niemanden angetroffen hätte. Er übertrieb immer stark, wenn er erzählte. Erfreut wedelte sie mit den Armen. »Die Burgherrin hat Euch freigelassen?«, rief sie begeistert und umarmte Zoe stürmisch.

»Wir konnten flüchten«, erwiderte Zoe.

»Dann lässt sie bestimmt wieder nach Euch suchen. Am besten, Ihr versteckt Euch.«

»Zuerst müssen wir den Bilderrahmen wiederfinden«, erklärte Zarin bestimmend.

»Warum?« Anna konnte sich nicht vorstellen, weshalb ein Bilderrahmen so wichtig sein sollte. »Wozu braucht Ihr ihn?«

»Ohne ihn«, erklärte Zarin, »kann ich nicht mehr in meine Zeit zurück.«

Anna verstand nicht, was Zarin damit meinte, aber er sprach ja immer so seltsame Worte.

Zoe deutete hinüber zu der Insel in der Flussbiegung. »Zarin will zur Insel schwimmen.« Entschlossen fügte sie hinzu: »Und ich werde ihn begleiten.«

Verblüfft sah Zarin sie an. »Du kannst doch gar nicht schwimmen, Zoe.«

»Ihr könnt es mir zeigen.« Zoe legte sich der Länge nach bäuchlings auf den Strand. »Was muss ich mit den Armen machen?«

»Du musst die Handflächen aneinanderlegen und die Arme nach vorn ausstrecken.« Zarin ließ sich neben Zoe fallen und machte ihr die Schwimmbewegungen vor.

Das sah lustig aus. Anna konnte sich ein Schmunzeln nicht verkneifen. Zarin war ein wirklich seltsamer Junge.

»Ihr bewegt die Beine wie ein Frosch.« Zoe kicherte und ahmte die Bewegungen nach, wiederholte sie einige Male und sprang schließlich auf. »Jetzt kann ich es, Zarin. Wir können zusammen zur Insel schwimmen.«

»So einfach ist das?« Anna staunte.

Zarin verdrehte die Augen und wandte sich an Anna: »Nur weil Zoe jetzt die Schwimmbewegungen gelernt hat, kann sie noch lange nicht schwimmen.« Zu Zoe gewandt sagte er: »Du musst viel üben, bis du es wirklich kannst!«

»Schade«, meinte Zoe betrübt, aber im selben Moment schien ihr eine neue Idee zu kommen. »Wir können doch mit einem Boot zur Insel fahren. Hat Euer Vater ein Boot?«, fragte sie Anna hoffnungsvoll.

Bedauernd schüttelte Anna den Kopf. »Ein Boot besitzen wir leider nicht.«

»Oder ein Floß?«, fragte Zarin.

»Nein.«

»Dann bauen wir uns ein Floß«, rief Zarin aufgeregt. »Das ist nicht schwer. Dazu brauchen wir Baumstämme.« Er blickte über den Kiesstrand, auf dem nur einige angeschwemmte Äste lagen. Seine Begeisterung verebbte schnell. »Wo kriegen wir die her?«

Annas Augen leuchteten auf. »Auf meinem Weg hierher habe ich am Ufer einige angefaulte Weiden gesehen. Vielleicht schwimmen die noch.«

»Super. Nichts wie hin!«, rief Zarin.

Anna lief voraus und Zoe und Zarin folgten ihr.

Skeptisch betrachtete Zoe die Weiden, die im Schilf vor sich hindümpelten. »Glaubt Ihr, damit können wir zur Insel fahren?«

Statt zu antworten, watete Zarin ins Wasser und zog an einem der Stämme, die über und über mit Algen bewachsen waren. »Wenn wir drei Stämme zusammenbinden, müsste es gehen«, sagte er.

»Aber womit binden wir sie zusammen?« Suchend blickte Zoe sich um.

»Mit Schilf«, schlug Anna vor. »Mein Vater hat das Dach von unserer Hütte damit gedeckt und meine Mutter und ich flechten im Winter Matten und Körbe daraus.«

Voller Tatendrang wollte Zoe einen der Halme ausreißen. Aber so sehr sie sich auch abmühte, es gelang ihr nicht.

»Das Schilf sitzt zu fest!« Sie seufzte.

»Mein Vater schneidet das Schilfrohr nach dem ersten Frost mit der Sense«, meinte Anna.

»So lange können wir nicht warten.« Zarin zog etwas aus der Hosentasche und klappte es auseinander. Als Anna näher hinsah, erkannte sie, dass es ein Messer war, wie sie zuvor noch keins gesehen hatte. Staunend sah sie zu, wie Zarin einige Halme abschnitt. Sie und Zoe streiften deren Blätter ab. Aus mehreren Halmen flochten sie zwei lange Seile. Diese benutzte Zarin, um die Baumstämme miteinander zu verbinden.

Zarin trat einige Schritte zurück und begutachtete sein Werk. Zufrieden mit dem Ergebnis gab er Zoe sein Smartphone. »Es darf auf keinen Fall ins Wasser fallen. Dann wäre es hinüber. Ich fahre jetzt zur Insel.« Den Flummi und das Klappmesser reichte er Anna. »Besser, ich lasse alles hier, dann kann ich nichts verlieren«, erklärte er.

Als Zarin auf das Floß kletterte, sank es zwar tief ein, aber es trug ihn. Anna reichte ihm einen dicken Ast, dessen Zweige sich am Ende wie Fächer ausbreiteten. »Benutzt dies als Ruder!«

»Okay, ich bin so weit. Schiebt mich in tieferes Wasser«, forderte er die Mädchen auf.

Zoe reichte Anna das Smartphone. »Passt gut auf den Zauberkasten auf!«, sagte sie.

Anna verstaute das Smartphone in ihrer Gürteltasche, in die sie bereits den Flummi und das Messer gesteckt hatte.

»Du willst doch wohl nicht mitfahren, Zoe? Das Floß trägt uns nicht beide«, rief Zarin genervt.

Zoe ignorierte ihn und schob mit Annas Hilfe die Baumstämme in tieferes Wasser. Als sie bis zu den Knien im Fluss standen, stieß Zoe sich mit ihrem rechten Fuß kräftig vom Boden ab und schwang sich auf das Floß, das daraufhin wild hin und her schwankte.

»Du sollst doch an Land bleiben!«, mahnte Zarin besorgt. »Ich weiß nicht, ob das Floß uns beide trägt.«

»Keine Angst. Es wird uns schon tragen«, meinte Zoe unbekümmert. Sie ließ sich auf dem dicksten Stamm in der Mitte nieder und winkte Anna zu, die gespannt beobachtete, wie sie mit dem Floß flussabwärts trieben.

»Ich habe den Fluss immer nur von der Burg aus gesehen« sagte sie lächelnd. »Und jetzt gleite ich wie ein Fisch auf seinen Wellen.«

»Sitz ruhig!«, warnte Zarin. »Hoffentlich reißen die geflochtenen Seile nicht.«

Die Weiden lagen so tief im Wasser, dass sie bereits von kleineren Wellen überspült wurden. Zarin bemerkte, dass Zoes Kleid bis zur Taille durchnässt war, aber das schien sie nicht daran zu hindern, die Fahrt in vollen Zügen zu genießen.

Am rechten Ufer zogen die Eichen- und Buchenwälder vorbei, und auf der linken Seite tauchten die Hütten des Dorfes auf. Am Steg lag das Boot mit dem roten Segel, das jetzt heruntergelassen war. Die Schiffsleute blickten ihnen verwundert nach. Einige Dorfkinder rannten schreiend am Ufer mit, blieben aber bald zurück. Selbst die Bauern auf den Feldern und in den Weinbergen unterbrachen ihre Arbeit und schauten Zarin und Zoe auf ihrem ungewöhnlichen Gefährt nach.

Zoe sah hinauf zur Burg Falkenauge und sagte: »Wenn ich erst meine Eltern befreit habe, mache ich mit ihnen eine Fahrt auf dem Fluss!«

Die Burg und das Dorf verschwanden aus ihrem Blickfeld, als der Fluss seinen Verlauf änderte. Im selben Moment tauchte vor ihnen die Insel auf.

Aufgeregt hielt Zoe Ausschau. »Ich sehe den Rahmen, Zarin. Er liegt am Ufer der Insel.«

Zarin, der auf den Stämmen am hinteren Teil des Floßes kniete, atmete erleichtert auf und versuchte, mithilfe des Astes das Floß zur Insel zu steuern. Nicht auszudenken, wenn sie daran vorbeitrieben. Was ihn betraf, hatte er keine Angst. Er konnte ins Wasser springen und schwimmen. Aber wie sollte Zoe die Insel erreichen?

Er strengte sich so sehr an, dass er erschrocken aufblickte, als Zoe ihn am Hemdsärmel zog und flüsterte: »Legt Euch schnell hin, Zarin! Am Flussufer reiten Morphia und ihre Knappen. Hoffentlich haben sie uns noch nicht gesehen.«

Blitzschnell warf sich Zarin der Länge nach auf die Baumstämme. Beinahe hätte er dabei sein Paddel verloren. Ängstlich spähte er zum Ufer hinüber.

Morphia und ihre vier Begleiter hielten ihre Pferde an und starrten auf das vorübertreibende Floß. Zarin sah, wie die Burgherrin ihren Arm ausstreckte und ihren Begleitern etwas zurief, verstehen konnte er jedoch nichts.

Zu seinem Entsetzen zogen Morphia und die Knappen ihre Bogen hervor und nahmen jeweils einen Pfeil aus dem Köcher, der an ihren Sätteln befestigt war.

Zoe seufzte. »Pech, sie haben uns gesehen.«

»Wollen – wollen die etwa auf uns schießen?«, stotterte Zarin entsetzt.

»Ich glaube, ja. Sie spannen ihre Bogen.«

»Rasch, ins Wasser, Zoe! Halte dich am Stamm fest!«

Wie eine Schlange glitt Zarin vom Floß und klammerte sich an den Baumstamm. Zoe tat es ihm gleich. Keine Sekunde zu früh. Sie hörten ein lautes Sirren und kurz darauf den Aufprall der Pfeile im Holz.

Zarin wagte es nicht, sich zu rühren, während er und Zoe, seitlich am Floß hängend, langsam auf die Insel zutrieben.

Endlich spürte er Boden unter den Füßen. In gebückter Haltung, damit die Burgherrin und ihre Knappen sie nicht sehen konnten, zog er mit Zoes Hilfe das Floß ans Ufer, wo es auf dem Kies liegen blieb. Eine Weile versteckten sie sich noch dahinter und lauschten angestrengt, aber das Sirren der Pfeile wiederholte sich nicht.

Vorsichtig schob Zoe ihren Kopf über den Rand des Floßes, zuckte aber schnell wieder zurück.

»Sind sie noch da?«, wisperte Zarin.

»Ja, aber sie haben die Bogen nicht mehr gespannt«, berichtete Zoe.

Vom Ufer her hörten sie deutlich Morphias laute, befehlsgewohnte Stimme: »Sie tauchen nicht mehr auf. Die Jagd war erfolgreich. Ich reite zur Burg zurück und Ihr sucht nach der Schatulle.«

»Habt Ihr das gehört, Zarin?«, fragte Zoe. »Warum auch immer Morphia die Schatulle aus dem Fenster geworfen hat, sie scheint doch noch daran interessiert zu sein. Hoffentlich finden die Knappen das Versteck im Felsen nicht.«

Zoe lugte erneut über das Floß und erhob sich erleichtert. »Ihr könnt aufstehen! Sie sind weg.«

Jetzt wagte sich auch Zarin aus der Deckung. Er kletterte auf das Floß und zählte die Pfeile, die im Holz steckten.

»Acht Pfeile«, sagte er erschüttert. »Die wollten uns echt töten.«

»Jetzt glaubt Morphia, dass wir tot sind, und sucht nicht mehr nach mir.« Erleichtert klatschte Zoe in die Hände. »Ihr seid ein kühner Seefahrer, Zarin.«

Auf der Bäreninsel

Anno 1318

Suchend blickte Zarin über den schmalen Kiesstrand der Insel. »Zoe, ich kann den Bilderrahmen nirgends sehen.«

»Da ist er doch!« Zoe deutete auf eine alte Weide, deren knorrige Wurzeln teilweise von den Wellen überspült wurden und an denen der Bilderrahmen hängen geblieben war. »Ich hole ihn«, rief sie eifrig, rannte über den Kiesstrand und wollte sich gerade nach dem Bilderrahmen bücken, als Zarins Warnschrei sie erschrocken zurückschnellen ließ.

»Zoe! Achtung! Ein Bär!«

Unbeweglich verharrte Zarin auf dem Floß und suchte in der Hosentasche nach seinem Klappmesser, fand es aber nicht. Siedend heiß fiel ihm ein, dass er es Anna gegeben hatte. Er sprang vom Floß, hob rasch einen der zahlreich herumliegenden Kieselsteine auf und schrie so laut, wie er konnte. Vielleicht ließ sich der Bär auf diese Weise in die Flucht schlagen.

Durch Zarins Schrei aufgeschreckt, stellte sich der Bär auf die Hinterbeine, witterte in alle Richtungen, und als er Zoes Geruch aufnahm, ließ er ein markerschütterndes Gebrüll ertönen.

Zarin stockte der Atem. Voller Angst sprang er wieder auf das Floß. Im Tierpark hatte er schon öfter Bären gesehen, aber die lagen dort nur faul und schläfrig in der Sonne, und zwischen den Besuchern und den Bären gab es ein hohes Gitter, hinter dem man sich in Sicherheit befand. Irgendwie waren ihm diese Bären harmlos und nicht so furchtbar groß vorgekommen. Das Tier hier auf der Insel hatte nichts von einem niedlichen Teddybären an sich. Zarins Herz klopfte bis zum Hals, als er beobachtete, wie sich der Bär, nun wieder auf allen vier Tatzen, Zoe näherte. Das darf doch nicht wahr sein, dachte er. Haben wir uns vor Morphias Pfeilen gerettet, um jetzt von einem Bären gefressen zu werden?

Der mickrige Stein, den er immer noch fest umklammerte, würde den Bären wohl kaum abschrecken. Um wenigstens eine Waffe in der Hand zu haben, legte er den Stein auf das Floß und zog einen der Pfeile, mit denen Morphia auf sie geschossen hatte, heraus.

Ängstlich wandte er sich wieder Zoe und dem Bären zu. Langsam, fast schon schleichend, wich Zoe vor dem Bären zurück. Sie sprach dabei in einem beruhigenden Tonfall auf ihn ein, und Zarin bewunderte sie für ihren Mut. Nicht mal ihre Stimme zitterte. Damit der Bär nicht merkte, dass sie eine Heidenangst vor ihm hatte, musste sie sich ihm so tapfer entgegenstellen. »Ich will Euch nichts tun, Bär«, sagte sie. »Tut mir leid, wenn ich Euch gestört habe. Ich will nur den Bilderrahmen holen.«

Der Bär blieb stehen, beobachtete Zoe wachsam und legte sich abwartend nieder. Ein lautes Knacken ließ Zarin schmerzhaft zusammenzucken. Der Bär hatte sich genau auf den Bilderrahmen gelegt.

Unverwandt schaute Zoe den Bären an, während sie langsam rückwärts zum Floß ging. »Zarin, der Bilderrahmen ist zerbrochen«, sagte sie überflüssigerweise. »Jetzt müsst Ihr bei mir und meinen Eltern auf der Burg bleiben.«

Entsetzt starrte Zarin zu dem Bären hinüber, der keine Anstalten machte, sich von seinem Platz fortzubewegen. »Zoe«, sagte er eindringlich, »wir müssen den Bären dort weglocken.« Trotzig fügte er hinzu: »Ohne den Rahmen gehe ich hier nicht weg.«

Zoe schien nachzudenken. Auf einmal sagte sie: »Bären mögen Fische. Wir fangen ihm eine Forelle und werfen sie ihm zu.«

»Aber wir haben keine Angel«, jammerte Zarin.

Zoe deutete auf den Pfeil, den Zarin noch immer in der Hand hielt. »Der ist so gut wie ein Speer.«

Es erschien Zarin wie eine Ewigkeit, die Zoe unbeweglich im Wasser stand, bis es ihr endlich gelang, mit dem Pfeil eine Forelle aufzuspießen. Sie löste den Fisch von der Pfeilspitze und schleuderte ihn in Richtung des Bären.

Um die neue Witterung aufzunehmen, bewegte der Bär seinen Kopf hin und her. Schwerfällig erhob er sich, trottete zielstrebig zu der Forelle, packte sie mit seinen Tatzen und begann zu fressen.

Mit langsamen Schritten ging Zoe zu dem Bilderrahmen. Nicht eine Sekunde ließ sie den Bären dabei aus ihrem Blickfeld. Ebenso beobachtete der Bär sie wachsam, kam ihr aber nicht näher. Die Forelle war interessanter für ihn.

Durch das Gewicht des Bären war der Rahmen in zwei Teile zerbrochen. Zoe hob die beiden Stücke auf und trug sie zum Floß.

Jetzt kam Bewegung in Zarin. Er sprang vom Floß und beeilte sich, die Weidenstämme in tieferes Wasser zu schieben. Angstvoll schielte er dabei zu dem Bären hinüber, der mittlerweile die Forelle verspeist hatte und sich mit seiner Zunge die Schnauze leckte.

»Er will noch eine Forelle«, sagte Zoe.

»Schnell, steig auf das Floß, Zoe!«, drängte Zarin. »Die nächste Forelle kann er sich selber fangen.«

Erst als sie beide auf den Stämmen saßen und von der Insel wegtrieben, atmete Zarin auf.

Vom Ufer aus blickte der Bär ihnen nach. Plötzlich sprang er auf und rannte ins Wasser.

»Er schwimmt uns nach!«, rief Zarin erschrocken. Klar, Bären konnten schwimmen. Wie wäre er sonst auf die Insel gekommen?

Angespannt beobachtete Zarin den Bären, der sich ihrem Floß rasch näherte. Jetzt konnte ihm der Stein vielleicht doch noch zunutze sein, zum Glück hatte er ihn auf das Floß gelegt. Hastig nahm er ihn zwischen Daumen und Zeigefinger und holte weit aus. Der Kiesel sprang einige Male über das Wasser und traf schließlich die Schnauze des Bären. Irritiert machte der Bär eine Kehrtwendung und schwamm auf das gegenüberliegende bewaldete Ufer zu.

»Uff, den sind wir los!« Zarin seufzte erleichtert und fügte stolz hinzu: »Das war mein bisher bester Wurf, auch wenn der Stein nur fünf Mal übers Wasser gehüpft ist.«

»Ihr seid doch ein Zauberer!«, bemerkte Zoe. Interessiert fragte sie, wie es Zarin gelungen sei, dass der Stein über das Wasser gesprungen war.

Zarin antwortete nicht. Seine Aufmerksamkeit galt dem zersplitterten Bilderrahmen. Betrübt betrachtete er die beiden Teile.

»Vielleicht können wir ihn wieder heil machen«, tröstete Zoe. Sie zog die Pfeile aus dem Floß und riss die Federn an den Pfeilenden ab. »Haltet zwei von den Pfeilen an die zerbrochene Stelle des Bilderrahmens!«, wies sie Zarin an.

Mithilfe der Federn verknotete sie Pfeile und Rahmen miteinander. Stolz hielt sie Zarin ihr Kunstwerk vor die Augen. »Jetzt könnt Ihr wieder hindurchsteigen.«

»Super, danke!«

Für einen kurzen Moment dachte Zarin daran, was geschehen würde, wenn er nicht in seine Zeit zurückreisen könnte. Er müsste im Mittelalter bleiben. So gern er Zoe auch mochte, aber ebenso, wie sie sich nach ihren Eltern sehnte, so sehnte er sich danach, wieder zu Hause bei seiner Mutter und seinem Vater zu sein.

Vergeblich bemühte er sich, mit dem Ast, der ihm als Ruder diente, das Floß aus der Strömung herauszubringen und zum linken Ufer zu steuern. »Zoe, wir treiben zu weit ab!«, rief er besorgt. »Wir müssen das Floß verlassen und an Land schwimmen.«

Er nahm den reparierten Bilderrahmen und streifte ihn Zoe über Kopf und Arme. Dann fasste er ihre Hand und sprang mit ihr zusammen in den

Fluss. Das Floß trieb ohne sie weiter. Weil der Rahmen Zoe trug, ließ sie seine Hand los.

»Schwimm so, wie ich es dir gezeigt habe«, rief Zarin ihr zu. Zoes Schwimmbewegungen waren zu hastig, aber wenigstens konnte sie sich über Wasser halten. Auf dem Rücken schwimmend und mit einer Hand den Bilderrahmen festhaltend, an dem Zoe hing, musste Zarin alle seine Kräfte einsetzen, um gegen die starke Strömung anzukämpfen. Schon fürchtete er, dass sie es nicht schaffen würden, als sie unerwartet in ruhigeres Wasser gerieten. Jetzt war es für ihn kein Problem mehr, mit Zoe ans Ufer zu schwimmen.

Dort angekommen, watete Zoe aus dem Wasser und streifte sich den Bilderrahmen über den Kopf. »Ich kann schwimmen wie ein Fisch!«, jubelte sie und wrang ihre nassen Haare und ihr Kleid aus.

»Noch nicht ganz wie ein Fisch«, bremste Zarin ihre Begeisterung, »aber ich würde sagen, du hast dein Seepferdchen bestanden.«

Mit fragendem Blick sah Zoe ihn an. »Seepferdchen? Was ist das?«

»Das Seepferdchen ist ein Schwimmabzeichen. Um es zu bekommen, muss man einmal vom Beckenrand springen und mindestens fünfundzwanzig Meter schwimmen. Das hast du vom Floß aus gemacht. Und du musst einen Gegenstand aus schultertiefem Wasser mit den Händen aus dem Wasser holen.«

»Das habe ich noch nicht gemacht«, wandte Zoe ein. Wenn sie ein Seepferdchen sein wollte, mussten die Regeln erfüllt werden.

Sie suchte sich einen großen Kiesel, watete bis zu den Schultern ins Wasser, ließ den Stein fallen, bückte sich und tauchte unter. Als sie wieder an der Oberfläche erschien, schwenkte sie triumphierend den Kiesel in der Hand.

»Jetzt hast du alle Bedingungen erfüllt«, lobte Zarin. »Wenn ich wieder zu Hause bin, schenke ich dir mein Seepferdchen-Abzeichen.« Er hielt inne, und wieder beschäftigten ihn die Gedanken an ihren bevorstehenden Abschied. Ihm war klar, dass Zoe nicht mit ihm in seine Zeit kommen würde. Wenn sie es geschafft hatten, ihre Eltern zu befreien, würden sie sich trennen müssen. Das machte ihn traurig.

Auf einem ausgetretenen Pfad, der dicht am Ufer entlangführte, liefen sie zum Dorf zurück. Sie näherten sich dem Anlegesteg, wo das Boot mit dem roten Segel sanft auf den Wellen schaukelte. Zwei Schiffsleute schleppten Weinfässer von Bord und stellten sie am Ufer ab. Anna, die auf dem Steg saß und nach ihnen Ausschau hielt, sprang freudig auf und rannte auf sie zu.

»Ich habe gut auf den Zauberkasten aufgepasst«, rief sie ihnen entgegen.

»Super!«, lobte Zarin sie und war erleichtert, als Anna ihm nicht nur sein Smartphone, sondern auch sein Klappmesser und den Flummi in die Hand drückte.

Während sie zur Hütte von Zoes Amme gingen, erzählte Zoe ihr, was sie erlebt hatten.

»Mutter, Mutter!«, rief Anna, als sie die Hütte erreichten. »Kommt schnell! Zoe und Zarin sind hier!«

Magdalen, die gerade die Hennen und Küken in dem aus Weidenruten geflochtenen Auslauf fütterte, blickte erfreut auf. Sie wischte ihre Hände am Kleid ab und umarmte Zoe liebevoll.

»Gott sei Dank! Es stimmt also, was Jakob und Simon erzählt haben, obwohl ich es kaum glauben kann. Morphia hat Euch nichts angetan. Ihr seid heil und unversehrt.«

»Die Burgherrin hat mit Pfeilen auf Zoe und Zarin geschossen«, sprudelte Anna aufgeregt hervor, »aber beide konnten sich retten.«

»Dann ist die Gefahr noch nicht vorüber.« Magdalen unterbrach sich und blickte unruhig umher, als fürchte sie, dass jeden Moment die Knappen der Burgherrin auftauchen könnten, um Zoe erneut gefangen zu nehmen.

»Morphia sucht uns nicht mehr«, sagte Zoe. »Sie nimmt an, dass wir tot sind.«

»Trotzdem könnt Ihr nicht hierbleiben, das ist zu gefährlich. Wisst Ihr was? Ihr und Euer Gefährte könnt mit uns kommen«, schlug Magdalen vor. »Wir verlassen morgen das Dorf und ziehen in einen anderen Ort. Wir sind keine Leibeigenen mehr und können gehen, wohin wir wollen. Andres hat uns mit den Silbertalern freigekauft.« Beschämt senkte sie den Kopf, als sie an den Verrat ihres Mannes dachte.

Andres, der von der Arbeit im Weinberg zurückkam und Magdalens letzte Worte gehört hatte, zeigte keine Reue über sein niederträchtiges Verhalten. »Die übrig gebliebenen Taler reichten noch für ein Stück Land und eine bessere Behausung«, berichtete er ungeniert.

»Und für einen großen Leiterwagen mit vier Rädern und einen Ochsen«, fügte Jakob, der zusammen mit Simon und Agnes Fangen spielte, stolz hinzu.

Andres nickte. »Im Morgengrauen laden wir unsere Habseligkeiten auf und ziehen los. Die Burgherrin hat keine Macht mehr über uns.«

Zarin freute sich für Andres und seine Familie. Er konnte sich zwar nicht vorstellen, wie es war, Leibeigener zu sein, aber dass ihnen nun die Freiheit gewiss war, bedeutete ihnen sicher alles.

»Das ist schön für Euch, Andres«, sagte Zoe. Auch sie schien sich mit der Familie ihrer Amme zu freuen, dass es ihnen in Zukunft besser gehen würde. Den gemeinen Verrat trug sie Andres offenbar nicht nach.

»Kommt mit, Zoe!«, bat Anna. »Ihr seid meine Milchschwester und gehört zu uns.«

»Nein«, entgegnete Zoe. »Ich gehöre zu meinen Eltern und der Burg Falkenauge. Zarin und ich können leider nicht mit Euch gehen. Wir müssen meine Eltern von dem Fluch befreien.«

»Das sehe ich ein.« Magdalen seufzte betrübt. Erst jetzt fiel ihr auf, dass Zoe und Zarin vollkommen durchnässt waren. »Anna, gebt Zoe Euer altes, abgelegtes Kleid zum Anziehen.«

Kichernd verschwanden Anna und Zoe in der Hütte.

Auf Anordnung seiner Mutter holte Jakob eine von seinen Hosen, in die sich Zarin mühsam hineinzwängte. Seine nassen Sachen hängte er zum Trocknen über den Zaun.

»Seid Ihr in den Fluss gefallen?«, erkundigte sich Andres.

»Jakob ist beim Fischen ins Wasser gefallen und ganz weit abgetrieben«, erzählte Simon aufgeregt. »Er wäre ertrunken, wenn Zarin ihn nicht gerettet hätte.«

Voller Dankbarkeit drückte Magdalen Zarin fest an sich. Ihm war das unangenehm. Er mochte es auch nicht, wenn seine Mutter ihn in den Arm nahm. Nachdem er sich aus Magdalens Umarmung befreit hatte, schlug Andres ihm anerkennend auf die Schulter.

Nachdem Zoe in Annas zu klein gewordenes Kleid geschlüpft war, sah sie an sich herunter. Der Saum reichte ihr nur eine Handbreit über die Knie.

»Ich bin jetzt ein Dorfkind!«, rief sie fröhlich, als sie und Anna wieder bei den anderen waren. Sie fasste Agnes und Simon an den Händen und tanzte übermütig mit ihnen im Kreis herum, während Anna Zoes weinrotes Kleid samt Unterkleid und Stirnband ebenfalls zum Trocknen über den Zaun hängte.

Andres nahm die Forellen, die Jakob gefangen hatte, aus dem Eimer, schuppte sie ab und entfernte die Innereien. Magdalen briet die Fische über dem Feuer, während Anna einen frisch gebackenen Laib Brot aufschnitt.

Als die Forellen gar waren, bekam jeder ein Stück Fisch und ein Stück Brot. Alle ließen es sich schmecken, auch Niclas, der schmatzend an Magdalens Brustwarze saugte.

Lächelnd beobachtete Zoe, dass Zarin sich die Finger ableckte. Das war ein Essen auch nach seinem Geschmack.

»Nächtigt Ihr bei uns?«, erkundigte sich Anna.

Zoe schüttelte den Kopf. »Wir müssen heute noch ungesehen in die Burg kommen, damit wir meine Eltern endlich erlösen können. Wir wissen nur nicht, wie.«

Andres hob den Weinkrug und schenkte sich seinen Becher voll.

Als Zarin den Krug sah, schlug er sich mit der flachen Hand gegen die Stirn. »Gerade hatte ich einen Geistesblitz«, sagte er und wandte sich an Zoe. »Ich weiß jetzt, wie wir ungesehen in die Burg kommen.«

»Erzählt!« Neugierig blickte Zoe ihn an.

»Du hast doch gesagt, dass die Fässer, die auf dem Boot waren, in die Burg gebracht werden.«

»Ja. Und?«

»Ganz einfach. Ich sage nur: Trojanisches Pferd.« Mit triumphierender Miene blickte Zarin in die Runde. Als ihn alle nur fragend ansahen, fügte er erklärend hinzu: »Die Männer am Steg haben doch vorhin die Fässer ausgeladen. Wir verstecken uns in einem Fass und gelangen so in die Burg.«

»Wie soll das gehen?« Zoe zweifelte an dem Vorhaben. »Dabei werden wir bestimmt bemerkt, Zarin.«

Magdalen schüttelte den Kopf. »Der Vorschlag von Zarin ist gar nicht so schlecht. Andres wird Euch helfen«, bestimmte sie und blickte ihren Mann herausfordernd an. »Er hat noch etwas gutzumachen.«

Zwar schien Andres kein besonders schlechtes Gewissen zu haben, weil er Zoe und Zarin für einen Beutel Silbertaler verkauft hatte, aber er nickte zustimmend. Zoe lächelte, denn auch sie wusste, dass Magdalen ihm sonst ewig Vorhaltungen machen würde.

»Jakob, hol den Ochsen!«, befahl Andres.

Nachdem Jakob stolz den Ochsen herbeigeführt und Zoe das kräftige Tier gebührend bewundert hatte, spannte Andres ihn zwischen die beiden Stangen, die am Vorderteil des Leiterwagens befestigt waren.

Während Magdalen Zoe fest an sich drückte, zog Zarin seine inzwischen getrocknete Kleidung wieder an.

»Wir werden uns wohl nie wiedersehen, Zoe. Gott sei mit Euch und helfe Euch, Eure Eltern zu erlösen. Ich bete für Euch.«

»Danke, Magdalen.« Nur mit Mühe gelang es Zoe, die Tränen zu verbergen.

Anna nahm Zoes Kleid, das Unterkleid und das Stirnband vom Zaun. »Euer Kleid ist noch nicht ganz trocken, Zoe. Ihr müsst es leider feucht anziehen?«

Zoe winkte ab. »Behaltet alles, Anna. Leider ist in das Kleid ein Riss hineingekommen, als ich in der Höhle über die Felsen gekrochen bin.«

»Das macht nichts. Den Riss kann ich ausbessern. Danke, Zoe.« Trotz der Abschiedstränen, die sie nicht zurückhalten konnte, lächelte Anna, und Zoe stimmte in das Lächeln ein. Das weinrote Kleid würde Anna gut stehen. Sie war keine Leibeigene mehr und durfte jetzt auch bunte Kleider tragen.

Als Zarin auf den Leiterwagen kletterte und vorsichtig den Bilderrahmen neben sich ablegte, folgte Zoe ihm, und nun konnte auch sie die Tränen nicht mehr zurückhalten.

Andres ergriff die Zügel und schnalzte mit der Zunge. Schwerfällig setzte sich der Ochse in Bewegung.

Zoe blickte zurück. Magdalen hielt Niclas auf dem Arm und wischte sich verstohlen ein paar Tränen aus den Augen. Anna stand neben ihrer Mutter, hielt Agnes an der Hand und schnitt sonderbare Grimassen, wahrscheinlich um nicht wieder zu weinen, und Jakob und Simon rannten winkend bis zur nächsten Wegbiegung hinter dem Wagen her.

Die List

Anno 1318

Vor dem Bootsanleger hielt Andres das Fuhrwerk an. Die Weinfässer standen noch alle gestapelt am Ufer. Rasch sprang er vom Leiterwagen und winkte Zarin herbei. »Haltet den Ochsen fest!«, forderte er ihn auf.

Dass Zarin sich dem Tier mit furchtsamem Blick näherte, verfolgte er mit Erstaunen. Dem Ochsen war es egal, wer ihn hielt. Als Zoe ihrem Gefährten zu Hilfe kam, das Halfter übernahm und beruhigend zu dem Tier sprach, schmunzelte Andres. Aus Magdalens Erzählungen wusste er, wie mutig das Mädchen in jeder Lebenslage war.

In Gedanken wieder bei seinem Auftrag, trat er zu den beiden Schiffsleuten, die im Schatten eines Baumes saßen und laut miteinander stritten.

»Ihr seid dran, ein Pferdefuhrwerk zu besorgen!«

»Nein, Ihr! Ich habe mich schon bei der letzten Fuhre darum gekümmert.«

»Heda!«, rief Andres lautstark dazwischen. »Die Burgherrin schickt mich. Ich soll die Weinfässer abholen.«

Die Männer musterten ihn misstrauisch. Einer trat vor und sprach: »Hä, wer sagt uns, dass Ihr kein Halunke seid? Erst gebt Ihr uns die Taler, und dann bekommt Ihr die Fässer.« Fordernd hielt er die Hand auf.

Daran, dass die Männer eine Bezahlung verlangen würden, hatte Andres nicht gedacht. Er schluckte und blickte hilflos zu Zoe und Zarin hinüber, die neben dem Ochsen standen und das Gespräch mitgehört hatten.

Was Zoe Zarin in diesem Moment fragte, konnte er nicht hören, doch er bemerkte Zarins verständnislosen Blick. Als Zoe zu einer Erklärung ansetzte und auf die Hosentasche des Jungen zeigte, erhellten sich dessen Gesichtszüge, er griff in die Tasche und überreichte Zoe einen grünen, glitzernden Gegenstand.

Mit einem bedeutungsvollen Lächeln kam Zoe auf ihn und die Schiffsleute zu. »Die Burgherrin gibt Euch für die Fässer diesen Edelstein«, sagte sie zu dem Mann, der immer noch die Hand aufhielt. »Er ist wertvoller als ein Beutel Taler.«

Gierig griff der Mann nach der Bezahlung. »Wie sich das Sonnenlicht in ihm bricht!«, rief er bewundernd und ließ seinen Gefährten einen Blick auf den regelmäßig geformten, runden Edelstein werfen.

Auch Andres staunte. Wie kam dieser Junge an einen Edelstein – und dann auch noch an einen so großen? Wahrscheinlich stammte er aus einer reichen Familie.

»Der Handel gilt«, sagte der Mann, und Andres, der erleichtert war, dass sie ihr erstes Ziel erreicht hatten, dachte nicht länger über das soeben Erlebte nach und ging eilig zum Wagen. Er griff nach dem Halfter und führte den Ochsen zum Ufer, wo die Weinfässer standen.

Nachdem die Schiffsleute beim Aufladen der Fässer geholfen hatten, sprangen sie in ihr Boot, setzten das rote Segel und stakten flussaufwärts davon.

Zufrieden kletterten Zoe, Zarin und Andres wieder auf den Wagen.

»Irgendwann werden die Männer merken, dass der Flummi kein Edelstein ist, und zurückkommen«, flüsterte Zarin Zoe ins Ohr.

»Bis dahin haben wir meine Eltern erlöst«, erwiderte Zoe unbekümmert. »Mein Vater kann ihnen dann die Taler für die Fässer geben.«

An der Feldwiese hielt Andres den Wagen an. Mehrfach blickte er sich um, nur um festzustellen, dass niemand sie beobachtete. »Es ist so weit«, sagte er und hob den Deckel von einem der Weinfässer an.

Zarin stieg hinein und Andres verschloss es mit dem Deckel.

»Viel Glück«, sagte er, als Zoe in eines der anderen Fässer kletterte.

»Danke, dass Ihr uns geholfen habt, Andres.« Das Letzte, was sie sah, bevor Andres den Deckel auf ihr Fass legte, war sein dichter Vollbart. Dann wurde es dunkel um sie.

Der Weg stieg steil zur Burg hin an. Deshalb ging Andres zu Fuß neben dem Ochsen her und führte ihn am Halfter. Ruckelnd setzte sich der Wagen in Bewegung.

Zu Andres' Erleichterung langte er mit dem Fuhrwerk ohne Zwischenfälle bei der Burg an und konnte ungehindert die Zugbrücke passieren, bevor der Torwächter sich ihm in den Weg stellte.

Vor Angst schwitzte Andres Blut und Wasser. Er befürchtete, dass der Wächter etwas merken könnte. Aber der wies ihn nur an, die Fässer im Vorhof neben den Vorratsräumen abzuladen. Eilig rollte Andres die beiden Fässer, in denen sich Zoe und Zarin befanden, als erste vom Wagen.

Gerade als er das letzte Fass neben all den anderen abgestellt hatte, schlenderte der Torwächter herbei und rüttelte ausgerechnet an dem Fass, in dem Zoe versteckt war. »Das fühlt sich aber schwer an. Ist etwa noch Wein darin?«

»Nein, die Fässer sind leer«, rief Andres und bemühte sich um eine unbekümmerte Miene.

»Wer weiß.« Der Wächter, dem die Gier nach einem Schluck Wein ins Gesicht geschrieben stand, hob den Deckel einen Spaltbreit an.

Andres erschrak. Was würde geschehen, wenn der Wächter Zoe in dem Fass entdeckte? Er sah sich bereits angekettet im Verlies schmachten. Innerlich verfluchte er seine Gutmütigkeit. Das hatte er davon, dass er auf Magdalen gehört hatte und Zoe und ihrem Gefährten behilflich gewesen war. Verzweifelt stieß er den Wächter vor die Brust.

Der Wächter taumelte zurück und ließ den Deckel los. »Mann, was fällt Euch ein!« Empört griff er zu seinem Spieß und wollte ihn auf Andres richten, als die Burgherrin, die in diesem Moment auf ihrem Pferd über die Zugbrücke trabte, vor ihm anhielt.

»Heda, Wächter!«, schrie sie aufgebracht. »Ihr habt Euren Posten verlassen!«

Der Torwächter ließ den Spieß sinken und senkte schuldbewusst den Kopf. »Verzeiht, Herrin, es soll nicht wieder vorkommen.«

»Einmal will ich noch Gnade vor Recht ergehen lassen. Beim nächsten Mal lasse ich Euch in den Kerker werfen.«

Kleinlaut schlich der Wächter zum Torhaus zurück.

»Heda, Stallmeister!«, rief die Burgherrin.

Augenblicklich eilte der Stallmeister herbei und war seiner Herrin beim Absteigen behilflich.

Andres atmete auf und griff nach dem Halfter des Ochsen. Das war noch mal gutgegangen. Jetzt nichts wie weg hier. Er würde zehn Rosenkränze beten, wenn Gott ihm half, unbeschadet aus der Sache herauszukommen.

Der Ochse hatte gerade zwei Schritte gemacht, als die schneidende Stimme der Burgherrin erscholl.

»Haltet an!«

Andres blickte sich erschrocken um.

»Ja. Euch meine ich. Seid Ihr nicht derjenige, der mir Zoe und ihren Begleiter gebracht und dafür einen Beutel Silbertaler bekommen hat?«

Andres brach der Angstschweiß aus. Gott schien ihm nicht helfen zu wollen. Stumm nickte er.

Mit der Faust schlug die Burgherrin auf das Fass, in dem Zoe steckte. »Habt Ihr mir Zoe wiedergebracht? Etwa in diesem Fass hier? Ha, ha!« Sie lachte laut, als wäre es ein guter Witz.

Andres wurde leichenblass. Er war verloren. Hatte Magdalen nicht erzählt, dass die Burgherrin eine Hexe war? Sie beherrschte die schwarze Magie und musste demnach wissen, dass Zoe in dem Fass steckte. Gleich würde sie die Wächter herbeirufen und ihn in den Kerker werfen lassen. Dann würde er Magdalen und seine Kinder nie wiedersehen. Warum nur war er so dumm gewesen und hatte auf seine Frau gehört?

»Aber das ist nicht möglich.« Die Burgherrin lachte noch immer. »Zoe ist tot. Lasst Euch vom Vogt die Fässer bezahlen!« Sie wandte sich ab und schritt durch den Torbogen zum Innenhof.

Konnte das sein? Ließ sie ihn ungeschoren davonkommen? Andres vermochte sein Glück kaum zu fassen. Flink wie ein Eichhörnchen sprang er auf den Wagen, griff nach dem Bilderrahmen und warf ihn neben die Weinfässer auf einen Stapel Brennholz. Er ergriff die Zügel, schnalzte mit der Zunge und atmete erst dann erlöst auf, als er die Zugbrücke hinter sich gelassen hatte. Es fiel ihm zwar schwer, auf die Taler zu verzichten, aber um nichts in der Welt hätte er den Vogt aufgesucht, um am Ende wegen einiger lumpiger Silberlinge doch noch im Kerker zu landen.

Feuersbrunst

Anno 1318

Vorsichtig hob Zoe den Deckel des Fasses einen Spaltbreit an und spähte aufmerksam umher. Der Wächter war in das Torhaus zurückgekehrt und der Stallmeister hatte Morphias Pferd in den Stall geführt. Von ihrer Tante war weit und breit nichts mehr zu sehen. Sicherheitshalber wartete Zoe noch eine Weile, aber im Vorhof lag nur der Jagdhund, der träge im Schatten döste.

Ohne ein Geräusch zu machen, kletterte sie aus dem Fass. Trotzdem hörte der Jagdhund sie, öffnete die Augen und erhob sich ruckartig.

»Pst, ich bin es doch«, flüsterte Zoe ihm zu.

Der Jagdhund wedelte mit dem Schwanz und legte sich beruhigt wieder nieder.

»Zarin«, wisperte Zoe. »Kommt raus!«

Sie nahm den Deckel von Zarins Fass ab und stellte ihn beiseite. Als Zarins Kopf in der Öffnung erschien, sprang der Jagdhund erneut auf und fing an zu knurren.

»Zoe, sag ihm, er soll mich in Ruhe lassen!«, flüsterte Zarin ängstlich.

»Ich vergaß, Ihr habt ja Angst vor Hunden«, neckte Zoe ihn. »Er tut Euch nichts.« Gebieterisch zeigte sie mit der Hand auf den Boden. »Bleibt!«, befahl sie dem Jagdhund.

Flink kletterte Zarin aus dem Fass. »Und nun?«, fragte er. »Lass uns schnell deine Eltern retten, bevor uns jemand bemerkt.«

»Wartet! Ich muss rasch noch Falko begrüßen.« Sie wandte sich dem Wanderfalken zu, der wie eine Statue reglos auf einer Querstange hockte. Liebevoll streichelte sie sein dunkelblaugraues Gefieder.

»Zoe, jetzt komm endlich!« Zarin drängte zur Eile. »Nicht, dass wir wieder im Kerker landen! Wenn man uns entdeckt, wird deine Tante dafür sorgen, dass wir nicht mehr lebend herauskommen.«

In dem Moment wurde die Tür des Stallgebäudes aufgestoßen. Ein Mann mit einem langen schwarzen Bart führte ein gesatteltes Pferd heraus. Er stutzte, als er Zoe und Zarin bei dem Wanderfalken sah.

Als Zarin Anstalten machte wegzulaufen, hielt Zoe ihn zurück. »Das ist Bruno, der Falkner«, erklärte sie. »Er tut uns nichts.«

Bruno kam auf sie zu. »Ich habe Euch beinahe nicht erkannt in dem schäbigen Kleid, Zoe. Wo wart Ihr? Die Burgherrin, Eure Tante, ist ausgeritten, um Euch zu suchen.«

»Ich weiß. Sie ist eben zurückgekommen. Bruno, verratet bitte nicht, dass Ihr uns gesehen habt.«

»Nun gut, mich geht es nichts an. Ich reite jetzt mit dem Gerfalken auf die Jagd.«

Bruno zog seinen Lederhandschuh über und nahm den Gerfalken, der neben Falko hockte, von der Querstange. Mit ihm auf dem Arm stieg er auf sein Pferd und pfiff nach dem Jagdhund, der daraufhin aufsprang und dem Falkner über die Zugbrücke folgte.

Dicht an der Mauer entlanghuschend, gelangten Zoe und Zarin durch den Torbogen in den Innenhof. Laut plaudernd kamen zwei Mägde aus dem Küchenhaus. Gerade noch rechtzeitig konnten sich Zoe und Zarin hinter dem Brunnen verstecken.

»Sie sind weg. Jetzt schnell!«, flüsterte Zoe.

Weil sie befürchtete, dass Zarin wieder über seine eigenen Füße stolpern könnte, ergriff sie seine Hand und rannte mit ihm zum Palas. Unbemerkt erreichten sie die Ahnengalerie, die menschenleer vor ihnen lag. Zoe eilte an den Bildern ihrer Ahnen vorüber und blieb vor Morphias Schlafgemach stehen. Sie blickte auf den Ring an ihrer linken Hand, trat einen Schritt vor und streckte den Arm dem Bild ihres Vaters entgegen.

Erst jetzt bemerkte sie zu ihrem Schrecken, dass das Bild gar nicht mehr dort hing. Auch das Bild ihrer Mutter war verschwunden. Verwirrt starrte sie auf die beiden hellen Flecke an der Wand, die davon zeugten, dass die Bilder hier gehangen hatten, und brach in Tränen aus.

»Was ist denn?«, fragte Zarin erschrocken.

Zoe deutete auf die Wand. »Meine Eltern sind verschwunden. Hier hingen ihre Bilder. Zarin, wir sind zu spät gekommen. Jetzt kann ich meine Eltern nicht mehr befreien!« Sie unterdrückte ein Schluchzen.

»Vielleicht hat Morphia die Bilder einfach woanders hingehängt«, versuchte Zarin sie zu trösten.

»Aber wo?« Zoe überlegte. »Wir müssen in ihren Gemächern nachsehen.«

»Und wenn wir dabei auf die Hexe treffen?«, fragte Zarin ängstlich.

»Ich muss es versuchen.« Entschlossen schritt Zoe auf die Tür zu.

»Nein, warte!«

Zarin zog Zoe hinter die Abbiegung des Ganges, nahm sein Smartphone aus der Hosentasche und scrollte eilig durch seine gesammelten Videos. Als er fand, wonach er gesucht hatte, startete er das Video, und sofort ertönte ein lautes, schauriges Gelächter.

»Habe ich mal in der Geisterbahn aufgenommen«, flüsterte er Zoe zu, die entsetzt auf sein Smartphone starrte.

Einen Augenblick später hörten sie, wie die Tür von Morphias Gemach bis zum Anschlag aufflog und Zoes Tante fluchend herausstürzte. Augenblicklich stoppte Zarin das Video, und sie hörten, wie Morphia den Gang entlang in Richtung der Treppe rannte.

Diesen Moment nutzten Zoe und Zarin, um in das Gemach zu schlüpfen. Hastig schloss Zarin die schwere Tür und drehte den Schlüssel um. Erleichtert atmete er auf. Jetzt war Morphia ausgesperrt und konnte ihnen nicht in die Quere kommen.

Zarins Blick fiel auf die Akkuanzeige seines Smartphones: »Oh, nur noch elf Prozent. Wir müssen uns beeilen!«

Rasch blickte sich Zoe im Gemach ihrer Tante um. Tisch, Bett und die Truhen standen am gleichen Platz wie immer, auch die grässlichen Teufelsfratzen hingen noch an der Wand. Die Bilder mit ihren Eltern konnte sie nirgends entdecken. Sie ließ sich auf die Knie fallen und schaute unter das Himmelbett, aber dort lag nur jede Menge Staub. Enttäuscht öffnete sie eine der Truhen und wühlte darin herum. Außer Morphias Kleidern, Wollumhängen und Hauben enthielt sie nichts.

Inzwischen hob Zarin den Deckel der anderen Truhe an und schaute hinein. »Zoe, hier sind zwei Bilder!«

Gespannt beugte sich Zoe über die Truhe. »Das sind sie – das sind meine Eltern!«, rief sie erleichtert.

Zarin half ihr, die Bilder vorsichtig herauszuheben und sie an die Wand zu stellen. Dann verlor Zoe keine Zeit mehr. Entschlossen hielt sie ihren Wappenring an den Ring ihres Vaters. Wie schon beim letzten Mal glühten die Augen des Falken rötlich auf. Sie spürte die enorme magnetische Kraft, die von ihrem Ring ausging und den Ring ihres Vaters aus dem Bild zog.

Gespannt verfolgte sie, wie ihr Vater plötzlich seine Hand bewegte, den Arm ausstreckte und den Kopf zur Seite drehte, bevor er ein Bein hob und aus dem Bilderrahmen stieg.

Jetzt bewegte auch ihre Mutter die Hände. Sie neigte den Kopf, hielt den Saum ihres Kleides hoch und stieg graziös aus dem Bilderrahmen. Verwundert betrachtete sie erst Zoe und dann Zarin, der wie versteinert neben Zoe stand und staunte. Als wären sie Fremde, betrachtete ihre Mutter sie argwöhnisch und schüttelte den Kopf.

»Mutter!«, jubelte Zoe überglücklich. »Vater!«

Ihre Mutter horchte auf. »Wo ist mein Säugling?«, jammerte sie und blickte sich suchend um.

»Ich bin Euer Kind!«, rief Zoe. »Inzwischen zähle ich elf Lenze. So lange wart Ihr in dem Bild gefangen, in das Morphia Euch gezaubert hat.«

»Was redet das Mädchen da, Clementia?«, fragte Zoes Vater. Auch er schien verwirrt zu sein.

»Bernhard, Liebster, wir waren anscheinend elf lange Jahre verzaubert«, rief Zoes Mutter ihm verwundert zu.

»Das ist Zarin, mein Gefährte«, erklärte Zoe und ergriff Zarins Hand. »Ohne ihn hätte ich es nie geschafft, Euch zu befreien.«

Ihre Eltern blickten zu Zarin, der vor Stolz über das Lob errötete. »Es freut mich, Sie kennenzulernen«, stammelte er verlegen.

Auf einmal schien Zoes Mutter zu begreifen. Zärtlich küsste sie Zoe auf die Wange. »Mein Mädchen«, flüsterte sie.

Zoes Vater kam hinzu und umarmte beide. Dann klopfte er Zarin anerkennend auf die Schulter. »Wir sind Euch zu tausend Dank verpflichtet.«

In dem Moment hörten sie Morphia, die heftig an der Tür rüttelte. Erschrocken sahen sie sich an. Das Rütteln verstummte, und einen Augenblick später flog die Zwischentür auf, die von Morphias Malzimmer in ihr Gemach führte. Das Malzimmer konnte man ebenfalls vom Gang aus betreten. Daran hatte Zoe in ihrem Eifer, ihre Eltern zu befreien, nicht gedacht.

Wie eine Furie stürmte Morphia herein. Nur den Bruchteil einer Sekunde starrte sie verblüfft auf Zoe und Zarin, die sie tot geglaubt hatte, und auf ihren verhassten Halbbruder Bernhard und dessen Gemahlin Clementia. Blitzschnell die Situation erfassend, tastete sie nach ihrem Anhänger am Hals und murmelte einen Zauberspruch. Sofort quoll roter Nebel aus dem Amulett.

Hilfesuchend schaute Zoe zu ihrem Vater. Dieser hielt seine Hand mit dem Wappenring Morphias Amulett entgegen. Als wäre die magische Kraft mit seiner Befreiung erloschen, vermochte der Ring gegen das Amulett nichts auszurichten. Erst jetzt fiel Zoe auf, dass sie ihren Ring ja auch gegen Morphias Zauber hätte einsetzen können. Diese Idee war ihr nicht gekommen. Rasch tat sie es ihrem Vater gleich, aber auch ihr Ring konnte nichts mehr ausrichten. Anscheinend hatte er seine Zauberkraft in dem Augenblick verloren, als sie wieder mit ihren Eltern vereint war. Erschrocken sah sie, dass der rote Nebel immer näher kam.

Zarin geriet in Panik. Würde er jetzt für immer als Gemälde in der Ahnengalerie hängen müssen? Gleich würde der Nebel sie alle erreicht haben, und dann wäre es zu spät. Ihm musste sofort etwas einfallen, wenn er seine Eltern wiedersehen wollte. Er erinnerte sich daran, wie Zoe zurückgeschreckt war, als er sie fotografiert hatte. In seiner Verzweiflung richtete er sein Smartphone auf Morphia, drückte auf das Kamerasymbol und machte ein Foto. Vom Blitzlicht geblendet schloss Morphia die Augen und unterbrach erschrocken ihren Zauberspruch.

»Jetzt bist du in meinem Zauberkasten gefangen, Morphia!«, schmetterte Zarin ihr mutig entgegen.

Bevor sie merkte, dass sie gar nicht gefangen war, waren Zarin, Zoe und ihre Eltern zur Tür hinaus und flüchteten durch die Ahnengalerie zur Treppe.

»Wo sind meine Knappen?«, schrie Bernhard. »Zu Hilfe!«

Wie von Sinnen verfolgte Morphia sie laut kreischend durch die Ahnengalerie, und als Zarin sich einmal umdrehte, sah er, dass sie ihnen aus ihrem Amulett Blitzpfeile hinterherschleuderte.

Doch die Blitze trafen zum Glück nicht sie, sondern das hölzerne Treppengeländer, das augenblicklich zu brennen begann. »Beeilt euch!«, schrie Zarin und sprang die Treppe herunter. Bereits nach kurzer Zeit stand diese in Flammen, und es dauerte nicht lange, bis die Dachbalken Feuer fingen. Sich immer wieder umblickend, hastete Zarin, dem Zoe und ihre Eltern folgten, ins Freie. Schon bald stand der gesamte Palas in hellen Flammen. Rasend schnell griff das Feuer auf die anderen Gebäude über. Auch die Leiter am Bergfried brannte bereits lichterloh, und somit war die Flucht durch den Geheimgang versperrt. Der einzige Ausweg, der Flammenhölle zu entkommen, war nur noch die Zugbrücke.

Zoes Vater blieb abrupt stehen, als er den Falken auf der Querstange sitzen sah. Er rief ihn beim Namen, worauf der Falke lauschend den Kopf hob, die Flügel spreizte und auf seine Hand flog.

»Vater, weiter!«, drängte Zoe angstvoll.

Die Zugbrücke stand inzwischen auch in Flammen, als sie dort ankamen. Aus der Burg gab es kein Entkommen mehr.

»Zoe, wo ist der Bilderrahmen?«, schrie Zarin, »wir können nur noch durch den Bilderrahmen flüchten.«

Verzweifelt sahen sich die beiden nach dem Rahmen um. Das Feuer hatte die Weinfässer nicht verschont. Aber was war mit dem Bilderahmen? Schließlich entdeckte Zarin ihn neben dem Holzstapel, von dem die ersten Scheite bereits aufglühten.

»Hier ist er, Zoe!«, rief er erleichtert, und Zoe eilte herbei. Hastig drückte sie ihren Wappenring gegen den Rahmen. Er betete, dass die Kraft ihres Ringes hierfür noch ausreichte. Aber nichts geschah!

Zarin heulte auf. Er wollte nach Hause. Er wollte nicht auf der Burg verbrennen.

Morphia näherte sich ihnen hasserfüllt. »Ihr werdet mir nicht entkommen!« Das Lachen, das sie anstimmte, klang schaurig, und sie zog eine Grimasse, die aussah wie die Teufelsfratzen auf den Bildern in ihrem Gemach.

»Zarin, nur dein Zauberkasten kann uns jetzt noch retten!«, schrie Zoe und nahm Zarins linke Hand. Mit der anderen Hand ergriff sie die Hand ihrer Mutter und forderte ihre Eltern auf, sich ebenfalls anzufassen. »Habt keine Angst! Zarin nimmt uns mit in seine Zeit.« Als sie die fragenden Blicke ihrer Eltern sah, ergänzte sie: »Wir flüchten mit ihm in die Zukunft.«

Zarin starrte auf die Akkuanzeige seines Smartphones und erschrak. »Nur noch sieben Prozent!«, rief er. Jeden Moment konnte der Akku leer sein. Hastig presste er sein Smartphone gegen den Bilderrahmen. Im selben Augenblick fühlte er, wie ihn ein mächtiger Sog in den Rahmen zog. Zoe, ihre Mutter und ihr Vater, auf dessen Arm sich der Wanderfalke festkrallte, folgten.

Morphia war dicht hinter ihrem verhassten Halbbruder und erkannte, dass etwas Merkwürdiges vor sich ging. Anscheinend kannte Zoes Gefährte einen Weg, wie sie aus der Feuersbrunst entkommen konnten. Wieso sonst hielten sich plötzlich alle an den Händen fest. Als sie sah, dass erst Zoes Gefährte und dann bereits Zoe im Bilderrahmen verschwanden, wollte sie nicht zurückbleiben und wie eine Hexe auf dem Scheiterhaufen verbrennen. In letzter Sekunde gelang es ihr, den Stiefel ihres Halbbruders zu ergreifen.

Verschollen

Gegenwart

Zarin purzelte als Erster aus dem Bilderrahmen, gefolgt von Zoe, ihren Eltern und dem Wanderfalken, der sich mit seinen Krallen immer noch am Arm von Zoes Vater festklammerte.

Erleichtert atmete Zarin auf, als er sah, dass sie es alle geschafft hatten, doch dann erstarrte er. Eine Hand klammerte sich an den Stiefel von Zoes Vater, ein Arm folgte, und schließlich erschien Morphias vor Wut verzerrtes Gesicht im Bilderrahmen.

»Oh, nein!«, schrie Zarin entsetzt und starrte auf sein Smartphone. »Noch zwei Prozent.« Fieberhaft überlegte er, wie er verhindern konnte, dass Morphia in seiner Zeit landete.

Zoes Vater, der offenbar den Widerstand spürte, strampelte heftig mit dem Bein, an das sich Morphia geklammert hatte. Dabei löste sich sein Stiefel vom Fuß.

Geistesgegenwärtig schaltete Zarin sein Smartphone einfach aus und Morphia wurde mitsamt dem Stiefel ins Mittelalter zurückgeschleudert.

Vor Freude machte Zarin das Siegeszeichen und hüpfte wie ein Flummi auf und ab. »Endcool! Gerettet! Wir haben es geschafft!« Er vermutete, dass, als er das erste Mal in den Bilderrahmen gesogen worden war, eine magische Kraft von Zoes Wappenring ausgehend auf sein Smartphone übergesprungen sein musste. Wahrscheinlich hatten die elektromagnetischen Wellen ihren Teil dazu beigetragen, denn woher sonst hätte sein Smartphone die Macht besessen, sie alle durch die Zeit reisen zu lassen?

Zarin flippte völlig aus, fasste Zoe an den Händen und tanzte mit ihr um den Bilderrahmen. Plötzlich ließ er Zoe los, nahm den Rahmen und trug ihn zum Lagerfeuer, an dem einige Marktbesucher saßen und Stockbrot aßen. Mit viel Schwung warf er ihn in die Flammen.

»Zarin, was macht Ihr?«, rief Zoe erschrocken.

»Willst du etwa wieder zurück?«

Zoe schüttelte den Kopf.

Stumm sahen sie zu, wie der Bilderrahmen verbrannte.

Zarin legte einen Arm um Zoe. Ihr Zuhause war ein Raub der Flammen geworden, sie konnte gar nicht mehr zurück.

Der empörte Aufschrei seiner Mutter, die auf einmal hinter ihm stand, ließ ihn aufblicken. »Wieso verbrennst du den Rahmen, Zarin? Ich sollte doch extra darauf aufpassen.«

»Wir brauchen den Bilderrahmen nicht mehr, Mama. Die Leinwand ist für immer verschwunden. Sie hat sich von selbst aufgelöst.«

»Gott sei Dank!«, sagte Zarins Vater, der ebenfalls zum Lagerfeuer herübergekommen war. Er grinste. »Dann muss das Bild nicht über unserem Kamin hängen.«

Zarins Mutter rollte mit den Augen und richtete ihre Aufmerksamkeit auf Zarin. »Sag mal, wo hast du eigentlich so lange gesteckt?« Sie schien keine Antwort zu erwarten, denn sie sprach gleich weiter: »Du kannst sofort beim Standabbau helfen!«

Erst jetzt erblickte sie Zoe und ihre Eltern.

»Das sind Clementia und Bernhard, die Eltern von Zoe«, erklärte Zarin.

Zarins Mutter reichte den beiden die Hand. »Hallo, ich bin Claudia, und das ist mein Mann Martin. Ihr tragt ja schicke mittelalterliche Kleidung.« Sie bewunderte das Kleid aus blauem Samt mit den zierlichen Stickereien am Halsausschnitt, das Zoes Mutter trug, und den grünen, reich verzierten Überrock von Zoes Vater, der zu ihrer Verwunderung nur einen Stiefel anhatte.

»Mein anderer Stiefel ist mir soeben abhandengekommen«, erklärte Zoes Vater, der den fragenden Blick von Zarins Mutter bemerkt hatte.

In dem Moment bewegte der Wanderfalke, der noch immer auf dem Arm von Zoes Vater saß, den Kopf und plusterte seine Federn auf.

Erschrocken trat Zarins Mutter einen Schritt zurück. »Der ist ja echt!«, rief sie überrascht.

»Mein Vater hat den Wanderfalken für die Beizjagd selbst abgerichtet«, erklärte Zoe stolz.

»Wo ist denn dein schönes, rotes Kleid geblieben?« Zarins Mutter blickte erstaunt auf das schlichte, graue, abgetragene Kleid, das Zoe trug.

»Das rote Kleid habe ich gegen dieses getauscht. Ich bin jetzt ein Dorfkind.« Zoe fasste je eine Hand ihrer Mutter und eine ihres Vaters und lächelte ihre

Eltern liebevoll an. »Wir sind gerettet«, sagte sie. »Aber wir können nicht mehr zurück.« Traurig deutete sie auf die Überreste der Burg Falkenauge.

Zoes Vater nickte. »Ja, unsere Burg ist eine Ruine. Aber wir sind am Leben, und vor allem sind wir wieder beisammen.« Mit einem liebevollen Blick drückte er Zoes Hand.

Zoes Mutter wirkte eher verzweifelt. »Wir haben kein Zuhause mehr!«, sagte sie und sah hinauf zu der Burgruine.

»Wieso habt ihr kein Zuhause mehr? Wo kommt ihr denn her?«, erkundigte sich Zarins Vater.

»Zoe und ihre Eltern sind Flüchtlinge«, beeilte sich Zarin zu erklären. »Sie können nicht mehr nach Hause zurück. Du, Mama, und du, Papa, ihr müsst ihnen helfen, damit sie sich hier bei uns zurechtfinden. Wir haben schließlich eine total andere Kultur.«

»Ihr seid Flüchtlinge?« Zarins Mutter sah Zoes Eltern verwundert an. »Dann habt ihr hier auf dem Mittelaltermarkt gar keinen Verkaufsstand?«

»Einen Verkaufsstand? Nein, wir sind keine Händler. Wir haben unsere Heimat verloren«, antwortete Zoes Vater betrübt.

Daraufhin ergriff Zarins Vater die Initiative. »Eure Tochter Zoe ist eine Freundin unseres Sohnes. Ihr seid uns alle willkommen. Ich schlage vor, wir räumen schnell den Stand ab. Zum Glück hast du ja das meiste verkauft, Claudia. Und dann grillen wir in unserem Garten. Ihr habt doch sicher Hunger?«

Mit so vielen Helfern war der Stand schnell abgeräumt und alles im Kofferraum verstaut. Zarins Vater forderte alle auf, in seinem Auto Platz zu nehmen.

Erfreut klatschte Zoe in die Hände. »Juchhu! Wir fahren mit der Geisterkutsche.« Ihren staunenden Eltern erklärte sie: »Die Kutsche fährt von ganz allein. Sie braucht keine Pferde, die sie ziehen.«

Zarin zog die Schiebetür auf und rief: »Alle einsteigen!« Zoe setzte sich zwischen ihre Eltern auf die Rückbank und der Wanderfalke hüpfte auf die Rücklehne. Zarin und seine Mutter nahmen vorne auf den Beifahrersitzen Platz.

Nachdem Zarins Vater Zoe und ihren Eltern gezeigt hatte, wie sie die Sicherheitsgurte anlegen mussten, nahm er hinter dem Lenkrad Platz und startete den Motor. Die Geisterkutsche, wie Zoe sie genannt hatte, fing an zu brummen und setzte sich in Bewegung.

So war es auch kein Wunder, dass Zoes Mutter einen Schreckensruf ausstieß, als sein Vater den Wagen beschleunigte. Keine Pferdekutsche im Mittelalter wäre jemals so schnell gefahren. Zarin freute sich, dass Zoe nicht wieder in ihre Zeit zurückkehren konnte. Sie würde hierbleiben und mit ihm zur Schule gehen. Wie gut, so hatte er auch weiterhin eine Verbündete im Kampf gegen Connor, Luc und Spock.

Nachdem Zarin Kater Carlo von der Auffahrt gescheucht hatte, konnte sein Vater den Wagen vor der Garage parken. Zarin half seiner Mutter, die zwei Kartons mit den übrig gebliebenen Krügen und Schalen in die Töpferwerkstatt zu tragen, während sein Vater die Haustür aufschloss und ihre Gäste aufforderte einzutreten.

Zoe, die sich in Zarins Zuhause bereits auskannte, zeigte in Begleitung von Zarin ihren Eltern das Gästezimmer. Ehrfürchtig befühlte ihre Mutter die weichen Synthetikdecken. Ihr Vater staunte am meisten darüber, dass das Wasser im Badezimmer aus der Wand rieselte.

»Martin, habt Ihr einen Brunnen hinter der Wand?«, fragte er Zarins Vater.

Der schaute ihn verdutzt an und versuchte ihm das Rohrleitungssystem zu erklären, glaubte aber nicht, dass Zoes Vater ihn verstand.

»Du, diese Flüchtlinge scheinen ja aus dem tiefsten Mittelalter zu kommen«, flüsterte er Zarin zu. »Die kennen rein gar nichts von den Errungenschaften der Zivilisation.«

»Da hast du recht, Papa.« Zarin grinste, ging in sein Zimmer, zog die Mittelalterklamotten aus, warf sie auf den Boden und bückte sich nach seinen Bermudas und seinem T-Shirt.

»So eine Hose würde ich auch gern tragen«, hörte er Zoe hinter sich sagen. Sie war ihm gefolgt und sah ihm nun dabei zu, wie er sich umzog. »Darin kann man schneller laufen und klettern als in einem Kleid.«

»Such dir was von meinen Klamotten aus. Irgendwas wird dir schon passen«, schlug Zarin vor und schloss sein Smartphone ans Ladekabel an, das noch in der Steckdose hing.

Zoe öffnete den Schrank und ließ ihren Blick über die vielen Kleidungsstücke schweifen. Sie schielte zu Zarin hinüber, als wollte sie sich vergewissern, was er trug, und weil keine blauen Shorts mehr im Schrank waren, nahm sie grüne heraus. Die T-Shirts betrachtete sie ganz ausgiebig, bevor sie eins herauszog, das ihre Aufmerksamkeit erregt hatte. »Was ist das für ein Tier?«, murmelte sie und strich über die Vorderseite des T-Shirts. »Sein Kopf sieht aus wie der eines Pferdes, aber statt der vier Beine hat es einen gekringelten Schwanz.« Sie hielt es hoch, sodass Zarin es sehen konnte. »Was ist das?«, fragte sie erneut.

Zarin lächelte. »Das ist ein Seepferdchen.«

»Dann werde ich das anziehen«, beschloss Zoe. Sie warf Annas graues Kleid zu Zarins Sachen auf den Boden und schlüpfte erst in die Bermudas und dann in das T-Shirt. »Ich dachte, das Seepferdchen ist ein Schwimmabzeichen«, sagte sie verwundert.

»Das auch. Und es ist ein Tier, das im Meer lebt. Jeder, der das Schwimmen erlernt hat, bekommt das Abzeichen«, erklärte Zarin und kramte das Seepferdchen-Abzeichen aus seiner Schreibtischschublade. »Hier, das ist für dich. Deine Mutter kann es dir an deinen Badeanzug nähen«, sagte er und drückte Zoe das Abzeichen in die Hand.

»Was ist ein Badeanzug?«, fragte Zoe.

»Den zieht man an, wenn man baden geht«, erklärte Zarin.

»Ihr seid dumm. Wenn man baden geht, zieht man doch nichts an!« Lachend gab Zoe Zarin das Abzeichen zurück. Dann lief sie auf den Flur, um sich dort im Spiegel zu betrachten. Zarin trat hinter sie und schnitt eine Grimasse. Zoe drehte sich um und streckte ihm die Zunge heraus.

Im Garten schaute Bernhard neugierig zu, wie Martin Kohle aus einem Sack auf den Grill schüttete. »Ich mache Feuer. Wo habt Ihr Schlageisen, Feuerstein und Zunder?« Suchend sah er sich um, denn er wollte behilflich sein.

Martin blickte ihn verständnislos an. »So umständlich machen wir das nicht. Dafür benutzen wir Grillanzünder und Feuerzeug«, erklärte er und zeigte Bernard ein schmales, blaues Kästchen.

»Damit könnt Ihr Feuer machen?«, fragte Bernhard und bezweifelte dies. Das konnte er sich wahrlich nicht vorstellen. Gespannt schaute er zu, wie Martin etwas aus einer Schachtel hervorholte, das wie Torf aussah. Er brach es in kleine Stücke und stopfte es zwischen die Kohlen. Dann drückte Martin mit dem Daumen auf das Kästchen, und plötzlich schoss eine Flamme heraus, mit der er die braunen Klumpen anzündete. »So einen Zauberstab hätte ich auch gerne«, rief Bernhard begeistert.

»Kein Problem, ich habe ganz viele davon«, sagte Martin und reichte ihm das Kästchen. Aufgeregt drückte Bernhard mehrmals darauf, um sich zu vergewissern, ob die Flamme auch wirklich jedes Mal erschien.

Gefolgt von Zoe stürmte Zarin in die Küche, wo Zoes Mutter seiner Mutter bei der Salatzubereitung half und Gurken in Scheiben schnitt.

»Wir haben Hunger!«, rief Zarin, und Zoe rieb sich demonstrativ den Bauch. Zarin drängelte sich an seiner Mutter vorbei, öffnete den Kühlschrank und holte eine Flasche Apfelsaft heraus. Er bemerkte, dass die Augen von Zoes Mutter sich weiteten, als seine Mutter einen schmutzigen Löffel zu den ungewaschenen Tellern und Gläsern in die Spülmaschine stellte.

»Was ist das für ein eigentümlicher Kasten?«, fragte Zoes Mutter verwundert, und auch Zoe blickte neugierig.

»Das ist eine Spülmaschine«, erklärte Zarins Mutter und fügte noch hinzu: »Die wäscht das Geschirr.«

Immer noch fasziniert davon sprang Zoes Mutter entsetzt auf, als Zarins Mutter den Mixer einschaltete, um damit einen Kräuterdip herzustellen. »So muss ich nicht alles mit der Hand anrühren«, erklärte sie ihr.

»Dauert es noch lange?«, maulte Zarin.

»Wenn ihr zwei den Tisch deckt, geht's schneller«, antwortete seine Mutter und drückte ihnen Teller und Besteck in die Hände.

Als sie endlich auf der Terrasse zusammensaßen und aßen, fragte Zoes Vater: »Warum esst Ihr kein Fleisch, Claudia? Fleisch ist doch das Beste, vor allem eine willkommene Abwechslung vom ewigen Haferbrei.«

Zarin grinste. »Meine Mutter isst schon seit vielen Jahren kein Fleisch. Wahrscheinlich würde ihr der Haferbrei sogar noch gut schmecken.«

Während Zarins Vater die Bratwürste auf dem Grill wendete, fragte er: »Bernhard, wo habt ihr denn gewohnt, bevor ihr geflüchtet seid?«

»Auf unserer Burg Falkenauge.«

»Äh?«, entfuhr es Zarins Vater überrascht. »In welchem Land liegt die denn?« Er wartete nicht auf eine Antwort, sondern sprach gleich weiter: »Unsere Burg oben auf dem Weinberg heißt auch Falkenauge. Leider ist sie im vierzehnten Jahrhundert bis auf die Grundmauern abgebrannt. Schade, dass sie danach nicht wieder aufgebaut wurde. Sie wäre gewiss ein großer Anziehungspunkt für viele Touristen.«

»Genau, Papa«, stimmte Zarin zu, »und du könntest ein Burgrestaurant eröffnen und dein eigener Chef sein.«

»Schön wär's«, seufzte sein Vater.

Der Wanderfalke flog auf die Lehne des Gartenstuhls, auf dem Zoe saß. Von dort aus beobachtete er den Kater, den der Geruch der Bratwürstchen in den Garten gelockt hatte. Zoe hielt Falko ein Stück rohes Fleisch hin, das dieser sofort mit dem Schnabel aus ihrer Hand zupfte und hinunterschlang.

Carlo miaute empört, verkroch sich aber vorsichtshalber vor dem großen Vogel unter dem Gartentisch. Als Zoes Vater ihm ein Stück Fleisch hinwarf, strich er ihm schnurrend um die Beine. Mit stechendem Blick verfolgte Falko jede Bewegung des Katers.

»Warum bauen wir die Burg nicht wieder auf?«, rief Zoes Vater plötzlich.

Zarins Vater sah ihn verwundert an: »Weil das Geld kostet – viel Geld. Und das haben wir nicht.«

»Wir können alle helfen. Wie viele Leibeigene habt Ihr?«

»Leibeigene?« Zarins Vater starrte ihn verständnislos an. »Leibeigene gibt es schon lange nicht mehr. In unserem Land sind alle Menschen gleich und frei. So sagt es das Gesetz.«

Zoe klatschte zustimmend in die Hände. »Das ist ein gutes Gesetz.«

»Wie viele Taler braucht Ihr, um die Burg wieder aufzubauen?«, erkundigte sich ihr Vater.

»Fünfhunderttausend Euro würden wohl fürs Erste reichen, um Bergfried und Wohngebäude wiederherzurichten, inklusive Wasser- und Stromanschluss.«

»Schade, dass ich unsere Schatulle nicht retten konnte.« Zoe bemerkte, wie traurig ihr Vater war. »Ich glaube, sie ist mit Gold und kostbarem Schmuck gefüllt.«

»Wisst Ihr denn nicht genau, was darin ist, Vater?«, fragte sie ihn.

»Nein.« Ihr Vater schüttelte den Kopf. »Die Schatulle ist ein Erbstück und darf nur im Notfall geöffnet werden.«

»Leider ist alles verbrannt.« Ihre Mutter seufzte bedauernd.

Zoe horchte auf und stupste Zarin in die Seite. »Unsere Schatulle«, wisperte sie aufgeregt. »Bestimmt liegt sie noch in der Felsspalte!«

Zarin sah sie zweifelnd an, und auf einmal war auch Zoe sich nicht mehr sicher, dass sie Glück haben würden. Vielleicht hatten Morphias Knappen das Kästchen damals gefunden. Inzwischen waren siebenhundert Jahre vergangen. Wohl ziemlich unwahrscheinlich, dass es noch da war. Es half nichts, sie mussten es herausfinden!

»Lasst uns nachschauen!«, rief Zoe und sprang entschlossen vom Gartenstuhl hoch.

Zarin nickte, denn auch er wollte wissen, ob der Schmuckkasten die vielen Jahre überstanden hatte. »Wir müssen etwas Wichtiges erledigen«, erklärte er seinen und Zoes Eltern, die ihn und Zoe mit verständnislosen Gesichtern anblickten.

Im selben Moment ertönte das Lied »Über den Wolken« aus dem Smartphone seines Vaters.

»Wer singt da, und wo hat sich der Sänger versteckt?«, fragte Zoes Mutter und blickte irritiert umher.

»Der Sänger sitzt im Zauberkasten«, erklärte Zoe und zeigte auf das Smartphone, auf dessen Display Zarins Vater gerade schaute.

»Zum Glück nicht mein Chef«, sagte der erleichtert und nahm das Gespräch an. »Martin Falkenau«, meldete er sich. »Nein, ich habe die drei Jungen nicht gesehen. Augenblick, ich frage mal meinen Sohn.« Er wandte sich an Zarin. »Lucs Mutter ruft an. Luc, Connor und Spock sind spurlos verschwunden. Auf seinem Smartphone kann sie ihn nicht erreichen. Hast du die drei gesehen? Lucs Mutter macht sich große Sorgen. Sie hat schon überall herumtelefoniert.«

»Hm.« Zarin tat, als würde er überlegen. Dass er und Zoe die drei zuletzt bei der Burgruine gesehen hatten, mussten seine Eltern vorerst nicht so genau wissen. »Zoe und ich gehen mal nachschauen«, sagte er. »Ich weiß ein paar Plätze, an denen sie sich gern aufhalten.«

Sein Vater nickte. »Zarin macht sich auf die Suche nach den dreien«, versprach er Lucs Mutter. »Ich rufe Sie später zurück.«

»Das Schmuckkästchen muss warten«, murmelte Zarin enttäuscht. Während Zoe am Gartentor auf ihn wartete, holte er sein Smartphone aus seinem Zimmer. Große Lust, nach Connor, Luc und Spock zu suchen, verspürte er nicht. Er war froh, wenn er sie mal ein paar Tage nicht sah.

Missmutig stapfte Zarin hinter Zoe den steilen Weg zur Burgruine hinauf. Einige Touristen kamen ihnen entgegen. Auf ihre Frage, ob sie drei Jungen gesehen hätten, schüttelten sie die Köpfe.

Schon bald hatten sie die Zugbrücke erreicht.

»Wahrscheinlich hocken sie in meinem Geheimversteck, das sie zu ihrem Treffpunkt gemacht haben«, überlegte Zarin.

»Vielleicht sind sie aber auch noch im Geheimgang«, meinte Zoe. »Womöglich sind sie in den falschen Gang eingebogen.«

Zarin blieb stehen. »Glaubst du, sie sind in der Höhle mit dem unterirdischen See, von der du mir erzählt hast?«

Zoe zuckte mit den Achseln.

»Hoffentlich ist ihnen nichts passiert!« Zarin machte sich nun doch Sorgen. Er mochte die drei zwar nicht leiden, aber dass sie jetzt vielleicht tot im See lagen, wünschte er ihnen auch nicht.

»Wenn sie in den See gefallen sind, sind sie ertrunken«, folgerte Zoe unbekümmert. »Dann können sie dich nicht mehr ärgern, Zarin.«

»He, Zoe, du hast ja schon was gelernt!« Zarin lachte. »Du hast eben ›dich‹ gesagt und nicht ›Euch‹.«

Lächelnd erklärte Zoe: »Wenn ich jetzt in deinem Jahrhundert leben muss, bleibt mir nichts anderes übrig, als deine Sprache zu lernen.«

Sie erreichten den Innenhof und kletterten über die Steinbrocken in den Bergfried.

»Die Falltür ist noch offen«, stellte Zarin fest. »Ob Connor, Luc und Spock tatsächlich noch da unten sind?«

»Wir sehen nach«, schlug Zoe vor und stieg die Steinstufen hinab. »Leuchte mit deinem Zauberkasten, Zarin!«

»Das ist kein Zauberkasten, sondern ein Smartphone«, erklärte Zarin.

»Glaubst du, dass ich lernen kann, wie man es bedient?«

»Klar. Kein Problem. Ich zeige es dir.«

»Dann frage ich meinen Vater, ob er mir auch ein Smartphone kauft.«

Die beiden bogen in den schmalen Gang ein und Zarin leuchtete den Weg aus. Als sie an die Stelle kamen, an der der Gang verschüttet gewesen war, zwängten sie sich durch den freigeräumten Spalt. An der Abzweigung blieben sie unschlüssig stehen.

»Luc! Spock! Connor!«, brüllte Zarin.

Gespannt lauschten sie.

»Hier – hier sind wir!« Die Rufe waren nur schwach zu hören.

»Bleibt, wo ihr seid!«, rief Zarin. »Wir kommen!«

Nach der dritten Biegung weitete sich der Gang zu einer großen Höhle. Überrascht blieb Zarin stehen und bestaunte die Stalagmiten, die aus dem Boden, und die Stalaktiten, die von der Decke herabwuchsen und im Lichtschein der Lampe wie Edelsteine glitzerten.

»Eine Tropfsteinhöhle«, sagte er ehrfürchtig. »Cool, Zoe, du hast eine Tropfsteinhöhle entdeckt!«

Mitten in der Höhle, dicht am Abgrund zum spiegelglatten See, kauerten Luc, Spock und Connor. Geblendet blinzelten sie in den Lichtschein des Smartphones. Um sie herum flogen unzählige Fledermäuse, die der Lichtstrahl in helle Aufregung versetzt hatte. Zarin bemerkte, dass die Gesichter der drei Jungen tränenverschmiert waren.

Luc sprang auf, schob seine Brille hoch und umarmte erst Zarin und dann Zoe überglücklich. Spock tat es ihm gleich und schniefte vor Erleichterung. Nur Connor stand da und starrte verlegen auf den Höhlenboden. Zarin nahm an, dass es ihm unangenehm war, seine Freude über die Rettung ausgerechnet ihn und Zoe spüren zu lassen.

»Warum sitzt ihr hier im Dunkeln und seid nicht umgekehrt?«, fragte Zoe verwundert.

Luc schluchzte, und als er sich wieder gefasst hatte, sagte er: »Mein Smartphone ist ins Wasser gefallen. Dann war es stockfinster und wir hatten Angst, einen falschen Schritt zu gehen und in den Abgrund zu stürzen.«

Auch Spock ließ jetzt seinen Tränen freien Lauf und stammelte: »Ich da-dachte schon, wi-wir würden hier verhungern und ve-verdursten.«

»He, Benjamin«, Zarin konnte sich nicht verkneifen, Spock bei seinem richtigen Namen zu nennen und ihn zu necken, »du gibst doch immer damit an, dass du so logisch denken kannst wie Mr. Spock. Warum habt ihr euch dann nicht einfach an der Wand entlanggetastet?«

»Wollten wir ja, aber es war absolut finster!«, verteidigte Spock sich und die beiden anderen Jungen kleinlaut. »Wir waren total orientierungslos.«

»Wo führt denn der andere Gang hin?«, fragte Luc.

»Ins Freie«, sagte Zarin und grinste verstohlen.

»Fuck!«, schrie Connor und trat erbost gegen einen der herumliegenden Steine. »Warum sind wir nicht in den rechten Gang eingebogen?«

Mit einem scheuen Seitenblick sah Connor ihn und Zoe an und quälte sich ein undeutlich gemurmeltes »Danke« heraus. Wahrscheinlich ärgerte es ihn, dass ausgerechnet er, Zarin, ihn gerettet hatte. Zarin fragte sich, warum er immer so viel Angst vor seinen drei Klassenkameraden gehabt hatte. Wenn er sie sich jetzt so ansah, waren sie doch nichts als ein kleinlautes Häufchen Elend.

Das Geheimnis der Schatulle

Gegenwart

»Folgt mir!«, rief Zoe und verließ die Tropfsteinhöhle. An der Abzweigung bog sie in den Gang ein, der zu dem geheimen Ausgang führte.

Zarin ging direkt hinter ihr und leuchtete ihnen den Weg mit seinem Smartphone. Luc fasste ängstlich nach Spocks Hand, während Connor kleinlaut hinter ihnen herschlich. Als endlich Tageslicht in den Gang schimmerte, schrien Luc und Spock befreit auf.

Vorsichtig bog Zoe die Brombeerranken beiseite und Luc drängte sich als Erster hindurch ins Freie. Als er den blauen Himmel mit den Schäfchenwolken erblickte, breitete er die Arme weit aus und holte tief Luft.

Spock blickte nach allen Seiten und lächelte. Zu Zoe gewandt sagte er: »Wie schön die Welt doch ist. Noch nie habe ich mich so gefreut, den Fluss und die Weinberge zu sehen.«

Connor stand nur still und unbeweglich da. Auch er atmete auf und war froh, das Tageslicht wiederzusehen. Er konnte es nur nicht zeigen.

In einem kurzen Telefonat teilte Zarin seinem Vater mit, dass sie Connor, Luc und Spock gefunden hätten, dass es ihnen gut gehe und dass er die Eltern der drei benachrichtigen könne.

Um Connor zu imponieren, baute Luc sich breitbeinig vor ihm auf. »Damit du es weißt, Connor: Von dir lasse ich mir nichts mehr befehlen!«

»Ich auch nicht.« Spock stampfte zur Bekräftigung seiner Worte mit dem Fuß auf.

Connor machte ein missmutiges Gesicht. Die Macht war ihm entglitten.

»Wenn Zoe und Zarin uns nicht gefunden hätten, wären wir da unten vermodert.« Luc schauderte.

»Wir müssen uns ja nicht bekriegen«, schlug Zoe vor. »Wir können auch Frieden schließen und zusammenarbeiten.«

»Zusammenarbeiten? Was meinst du denn damit?«, erkundigte sich Connor misstrauisch.

Zoe sah ihn an und lächelte. »Wir können den Burghof wieder herrichten und einen Kräutergarten anlegen. Deine Hilfe wäre uns willkommen.«

Connor blickte zu Luc und Spock hinüber. Die beiden überlegten einen Moment. Dann nickten sie. »Okay, wir sind dabei.«

»Und du, Connor?«, fragte Zoe erwartungsvoll.

Er kämpfte mit sich. Zum Arbeiten hatte er keinen Bock. Schon gar nicht umsonst. Es reichte, wenn er zu Hause das schmutzige Geschirr abwaschen und die Wohnung putzen musste, weil sein Vater keinen Finger rührte.

»Mal sehen«, sagte er ausweichend.

»Sollen wir jetzt gleich anfangen?«, fragte Spock übereifrig.

»Nein. Zuerst müssen wir die Schmuckschatulle meiner Eltern finden. Zarin und ich haben sie hier am Felsen versteckt. Ihr könnt uns bei der Suche helfen«, schlug Zoe großzügig vor.

»Faszinierend! Ich bin dabei«, stimmte Spock zu.

»Ich auch. Sind da Zauberringe drin?«, erkundigte sich Luc aufgeregt.

Connor horchte auf. Wenn es etwas Wertvolles zu suchen gab, wollte er nicht fehlen. Vielleicht gab es ja Finderlohn.

»Wer ist zuerst an der dicken Eiche?«, rief Zoe und rannte los.

Kurz bevor sie den Baum erreichte, wurde sie von Zarin überholt, der als Erster mit den Händen am Stamm der Eiche anschlug. Zoe, Luc und Spock folgten. Connor humpelte als Letzter heran, denn ihn schmerzte immer noch das Schienbein von dem Sturz im Felsengang.

»Zarin, du hast gewonnen, und du bist gar nicht hingefallen«, sagte Zoe erstaunt.

Verwundert starrte Zarin auf seine Beine. Erst jetzt fiel ihm auf, dass er frei und unbeschwert gelaufen und tatsächlich nicht wie so oft über seine eigenen Füße gestolpert war. Das kam bestimmt, weil er keine Angst mehr vor Connor, Luc und Spock haben musste.

Zoe wandte ihren Blick zu der Landzunge im Fluss, als erwarte sie, dass jeden Moment Jakob und Simon mit Eimer und Speer bewaffnet zwischen den Schilfhalmen auftauchten.

Zarin bemerkte die wehmütige Stimmung, die Zoe ausstrahlte. »Denkst du an deine Amme und ihre Kinder?«

Zoe nickte.

»Wir werden sie nie wiedersehen«, sagte Zarin traurig.

»Doch, wenn wir tot sind, im Himmel.« Energisch schüttelte Zoe ihre langen, blonden Haare, drehte sich um und schritt zielbewusst auf die Felswand zu. Zarin und die drei anderen Jungen folgten ihr und hielten inne, als sie mit gerunzelter Stirn den Felsen musterte.

»Hier war es nicht«, meinte Zoe und blickte zur Burgruine empor. »Das Fenster, aus dem Morphia die Schatulle geworfen hat, muss weiter rechts gewesen sein.«

Siebenhundert Jahre hatten der Felswand nicht viel anhaben können, nur einige Felsbrocken waren im Laufe der Zeit abgebrochen und heruntergefallen. Sie lagen zwischen dem Ginster, der sich überall am Felsen ausbreitete.

Zarin spähte nach der Felsspalte, in der sie die Schatulle versteckt hatten, konnte sie aber nicht entdecken.

Auch Zoe mit ihrem scharfen Falkenblick hatte keinen Erfolg. »Aber es muss hier gewesen sein!«, beharrte sie stur. »Genau an dieser Stelle bin ich auf deine Schultern geklettert, Zarin.«

»Dann probieren wir es doch einfach aus.« Zarin faltete seine Hände wieder zur Räuberleiter und Zoe gelangte so auf seine Schultern. Mit einer Hand tastete sie den Felsen nach der Spalte ab, mit der anderen hielt sie sich fest.

»Und? Siehst du was?« Zarin keuchte unter der Last, denn Zoe war kein Fliegengewicht.

»Soll ich dich ablösen?«, fragte Connor, worauf Luc und Spock ihn erstaunt anblickten. Auch Zarin konnte es nicht glauben. Es war das erste Mal, dass er Connor hilfsbereit erlebte.

Bevor er jedoch zustimmend nicken konnte, stieß Zoe einen Freudenschrei aus. Kurz darauf löste sich über Zarin ein Stein aus dem Fels und fiel ihm auf den Fuß. »Au!«, rief er. »Was machst du da, Zoe?«

Zoe schlug vor Aufregung das Herz bis in den Hals. Während sie den Felsen abgetastet hatte, war sie mit ihrem Wappenring an einer spitzen Steinkante hängen geblieben. »Zarin«, rief sie, »ich habe die Felsspalte gefunden! Sie ist mit Geröll gefüllt, deshalb haben wir sie nicht gesehen.« Hastig räumte sie mit beiden Händen die Felsbröckchen beiseite und warf sie einfach hinunter. Luc, Spock und Connor, die gebannt zu ihr hinaufschauten, sprangen zur Seite, um die Steine nicht auf den Kopf zu bekommen.

»Und?«, fragte Zarin.

Hektisch steckte Zoe ihren Arm in den freigelegten Felsspalt. Ihre Finger ertasteten einen harten Gegenstand, den sie triumphierend herauszog. »Es ist die Schatulle!«, jubelte sie. »Morphias Knappen haben sie nicht gefunden!« Sie sprang von Zarins Schultern, hielt die Schatulle vor ihr Gesicht und pustete den jahrhundertealten Staub fort.

»Faszinierend!«, rief Spock.

Aufgeregt beugten sich alle über das Kästchen. Zoe stellte fest, dass die Schatulle zwar unversehrt war, sich aber nicht öffnen ließ. Nicht einmal Connor gelang es, obwohl er Bärenkräfte besaß.

»Mein Vater kann das Kästchen ganz sicher öffnen«, meinte Zarin. »Er hat jede Menge Werkzeug. Schnell, nach Hause!«

Mit beiden Händen drückte Zoe den kostbaren Schatz an ihre Brust. Gefolgt von den Jungen rannte sie wie der Blitz los.

Zarin keuchte, als sie sich seinem Zuhause näherten. Zoe lief so schnell, dass er kaum folgen konnte. Als er sich kurz umdrehte, sah er Luc und Spock dicht hinter sich, während Connor mit seinem verletzten Bein etwas länger brauchte.

Außer Atem bog Zarin kurz nach Zoe in die Burgstraße ein. Mit einem Satz flog sie förmlich über den Kater, der lang ausgestreckt auf dem Gehweg vor dem Haus lag. Carlo blickte ihr noch verwundert nach, als bereits Zarin und gleich nach ihm Luc und Spock über ihn hinwegsprangen. Wie Connor die Hürde genommen hatte, konnte Zarin nur ahnen, als er sah, dass Carlo ihn laut miauend bis in den Garten verfolgte, wo die Erwachsenen noch bei einem Glas Wein zusammensaßen.

Kopfschüttelnd und ein Grinsen unterdrückend wandte er sich Zoe zu, die aufgeregt auf ihre Eltern zulief. »Mutter! Vater!«, schrie sie. »Wir haben die Schatulle gefunden!« Sie stellte das Holzkästchen auf den Gartentisch.

Überrascht sprangen ihre Eltern auf und blickten ungläubig auf die Schatulle. Mit dem Zeigefinger strich ihre Mutter behutsam über das eingeschnitzte

Wappen, als könnte sie nicht glauben, was sie da sah.

»Schaut, Bernhard, es ist wirklich unsere Schatulle. Wo habt Ihr sie gefunden, Zoe? In der abgebrannten Burg?«

»Nein. Zarin und ich hatten sie in einer Felspalte versteckt. Da hat sie siebenhundert Jahre gelegen. Aber die Schatulle lässt sich nicht öffnen«, fügte sie enttäuscht hinzu.

»Die Schatulle lässt sich nur mit meinem Wappenring öffnen«, erklärte Zoes Vater und nahm die Schatulle an sich.

Aufgeregt drängten sich alle um den Tisch, als Zoes Vater seinen Wappenring an das in den Deckel geschnitzte Wappen der von Falkenauge hielt. Aber vergeblich. Das Kästchen blieb fest verschlossen.

»Der Ring hat seine Zauberkraft verloren.« Zoes Mutter seufzte enttäuscht. »Nun werden wir nie erfahren, was sich darin befindet.«

»Papa, soll ich deinen Werkzeugkoffer holen?«, fragte Zarin eifrig.

Als sein Vater nickte, lief er zum Schuppen und kam wenig später mit dem Koffer zurück. Mit Hammer und Meißel versuchte sein Vater das Kästchen zu öffnen. Ohne Erfolg, die Schatulle bekam nicht einmal eine Schramme.

Sein Vater kratzte sich am Kopf. »Das geht doch nicht mit rechten Dingen zu!«

Zoes Vater erklärte: »Ich sagte es bereits: Die Schatulle lässt sich nur mit meinem Wappenring öffnen. Aber die magische Kraft ist leider erloschen, nachdem unsere Tochter uns aus dem Bilderrahmen erlöst hat.«

Zarins Eltern blickten sich irritiert an. Natürlich verstanden sie kein Wort.

»Zoe, probiere doch deinen Ring aus!«, schlug Zarin vor.

»Genau. Du hast doch auch einen Zauberring«, warf Luc ein.

Zoe hielt ihren Ring an das geschnitzte Wappen. Alle hielten vor Spannung den Atem an, aber der Deckel bewegte sich keinen Millimeter.

Zarin überlegte. »Zoe, ich habe eine Idee!«, rief er aufgeregt. »Mein Smartphone und dein Ring haben sich wie ungleiche Pole von zwei Magneten angezogen. Vielleicht kann mein Smartphone noch etwas Restenergie in deinen Ring senden.«

»Ja«, stimmte Zoe eifrig zu. »Wir probieren es, Zarin.«

Aufgeregt zog Zarin sein Smartphone aus der Hosentasche und hielt es an Zoes Wappenring. Die Augen des Wanderfalken begannen rötlich zu glühen. In fieberhafter Eile presste Zoe ihren Ring an die Schnitzerei auf dem Deckel der Schatulle. Und tatsächlich: Die Augen des geschnitzten Wanderfalken glühten jetzt ebenfalls leicht.

»Es wirkt!«, schrie Zoe begeistert.

»Drückt Euren Ring fester darauf«, drängte ihr Vater aufgeregt. »Das Glühen wird schwächer.«

Mit aller Kraft presste Zoe ihren Ring auf das geschnitzte Wappen.

»Der Zauber wirkt nicht mehr.« Ihre Mutter seufzte enttäuscht.

Doch in dem Moment, als das Licht in den Augen des Wanderfalken erlosch, sprang der Deckel der Schatulle auf.

»Faszinierend!«, schrie Spock aufgeregt. Um besser sehen zu können, stellte er sich auf die Zehenspitzen.

Connor staunte ehrfurchtsvoll. »Der Ring ist echt ein Zauberring.«

Gespannt beugten alle ihre Köpfe über die Schatulle. Auch Carlo schien nichts verpassen zu wollen. Mit einem Satz sprang er auf den Tisch. Vielleicht waren ja Katzenkekse in dem seltsamen Kasten.

»Ah«, stöhnte Zoe.

»Oh«, stimmte Zarin ein.

Connor, Luc und Spock waren stumm vor Erwartung.

Aber statt kostbarer Juwelen und einer Menge glitzernder Silbertaler, wie Zarin insgeheim gehofft hatte, holte Zoe ein gebogenes, geschnitztes Stück Holz aus der Schatulle.

»Das ist alles?« Enttäuscht trat Zarin einen Schritt zurück.

»Bestimmt hat das Kästchen einen doppelten Boden. Es kann doch nicht sein, dass nur ein wertloses Stück Holz darin lag. Gib mal her!«, rief Connor frustriert und streckte die Hand aus.

Anstatt ihm reichte Zoe aber ihrem Vater die Schatulle. Obwohl er sie ganz genau untersuchte, konnte er nichts entdecken. Betrübt stellte er die Schatulle auf den Tisch zurück. »Außer dem Stück Holz befindet sich nichts darin.«

»Das ist schade«, sagte Zoes Mutter. »Ich hatte auf wertvollen Schmuck gehofft.«

»Ich auch«, erwiderte Zoes Vater niedergeschlagen. »Den hätten wir dann verkaufen und von dem Erlös die Burg Falkenauge wieder aufbauen können. Mit dem Stück Holz können wir das leider nicht.«

Zarin sah auch seinen Eltern die Enttäuschung an. Er wusste, wie gern sein Vater die Idee mit dem Burgrestaurant verwirklicht hätte.

Zoe wirkte ebenfalls niedergeschlagen. »Kannst du mir jetzt keinen Zauberkasten – äh, ich meine ein Smartphone – kaufen?«, fragte sie ihren Vater.

Der blickte auf und schlug vor, die Schatulle gegen einen Zauberkasten einzutauschen.

»Na toll«, maulte Connor, »alle haben ein Smartphone, nur ich nicht! Mein Alter verbraucht unsere ganze Kohle für Alkohol.«

»Dein Vater muss einfach wieder arbeiten«, warf Luc ein.

»So besoffen, wie der immer ist, stellt ihn doch keiner ein«, erwiderte Connor düster. »In Wirklichkeit findet er keine neue Stelle, weil er so viel trinkt.«

Zoe sah ihn mit mitleidsvollem Blick an. »Ich verkaufe die Schatulle«, beschloss sie, »und vielleicht reicht der Erlös für zwei Smartphones. Dann schenke ich dir eins.«

Connor starrte sie ungläubig an. »Echt, Mittelalterbraut, das würdest du tun? Darf ich mir dann eins aussuchen?«

Zoe nickte.

»Wie geil ist das denn!«, jubelte Connor. Er fasste Zoe an den Händen und tanzte mit ihr übermütig um den Tisch herum.

»Aber nur, wenn du nicht mehr ›Mittelalterbraut‹ zu mir sagst«, dämpfte Zoe seine Begeisterung.

Beschämt senkte Connor den Kopf. »Mach ich nicht mehr, versprochen, Zoe.«

Zarin, der die Szene schmunzelnd beobachtet hatte, nahm Zoe das Stück Holz aus der Hand und betrachtete es aufmerksam. »Es ist genauso gebogen wie ein Bumerang«, meinte er nachdenklich.

»Wirf es doch mal in die Luft«, forderte Spock ihn auf.

Zarin holte aus und warf das Holzstück in die Höhe. Es beschrieb einen kleinen Bogen und kam zu ihm zurück. Luc, der neben Zarin stand, musste sich rasch ducken, damit es ihm nicht an den Kopf flog.

»Es ist wirklich ein Bumerang«, stellte Zarin verblüfft fest.

»Lass mich auch mal werfen«, bat Zoe.

Zarin reichte ihr den Bumerang. »Mal sehen, ob du weiter werfen kannst als ich.«

»Ich werfe bis zur Burg«, prahlte Zoe. Sie holte weit aus und schleuderte das Stück Holz in Richtung Burgruine. Übermütig schrie sie: »Ich wünsche mir, unsere Burg Falkenauge wäre wieder heil!«

Aus dem Bumerang quoll plötzlich roter Nebel. Wie ein Pfeil zischte das Holzstück auf den Weinberg zu. Die Nebelwolke hüllte die Ruine der Burg Falkenauge vollständig ein.

Gebannt verfolgte Zoe das Geschehen. Ebenso wie sie hielten scheinbar auch alle anderen den Atem an, denn um sie herum regte sich nichts. Nur den Wanderfalken nahm sie wahr, der auf der Stuhllehne saß und dem Holzstück hinterherspähte, das plötzlich aus dem roten Nebel wieder auftauchte und zu ihr zurückkehrte. Geschickt fing sie es auf, und in dem Moment zerfiel es zu Staub.

»Fas-fas-zinierend!«, hörte sie Spock stammeln. »Jetzt kommt bestimmt die Enterprise aus dem Nebel.«

Aber es kam nichts aus dem Nebel. Stattdessen löste er sich langsam auf.

»Die Ruine!«, rief Zarin und deutete zum Weinberg.

Zoe folgte seinem Blick und wollte ihren Augen nicht trauen. »Die Ruine ist weg!« Ungläubig starrte sie auf den Weinberg. Die Ruine war verschwunden. An ihrer Stelle zeigte sich die Burg Falkenauge unversehrt und in voller Pracht.

Fassungslos stellte ihr Vater fest: »Unsere Burg ist wieder heil.« Nach einer Weile fuhr er fort: »Jetzt kenne ich das Geheimnis der Schatulle. In höchster Not gewährte sie einen Wunsch.«

Connor lachte auf. »Ein Glück, Zoe, dass du dir im entscheidenden Moment kein Smartphone gewünscht hast.«

Zoe wusste nicht, ob sie in das Lachen einstimmen oder ob sie weinen sollte. Was in der letzten Zeit alles geschehen war, überwältigte sie so sehr, dass sie nur stumm nicken konnte. Glücklich sah sie zu ihren Eltern.

»Ihr habt genau das Richtige getan, mein Kind«, sagte ihre Mutter gerührt, und Zoe warf sich ihr in die Arme.

Wenn sie auch nicht mehr in ihrer Zeit leben würden, so konnten sie wenigstens in ihr Zuhause, die Burg, zurückkehren. Und ihr Vater konnte wieder der Burgherr sein.

Frei wie ein Falke

Gegenwart

Neben dem Parkplatz, etwas unterhalb der Burgmauern, schaufelte Luc Mutterboden in eine Schubkarre. Es war heiß und er schwitzte. Mit seinem T-Shirt trocknete er die Brillengläser ab und wischte sich mit der Hand den Schweiß von der Stirn.

Connor drückte sein Basecap fester auf den Kopf, fasste die Griffe der Karre und schob sie über die Zugbrücke in den Burghof.

»Hier kannst du die Erde ausladen, Connor!«, befahl Zoe und zeigte auf eine Stelle im Kräutergarten.

Auf ihre Schaufeln gelehnt sahen Spock und Zarin zu, wie Connor die Erde aus der Karre kippte.

»Der Kräutergarten ist doch jetzt wieder da. Wir können uns die Arbeit sparen«, meinte Connor.

»Unser Kräutergarten soll noch schöner und größer werden, als er es bereits ist«, antwortete Zoe und lächelte ihrer Mutter zu, die einen Korb mit jungen Pflanzen brachte. Beide knieten nieder und setzten die Pflänzchen behutsam in die Erde.

»Das ist lieb von Euch, dass Ihr helft«, sagte Zoes Mutter zu Connor.

»Das ist lieb von dir«, verbesserte Zoe.

»Ich lerne es noch.« Ihre Mutter lächelte. »Das ist lieb von dir, dass du uns hilfst. Ist das so richtig?«

Zoe nickte zufrieden.

»Kein Ding«, sagte Connor ein wenig verlegen zu Zoes Mutter, denn eigentlich hatte er keine Lust gehabt, bei der Arbeit zu helfen. Aber er wollte nicht ausgegrenzt sein. Stolz tastete er nach seinem neuen Smartphone in der Hosentasche. Alle paar Minuten musste er sich vergewissern, dass es noch da war.

Martin hatte nicht gewollt, dass Zoe die Schatulle verkaufte. Sie sollte das Kästchen als Andenken aufbewahren. Er hatte daraufhin ihr und Connor ein nagelneues Smartphone spendiert. Zu seiner Überraschung hatte sich Claudia diesmal nicht empört, weil er wieder so viel Geld ausgegeben hatte.

Connor setzte sich in die leere Schubkarre und bewunderte sein Smartphone aufs Neue, während Spock sich eifrig erkundigte, was zu tun sei, wenn sie mit dem Garten fertig waren.

»Dann könnt ihr mir bei der Falknerei helfen«, schlug Zoes Vater vor, der den Wanderfalken auf seiner behandschuhten Hand trug.

»Faszinierend!«, rief Spock begeistert. »Bekommen wir auch einen Adler?«

»Ja.«

»Geier wären auch nicht schlecht«, schlug Connor vor.

»Ich möchte einen Wanderfalken haben«, rief Luc, der durch das Burgtor kam und die letzten Worte gehört hatte.

»Die Falknerei wird sicher viele Touristen anziehen«, meinte Zarins Vater, der einen Eimer Wasser aus dem Brunnen gezogen hatte, womit Zoe vorsichtig die eben gesetzten Pflänzchen goss.

»Und die Tropfsteinhöhle mit den Fledermäusen wird noch mehr Menschen anlocken«, fügte Zarin hinzu.

Sein Vater blickte sich im Burghof um. »Ich sehe unser Restaurant schon vor mir. Wir werden es im Rittersaal einrichten, dann können die Gäste, während sie speisen, die alte hölzerne Wandtäfelung und die gewebten Teppiche bewundern. Die Küche müssen wir natürlich modernisieren und als Erstes Leitungen für Wasser und Strom legen lassen. Da haben wir jede Menge Arbeit für deinen Vater, als Elektriker, Connor. Meinst du, er würde uns helfen? Gegen Bezahlung natürlich.«

Connor glaubte, sich verhört zu haben. »Cool!«, rief er glücklich. »Dann hat er wieder eine Beschäftigung und kann nicht mehr den ganzen Tag auf der Couch liegen und mit glasigen Augen an die Zimmerdecke starren.«

»Ich kann schöne Kleider nähen und sie den Besuchern zum Kauf anbieten«, schlug Zoes Mutter vor.

Zarins Vater nickte. »Und Claudia kann ihre getöpferten Waren hier in der Burg an die Touristen verkaufen. Ich sehe die Touristenströme schon förmlich vor mir.«

Zoe warf den jetzt leeren Wassereimer hoch in die Luft und fing ihn wieder auf. »Juchhu! Und ich kann wieder in meinem Gemach schlafen – ich meine in meinem Zimmer«, verbesserte sie sich schnell. »Wenn wir genügend Geld verdient haben, möchte ich auch so ein Bett und so einen Schreibtisch haben wie Zarin«, sagte sie. »Und einen Globus«, fügte sie hinzu.

»Seid ihr schon hungrig? Es gibt was zu futtern«, hörte sie Zarins Mutter rufen. Mit einem Henkelkorb am Arm schritt diese über die Zugbrücke.

Einen Augenblick lang hatte Zoe die irrige Vorstellung, dass es Magdalen war, die mit ihrem Korb zu ihr kam. Sie verspürte so etwas wie Wehmut und musste jetzt allein sein. Langsam stieg sie die Steinstufen zum Wehrgang hinauf und blickte über das Tal. Wie oft hatte sie hier gestanden und sich fortgesehnt zu den Menschen da draußen.

Wie eh und je schlängelte sich der Fluss, einem silbernen Band gleich, durch das Tal. Nur die Menschen, die Häuser und die Landschaft hatten sich in ihrem Aussehen verändert. Die dichten Wälder mit Bären und Wölfen als Bewohner hatten Wiesen und Feldern Platz gemacht.

»Bist du traurig, weil du nicht mehr in deine Zeit zurückkannst?«, fragte Zarin, der ihr auf den Wehrgang gefolgt war.

Zoe dachte einen Moment lang nach. Dann schüttelte sie so heftig den Kopf, dass ihre langen, blonden Haare nur so flogen. In ihrer Zeit war sie eingesperrt gewesen. Jetzt war sie frei – frei wie ein

Falke. Nicht ganz wie ein Falke. Sie konnte nicht fliegen. Sie konnte nicht die Arme ausbreiten und über das Tal fliegen wie Falko. Der Wunsch würde nie in Erfüllung gehen.

»Ich habe einen Freund gefunden, Zarin. Dich! Aber mein größter Wunsch, zu fliegen wie Falko, kann sich nicht erfüllen.«

»Warum nicht?«, fragte Zarin.

Zoe blickte ihn verwundert an. Erlaubte er sich einen Scherz mit ihr? Doch Zarins Blick war ernst. Sie breitete die Arme weit aus. »Weil ich keine Flügel habe, wie Falko sie hat.«

»Mein Vater kann fliegen.«

Zoe starrte Zarin ungläubig an, dann lachte sie erheitert: »Du bist dumm, Zarin. Er hat doch keine Flügel!«

Zarin schüttelte den Kopf. »Nein, ich bin nicht dumm. Aber du kannst ja nicht wissen, dass Papas Hobby das Paragleiten ist. Er hat so eine Art künstliche Flügel«, erklärte er ihr.

Zoe, die überhaupt nichts begriff, sah Zarin verständnislos an. »Wie soll das funktionieren?«

»Er läuft ein paar Schritte«, fuhr Zarin fort, »und dann entfaltet sich der Schirm und er gleitet über das Tal.«

»Du meinst, er fliegt wie ein Vogel über den Fluss?«

»Ja.«

»Und du? Bist du auch schon mit ihm geflogen, Zarin?« Zoes Wangen röteten sich vor Aufregung.

»Nein. Ich – ich habe keine Lust dazu.« Schließlich wollte er vor Zoe nicht zugeben, dass er Angst vorm Fliegen hatte. »Aber wenn du möchtest, frage ich Papa, ob er dich mal mitnimmt.«

»Oh ja!«, rief Zoe mit leuchtenden Augen.

Martin lehrte Zoe das Starten, Steuern und Landen mit dem Gleitschirm. Er freute sich, eine so begeisterte Flugschülerin zu haben.

Heute durfte Zoe zum ersten Mal fliegen.

Ihre Eltern, Zarin, Claudia, Connor, Luc und Spock standen im Kreis um sie herum und sahen gespannt zu, wie Zoe den Gleitschirm und die Leinen ausbreitete, die mit dem Gurtzeug verbunden waren. Martin prüfte, ob ihr Helm fest saß und das Gurtzeug richtig geschlossen war. Dann breitete er seinen Gleitschirm neben ihrem aus.

»Du startest zuerst, Zoe«, sagte er. »Denk daran, dass du durch die Gewichtsverlagerung den Schirm steuern kannst.«

Zoe nickte. Ihr Gesicht glühte vor Aufregung.

»Dann los!«, rief Martin aufmunternd.

»Viel Glück, mein Kind!« Clementia war noch aufgeregter als Zoe.

»Toi, toi, toi!«, schloss sich Martin ihr an.

Zoe lief auf den Abgrund zu. Vor Spannung hielten alle den Atem an. Besonders Martin war sehr neugierig, wie es Zoe gefallen würde. Von allen hier war sie die Mutigste. Keine Sekunde hatte sie gezögert, ihren Wunsch, fliegen zu können wie ein Falke, in die Tat umzusetzen. Ihr Gleitschirm füllte sich mit Luft, stieg über ihr in den Himmel und hob sie in die Höhe. Wie ein Vogel schwebte Zoe davon.

Falko, der reglos auf Bernhards Arm gesessen und den Start beobachtet hatte, breitete seine Schwingen aus und folgte Zoe.

Martin schloss sein Gurtzeug und blickte in die Runde. »Willst du mit mir fliegen, Spock?«, fragte er.

Erschrocken machte Spock einen Schritt zurück. »Nee, danke, ich fliege nur mit der Enterprise in ferne Galaxien.«

»Und du, Luc?«

Luc mochte wohl nicht zugeben, dass er sich nicht traute. Er schob seine Brille hoch und rief: »Connor kann zuerst.«

»Wieso ich?«, empörte sich Connor. »Ich bin kein Anführer mehr.«

»Papa, ich fliege mit«, sagte Zarin mit fester Stimme.

Martin blickte ihn zweifelnd an. Bis jetzt hatte er jedes Mal gekniffen, wenn es ernst geworden war.

Doch Zarin zog sich tatsächlich winddichte Kleidung an und setzte sich den Helm auf.

Schließlich schnallte Martin Zarins Gurtzeug an seinem fest. Noch einmal sah er seinen Sohn prüfend an.

»Bist du dir sicher, dass du das wirklich willst, Zarin?«

Zarin nickte.

»Dann laufen wir jetzt zusammen los.«

Zarin presste die Zähne zusammen. Nun gab es kein Zurück mehr. Der Schirm entfaltete sich über ihnen. Er und sein Vater rannten immer schneller auf den Abgrund zu. Vorsichtshalber schloss Zarin die Augen. In wenigen Sekunden würden sie über die Felskante treten und tief unten am Fuß des Felsens zerschellen.

Doch plötzlich fühlte er sich hochgehoben. Er stürzte nicht ab, er schwebte. Weit riss er die Augen auf. Sein Vater und er flogen über das Tal. Der Wind zerrte an seinem Anzug. Zu seiner Verwunderung war ihm gar nicht schwindelig. Nach anfänglichem Luftanhalten, aus Angst, sie könnten abstürzen, fühlte er sich sicherer und begann den Flug zu genießen. So musste sich ein Vogel fühlen.

Er wagte einen Blick zur Seite. In einiger Entfernung schwebte Zoe. Neben ihr, als wollte er sie beschützen, flog der Wanderfalke.

Lachend winkte Zoe Zarin zu. »Juchhu!«, schrie sie, überwältigt vor Freude. »Wir überwinden alle Mauern. Wir sind frei wie ein Falke!«